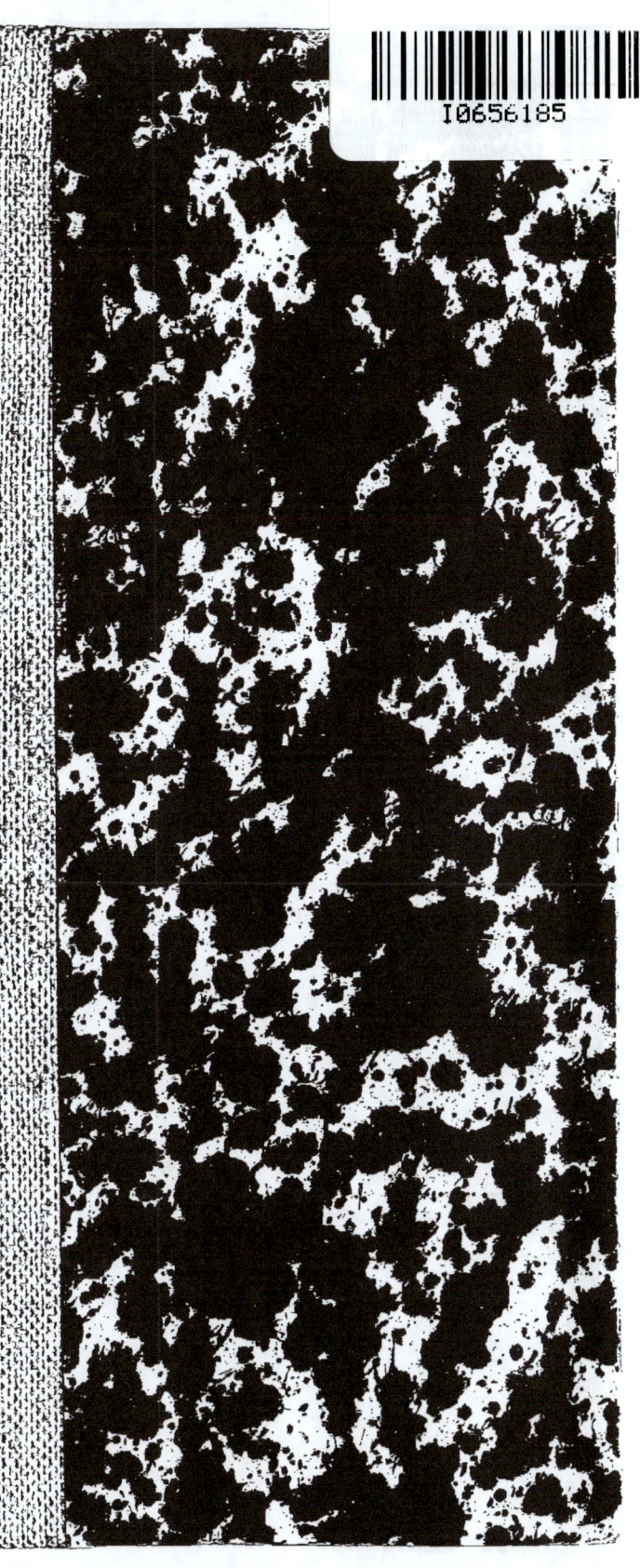

L'AFFAIRE MATAPAN

PAR

FORTUNÉ DU BOISGOBEY

TOME DEUXIÈME

PARIS

DENTU, ÉDITEUR

LIBRAIRE DE LA SOCIÉTÉ DES GENS DE LETTRES

Palais-Royal, 15-17-19, Galerie d'Orléans

1881

L'AFFAIRE MATAPAN

II.

LIBRAIRIE DE E. DENTU, ÉDITEUR

Du même auteur :

LA VIEILLESSE DE M. LECOQ, 4e édition, 2 vol . . . . . 6 fr.

LES MYSTÈRES DU NOUVEAU PARIS, 3e édition, 3 vol . . 9 »

LES GREDINS, 2e édition, 2 vol . . . . 6 »

LE CHEVALIER CASSE-COU, 2e édition, 2 vol. . . . . . 6 »

L'AS DE CŒUR, 2e édition, 2 vol. . . . . 6 »

LA TRESSE BLONDE, 4e édition, 1 vol . . . . 3 »

LE COUP DE POUCE, 3e édition, 2 vol. . . . . 6 »

LES DEUX MERLES DE M. DE SAINT-MARC, 2e édit., 2 vol. 6 »

L'ÉPINGLE ROSE, 2e édition, 3 vol. . . . . 9 »

OU EST ZÉNOBIE? 2e édition, 2 vol. . . . . 6 »

L'ÉQUIPAGE DU DIABLE, 2e édition, 2 vol. . . . . 6 »

LA PEAU D'UN AUTRE, 4e édition, 2 vol . . . . 2 »

UNE AFFAIRE MYSTÉRIEUSE, 3e édition, 1 vol. . . . . . 1 »

Romans sur la Révolution :

LES CACHETTES DE MARIE-ROSE (1793 Vendée), 2e édit. 2 vol. 6 »

LE DEMI-MONDE SOUS LA TERREUR (1794), 2e édit., 2 vol. 6 »

LES COLLETS NOIRS (1797), 2e édition, 2 vol . . . . . . 6 »

LA JAMBE NOIRE (1803-1804), 2e édition, 2 vol. . . . . 6 »

Tours, imp. Mazereau.

L'AFFAIRE MATAPAN

PAR

FORTUNÉ DU BOISGOBEY

TOME DEUXIÈME.

PARIS

DENTU, ÉDITEUR

LIBRAIRE DE LA SOCIÉTÉ DES GENS DE LETTRES

Palais-Royal, 15-17-19, Galerie d'Orléans

1881.

L'AFFAIRE MATAPAN

I

Il est rare qu'un appartement ne fournisse pas à un observateur des indications sur les habitudes de celui qui l'habite. Les mobiliers ont une physionomie comme les hommes. Il y en a qui sentent la demoiselle du demi-monde, d'autres la grande dame, d'autres la bourgeoise. L'installation d'un viveur ne ressemble pas à celle d'un garçon rangé, pas plus que Paris ne ressemble à la province.

Il suffisait d'entrer chez M. Matapan pour voir à qui on avait affaire.

Dans les pièces dites de réception — où il ne recevait jamais personne — ce millionnaire avait entassé tout ce qu'on peut se procurer avec de l'argent : des meubles superbes, des pendules colossales, des glaces étincelantes, des tapis épais, des tentures de soie, du faux Boule, du faux Saxe et

même de faux tableaux de maîtres. Pas un portrait
de famille, pas un objet portant le cachet d'un
goût personnel. Des livres dorés sur tranche qui
n'avaient jamais été ouverts; des cheminées où on
n'allumait jamais de feu; des lustres de cristal
garnis de bougies intactes.

On devinait du premier coup d'œil que le maître
se souciait fort peu de ces magnificences et qu'il
ne sacrifiait au luxe que pour la forme, par respect
humain, pour qu'on ne pût pas l'accuser d'avarice,
pour tenir son rang et pour inspirer du respect à
ses locataires, à moins que ce ne fût pour leur
louer plus cher.

Il ne jouissait pas de ses salons luxueux, il y
entrait même très rarement. Sa vie était ailleurs,
une vie bizarre et murée, comme le palais du Mi-
kado au Japon.

Il ne sortait pas de l'aile droite, cette fameuse
aile qu'il avait fait construire à sa convenance et
dont les dispositions intérieures se reproduisaient
à tous les étages de sa maison : quatre pièces en
enfilade, pouvant s'accéder séparément par un
corridor latéral.

L'autre aile était occupée par une immense salle
à manger, la salle à manger officielle, où on aurait
pu donner un repas de corps, et où on ne mangeait
jamais.

Ces aménagements assez incommodes n'avaient

été acceptés sans modification que par le comte de la Calprenède. Encore se proposait-il de tout changer plus tard, et s'il ne l'avait pas déjà fait, c'est que le temps lui avait manqué, — et peut-être aussi l'argent.

Albert Doutrelaise s'était arrangé tout au rebours. Il occupait l'aile gauche, et en abattant des cloisons, il avait fait de l'aile droite une sorte de *hall* à l'anglaise.

Les Bourleroy avaient tout converti en grands salons, petits salons, boudoirs, et autres pièces d'apparat. Leur rêve était de donner des fêtes et s'ils ne le réalisaient pas, c'était faute de savoir à qui les donner. Ces nouveaux venus manquaient de relations.

Le baron Matapan n'en avait pas plus qu'eux, mais il n'y tenait pas du tout, et il s'était capitonné un nid à sa fantaisie, un nid d'où il ne sortait guère.

Les quatre chambres qu'il occupait servaient indistinctement à tous les usages. Il pouvait coucher dans l'une ou dans l'autre, à son choix, car elles étaient toutes meublées de la même façon, à l'orientale et très sommairement.

Des divans partout, en long, en large, en travers; des piles de coussins en guise de sièges, et de petites tables basses, comme on en voit dans les harems de Constantinople.

Des boiseries nues, sans autre ornement que des armes de toutes sortes, anciennes et modernes, françaises et étrangères, qu'on y avait accrochées au hasard, sans se préoccuper en aucune façon de la symétrie.

Par ci, par là, des dressoirs en vieux chêne, chargés d'orfèvreries disparates, qui avaient l'air de provenir du sac d'une ville ou du pillage d'une église.

Pas un lit, pas un bureau pour écrire. Mais des lustres pendaient de tous les plafonds; des lustres qu'on allumait souvent en plein midi, car les fenêtres avaient des vitraux de couleur et le jour n'entrait guère. Un feu à griller une veuve du Malabar brûlait, même en été, dans toutes les cheminées de ces quatre pièces.

L'homme qui campait là devait avoir des goûts singuliers; et un Parisien quelconque se serait difficilement accommodé de l'existence qu'il y menait.

Aussi, M. Matapan n'admettait-il personne dans son intimité, et peu de gens avaient passé le seuil de ses petits appartements. Le portier Marchefroid lui-même n'y était point admis lorsqu'il venait, quatre fois par an, apporter l'argent du terme échu, et pourtant Marchefroid était l'homme de confiance du baron, qui ne dédaignait pas d'entrer quelquefois dans sa loge pour causer.

Ce sanctuaire était gardé par un serviteur d'un aspect étrange et d'une nuance très foncée. Ce n'était ni un blanc, ni un nègre. Il appartenait évidemment à la race jaune, quoiqu'il eût les traits et les cheveux d'un européen. Quelque métis sans doute, ramené très jeune de Java ou d'une autre colonie hollandaise de l'extrême Orient, et tout à fait civilisé par un long séjour à Paris. Il ne portait pas de livrée, mais il était habillé à la française et il avait des succès parmi les cuisinières du quartier.

Cet esclave acclimaté s'appelait Ali et possédait une foule de talents précieux, entre autres celui de faire la cuisine au goût de son maître qui n'en voulait pas manger d'autre. Il était à la fois cuisinier, valet de chambre, intendant, secrétaire, et il suffisait à tout, le baron n'entretenant point d'équipage et se contentant fort bien de louer une voiture et des chevaux quand il en avait besoin.

Il faut dire aussi que M. Matapan n'invitait jamais personne à dîner. Par contre, il ne dînait jamais en ville, de sorte que l'infatigable Ali était de service tous les soirs.

Et, chose curieuse, les habitudes excentriques de ce propriétaire comme on en voit peu ne l'avaient pas classé aux yeux du monde dans la catégorie des originaux dont Paris s'occupe. Aucun *reporter* ne s'était avisé de venir le mettre sur la

sellette à seule fin de servir aux lecteurs d'un
journal le portrait à la plume du baron. Il est probable d'ailleurs que le chercheur d'informations
eût été mal reçu.

M. Matapan avait toutes les apparences d'un
citoyen paisible. Il était d'un cercle, il exerçait
ses droits électoraux, il avait ses fournisseurs, son
architecte; il s'habillait comme tout le monde, il
sortait presque tous les jours à pied, et nul n'était
plus abordable que lui. On savait qu'il était céliba-
taire et grand ami de la solitude. Cela expliquait
pourquoi il ne recevait pas, et on n'avait jamais
pensé à l'accuser de s'entourer de mystères. Ses
locataires trouvaient qu'il poussait un peu loin la
sauvagerie. Les Bourleroy entre autres s'en plai-
gnaient quelquefois. Ils auraient voulu que M. Matapan leur ouvrit ses salons, où il aurait pu donner
de si beaux bals; ils lui reprochaient de ne pas se
faire assez honneur de sa fortune, et ils le soup-
çonnaient d'être avare. Mais ils le tenaient en
haute estime, et mademoiselle Herminie l'aurait
épousé assez volontiers.

Bien noté chez le commissaire de son quartier,
le baron n'avait jamais eu affaire à la justice,
lorsqu'il fut appelé au Palais pour déposer devant
Adrien de Courtaumer, et le soir de ce mémorable
jour, il dîna seul comme de coutume. Seulement,
après le dîner, il reçut un visiteur qu'il attendait

et qu'il avait déjà vu dans la matinée, un visiteur que Jacques de Courtaumer avait rencontré et reconnu dans le vestibule, en sortant de chez Doutrelaise.

Ali était prévenu, et dès huit heures tout était prêt pour recevoir l'homme aux oreilles percées et le traiter selon ses goûts.

La seconde chambre de l'aile droite, celle qui correspondait au cabinet de travail de Julien de la Calprenède, était éclairée à *giorno* et chauffée comme une étuve. C'était aussi celle où le baron s'établissait de préférence après son repas du soir qui ne durait jamais plus de vingt minutes, et où il restait jusqu'à ce qu'il allât dormir sur un des divans de la chambre du fond, ce qui arrivait assez régulièrement vers dix heures.

Il en était neuf.

Matapan, accroupi à la turque, venait d'appliquer à ses lèvres le bouquin d'ambre d'une longue pipe en cerisier. En vis-à-vis, et accroupi comme lui, l'homme aux oreilles percées tirait de grosses bouffées d'un narghilè dont le tuyau flexible s'enroulait autour d'un calice rempli d'eau de rose.

Entre les deux, sur un guéridon bas en bois de santal incrusté de nacre, s'étalaient des verres en cristal de Venise, des fioles pleines de liqueurs variées et, dans un réchaud d'argent, brûlait un bâton d'aloës dont l'odorante fumée montait en spirales bleuâtres.

Une scène orientale occidentalisée par l'usage du rhum et du gin.

Ali n'était plus là. Son maître venait de le congédier et il avait profité de la permission pour aller se coucher à l'autre bout de l'appartement.

— Alors, dit lentement le baron, tu renonces à la navigation, mon vieux ?

— Oui, répondit après un silence le ci-devant timonnier. J'ai assez risqué ma peau et j'ai envie de me donner du bon temps.

— Et tu crois que tu t'amuseras à Paris ?

— Jusqu'à présent, je m'y amuse à peu près comme un requin qu'on aurait logé dans le bassin du Palais-Royal. Mais je m'y ferai.

— Tu ne t'y feras pas, je te le prédis. Moi qui y suis depuis douze ans, je n'ai pas encore pu m'y accoutumer.

— C'est ta faute, Matapan. Il fallait te marier.

— Sérieusement, Giromon, tu trouves que j'aurais dû me marier ?

— Ma foi ! oui, quand on est devenu bourgeois, il faut faire comme les bourgeois. Rester garçon, c'était bon dans le temps, quand tu naviguais avec moi ; mais maintenant que tu as pris racine sur le plancher des vaches, maintenant que tu es proprié-

taire, tu ne peux pas rester tout seul. Ça ne se serait jamais vu.

— Mon cher, j'ai laissé passer la marée. Plus
moyen d'appareiller pour ces pays-là. J'ai cin-
quante-trois ans, grommela le baron en avalant
une pleine rasade de gin.

— Bah ! tu es solide comme une frégate cui-
rassée, et je suis sûr que tu monterais encore
prendre un ris sur une vergue de perroquet. Je
vais sur mes cinquante-six, moi, et si je trouvais
chaussure à mon pied, je me marierais sans bar-
guigner.

— Oui, mais voilà ! On ne trouve pas... ou,
quand on trouve, on se casse le nez. La demoiselle
ne veut pas de vous... et si la demoiselle en voulait, les parents n'en voudraient pas.

— Ils seraient donc bien difficiles !

— A Paris, c'est comme ça.

— On dirait que tu as essayé.

— Pas plus tard que hier, mon vieux. J'ai demandé une fille qui n'a pas le sou, et on m'a mis à
la porte.

— Comment! toi ! Je croyais que tu avais des
millions.

— J'en ai huit. Et le père n'a pas seulement de
quoi payer un trousseau à la petite.

— Il est donc fou ?

— Non, il est comte. Il croit qu'il sort de la

1.

cuisse de Jupiter et que je ne suis pas plus baron que toi.

— Tiens! c'est vrai, tu es baron. Où l'as-tu prise, ta baronnie?

— Je l'ai achetée.

— Alors, elle t'appartient, et je ne vois pas ce qu'on peut y trouver à redire. Un baron vaut un comte.

— Tu n'entends rien à ces affaires-là, mon gars.

— Mais... on m'a dit qu'à Paris on faisait tout avec de l'argent.

— Tout le mal qu'on veut, oui. Pour se marier, c'est autre chose.

— Ainsi tu t'es laissé rouler comme un novice qui a le mal de mer.

— Rouler? non. Je me suis retiré et je me suis vengé.

— A la bonne heure! Qu'est-ce que tu leur as fait?

— Je les ai pris par leur endroit sensible. Le fils a été arrêté sur ma plainte, et il sera condamné pour vol. Ils seront tous déshonorés.

— Bon! ça leur apprendra à refuser un homme comme toi, un marin fini, qui est riche et qui a un titre. Mais... comment donc as-tu manœuvré pour leur jouer ce tour-là?

— Oh! j'ai eu de la chance. Figure-toi que je ne pensais à rien et que je tâchais de me faire une raison... Je n'avais pas trouvé mieux que de donner congé au père, qui est un de mes locataires... lorsque, hier, je m'aperçois qu'il me manque un collier d'opales entourées de diamants... et, au fait, tu t'en souviens peut-être de ce collier-là ?

— Celui que tu as eu pour ta part de prise à la fin de notre première campagne sur le *Gavial ?*

— Juste.

— Tu l'as donc gardé vingt-sept ans ? c'était en 53, si j'ai bonne mémoire, que nous croisions dans les parages de Singapour.

— Mais, oui ! Ça t'étonne que je n'aie pas vendu l'objet. Que veux-tu? J'ai toujours eu le goût des belles pierres, et celles-là sont superbes. Du reste, je ne regrette pas maintenant de les avoir conservées, car je n'ai pas eu de peine à les reconnaître chez le juge d'instruction.

— Alors on les a retrouvées ?

— Oui, et mon voleur aussi, qui se trouve être le frère de la péronnelle en question.

— Comment a-t-il fait pour te le prendre ? Il venait donc chez toi ?

— Non, mais il avait la clef de l'appartement. Il faut te dire que ces gens-là demeuraient ici, il n'y a pas trois mois, et que moi j'habitais le second, qu'ils habitent maintenant.

— Je comprends. Une clef s'est égarée au moment du déménagement, et ils l'ont trouvée. Mais enfin, ils n'avaient pas celle de ta caisse... et je suppose que tu ne laisses pas traîner tes bijoux sur les meubles.

— J'avais tiré celui-là de mon coffre pour l'examiner, et je l'avais oublié dans un tiroir qui n'était pas fermé. Mon gredin est entré ici la nuit...

— Et tu ne t'es pas réveillé !

— Non, j'ai le sommeil très dur. Ali couche très loin de la pièce où nous sommes, et le collier y était. Le voleur n'a eu qu'à fureter un peu partout pour mettre la main dessus.

— C'est encore heureux qu'il n'ait pas mis la main sur des valeurs plus sérieuses. Tu dois avoir ici un joli magot. Mais non, au fait... tu déposes ton argent à la Banque.

— Moi ! jamais de la vie. La Banque de France est un bel établissement, mais on le brûlera un jour ou l'autre. Je n'ai pas confiance dans les institutions qui nous régissent. Je n'ai confiance qu'en moi.

— Et tu n'as pas tort. Je me suis laissé aller à placer des fonds depuis que je suis débarqué, et je m'en repens déjà. Si j'avais un immeuble comme le tien, j'y logerais tout ce que je possède. Ça ne tiendrait pas tant de place que tes millions.

— Oh ! ils n'en tiennent guère, mais je ne me sépare pas d'eux. Quand j'ai fait bâtir la maison, je me suis ménagé des cachettes. Je peux bien te dire ça, à toi, parce que je sais que tu n'iras pas le raconter. J'en avais une là-haut ; j'en ai une ici. Et le diable lui-même ne les découvrirait pas.

— Hé ! hé ! si ton locataire du second sondait les murs.

— Il ne trouverait rien du tout. D'abord, tu penses bien que je n'ai rien laissé chez lui qu'une place vide. Mais cette place je le défie de la dénicher. Le maçon qui l'a creusée sous mes yeux est mort depuis longtemps et je n'ai dit mon secret à personne. Tu me le demanderais que je ne te le dirais pas.

— Tu aurais bien raison, et je ne serai pas assez bête pour te le demander.

— Oh ! ce n'est pas que je me méfie de toi. C'est un principe. Personne que moi ne verra mon or, mes bijoux et mes titres. Je suis jaloux de mon trésor autant et peut-être plus que je ne le serais de ma femme, si j'en avais une. Et si tu savais le plaisir que j'ai à le regarder et à le toucher tous les soirs, avant de m'endormir, tu comprendrais pourquoi je ne découche jamais.

— Je comprends si bien, que je me demande comment tu as pu penser à te marier.

— Peuh ! c'était une lubie... je voulais avoir un fils à qui laisser ma fortune... mais ça m'a passé.

— Tu n'as donc pas de parents, là-bas, à Maurice ?

— Je ne m'en suis jamais connu, Dieu merci !
On m'a trouvé au pied d'un cocotier.

— Tu as de la chance. Moi, j'en ai des parents...
quelque part... en Bretagne... seulement, ils ne se
sont jamais inquiétés de moi, et je ne m'inquiète
pas d'eux. Mais, dis donc, quand tu avaleras ta
gaffe, mon vieux, c'est l'État qui héritera de
toi.

— De ma maison, oui, si je ne fais pas de testament. Quant au reste... eh bien ! personne ne
l'aura. A moins pourtant, ricana Matapan, que tu
n'achètes la cassine après ma mort et que tu ne la
fasses démolir pour prendre ce qu'il y a dedans.
Maintenant que je t'ai renseigné, tu dois être fixé
sur cette spéculation-là. Elle ne serait pas mauvaise.

— Je ne serai jamais assez riche pour l'essayer.
Et d'ailleurs, je partirai le premier.

— Marie-toi, puisque tu en as envie. Tu légue-
ras le secret à tes enfants.

— Je ne demande pas mieux, dit Giromon en
riant. Présente-moi une fille qui ait une bonne
dot et qui ne soit pas trop laide.

Pas une comtesse, par exemple ! Elle ne voudrait
pas de moi.

— Ma foi ! j'ai peut-être ton affaire. Que dirais-
tu d'une demoiselle dont le père a fait fortune dans
la droguerie?

— Dans la droguerie ou ailleurs, ça m'est égal, pourvu que le père ait des écus.

— Et qu'il n'y regarde pas de trop près pour les renseignements, hein ?

— Oh ! je lui dirais d'aller en prendre en Chine ; il trouverait que c'est trop loin, et il se contenterait de s'aboucher avec mon notaire... Je n'en ai pas, mais j'en aurais un, et je lui exhiberais mes capitaux.

— Je crois, en effet, que M. Bourleroy n'en demanderait pas davantage. Reste à savoir si tu plairais à sa fille Herminie.

— On tâcherait, dit modestement Giromon, en soufflant sur le fourneau de son narghilé qui s'éteignait.

— Es-tu bien sûr que je suis seul à connaître ton passé ? demanda le baron après un silence.

— Ceux qui l'ont connu, s'il en reste, croient que j'ai bu à la grande tasse ou que j'ai été pendu. Quand nous naviguions ensemble et, plus tard, quand je travaillais avec ces bons Chinois, je n'ai jamais porté que des noms de guerre. Personne ne devinerait qu'autrefois Jean Giromon, rentier et capitaliste, s'est appelé... Ah ! diable ! je n'y pensais plus. Il y a quelqu'un à Paris qui m'a vu, il y a cinq ans, à Saïgon...

— C'est fâcheux... Qui donc ça?

— Un ancien lieutenant de vaisseau de la *Junon*...
un M. de Courtaumer.

— Courtaumer ! s'écria Matapan. Tu connais un
monsieur qui porte ce nom ?

— Je le connais même beaucoup, répondit Giromon, assez surpris de la mine que faisait son ami.
Il m'a rendu là-bas un fameux service. Sans lui,
on m'aurait passé au cou une cravate de chanvre.
J'avais été pris sur une jonque... je t'ai raconté
cette vieille histoire. Ce Courtaumer commandait
la canonnière qui nous a pincés... au lieu de me
faire pendre, il m'a défendu devant la commission
maritime qui m'a jugé à Saïgon.

— Ça ne prouve pas qu'il ait cru à ton innocence. Et il sait que tu es ici, ce monsieur ?

— Il m'a vu hier, déjeunant dans le même res-
taurant que lui... et après, je me suis assis à côté
de lui aux Champs-Elysées. Je lui ai même parlé.
Je lui ai rappelé qu'il m'avait tiré d'un mauvais
pas.

— Ah ! ça, tu étais donc ivre ? Quel besoin
avais-tu de te livrer ainsi ?

— Je conviens que j'ai eu tort... et je me suis
aperçu tout de suite que je venais de faire une
bêtise, car il m'a très mal reçu. Il a même eu l'air
de me dire que je lui étais très suspect.

— Que le diable t'emporte ! sais-tu ce que c'est
que cet homme ? C'est un parent du juge d'instruc-

tion qui m'a interrogé aujourd'hui et qui a pris
carrément le parti du voleur. Il voulait me forcer
à retirer ma plainte.

J'espère du moins que tu n'as pas dit à ton lieutenant de vaisseau que tu me connaissais?

— Mais si ! je ne pouvais pas me douter que ça
te serait désagréable.

— Ah ! c'est trop fort. Comment ! tu rencontres
un officier qui t'a pris avec des pirates, et tu imagines de me citer comme un de tes amis ! A quel
propos, mille tonnerres !

— Mais... il me traitait du haut en bas...

— Parbleu ! Il doit avoir une jolie opinion de
toi.

— Alors, j'ai voulu lui montrer que j'avais à
Paris un camarade bien posé.

— Je ne te savais pas si bavard. Au fond, je me
moque de tous ces Courtaumer, aussi bien du marin que du juge, mais tu aurais bien fait de tenir
ta langue. Depuis que je me suis retiré des affaires,
si personne ne m'a demandé compte de mon passé,
c'est que j'ai toujours été prudent. Un mot peut
quelquefois coûter cher. Et, en ce moment, plus
que jamais, je suis obligé de me tenir sur mes
gardes. Quand on a des rapports avec la justice,
même comme témoin, on doit s'attendre à être
épluché. Je parierais bien que mon dossier a déjà
été examiné. Ils n'y trouveront rien contre moi,

mais n'importe ! j'aimerais tout autant qu'ils n'y missent pas le nez. Et s'ils s'avisaient de le ratta- cher au tien, je ne serais plus si tranquille.

Enfin, qu'est-ce qu'il t'a dit, quand tu lui as parlé de moi ?

— Rien du tout... par la raison qu'au moment où je venais de prononcer ton nom, un de ses amis est survenu et l'a emmené. Mais j'y pense... quand même je ne me serais pas recommandé de toi, il saurait tout de même à cette heure, que je te con- nais.

— Pourquoi ça ?

— Parce que, ce matin, il m'a vu causant avec ton portier.

— Ce matin ?

— Oui. J'ai conservé l'habitude de me lever au petit jour et je ne savais pas que tu n'es jamais visible avant midi. Ça fait que je suis venu, sur le coup de dix heures, pour te demander à déjeuner. Le concierge m'a dit que ta porte était fermée... il est très aimable ce bonhomme-là, et il t'est très dévoué.

— Oui, je l'ai tiré de la misère et je n'ai con- fiance qu'en lui pour garder ma maison... et pour me garder... mais reviens au Courtaumer.

— Eh bien, pendant que M. Marchefroid me ren- seignait... il paraît qu'il s'appelle Marchefroid... ces Parisiens ont de drôles de noms... l'officier de marine est venu à passer... il descendait de là-haut.

— Et il t'a reconnu ?

— Oh ! du premier coup. Et comme il me regardait de travers, ma foi ! je lui ai dit : Vous voyez bien que je ne blaguais pas hier quand je vous racontais que j'étais l'ami du baron Matapan.

— Animal ! il ne manquait plus que ça.

— Mon cher, je ne te cache rien. J'aime mieux que tu saches à quoi t'en tenir. Je lui ai même demandé s'il venait de chez toi. C'était bête, puisque M. Marchefroid m'avait appris que tu ne recevais pas.

— Qu'est-ce qu'il t'a répondu, le Courtaumer ?

— Il m'a répondu qu'il n'allait que chez ses amis, et que tu n'en étais pas. Et d'un ton ! Fallait entendre ça ! J'allais lui river son clou, mais il a filé sans s'arrêter.

Matapan, au lieu de répondre, se versa un plein verre de rhum et l'absorba d'un trait. C'était sa façon de s'inspirer dans les cas embarrassants. Évidemment ce récit lui donnait à réfléchir, et il demandait conseil à sa vieille amie, la liqueur de la Jamaïque.

Giromon, tout penaud, crut devoir la fêter aussi pour se consoler d'avoir fait une balourdise.

— Mon vieux, lui dit le baron, je t'aurais donné de bon cœur dix mille piastres pour te taire, et si j'étais mauvais, je te consignerais à perpétuité

pour t'apprendre à venir fourrer des bâtons dans
mes roues. Et tu ne l'aurais pas volé. Mais je n'oublierai jamais que nous avons couru la grande
bordée ensemble, et si tu me promets de ne pas
recommencer...

— Je veux être accroché à une vergue si je dis
encore un mot sur toi. Je serai muet comme un
poisson ! Ah ! ça, tu as donc des histoires avec le
lieutenant de vaisseau ?

— Des histoires, non pas précisément. Je ne lui
parle pas, quoique je le rencontre assez souvent.

Mais il est du parti des la Calprenède, j'en suis
sûr.

— La Calprenède ! connais pas.

— Mon voleur s'appelle Julien de la Calprenède.

— Oh ! ces noms de Paris !

— Son père est comte. Le Courtaumer est comte
aussi, ou quelque chose comme ça.

— Et tous les *aristos* se soutiennent. Je comprends maintenant.

— De plus, il est l'ami d'un certain Doutrelaise
qui m'a loué mon quatrième, et qui sera appelé à
déposer dans l'affaire du collier, car c'est lui qui
m'a mis sur la voie, sans le vouloir. Il a rencontré le voleur sur l'escalier... il lui a même arraché de la main une de mes opales... il l'a encore,
et il faudra qu'il me la rende.

— Alors, il ne doit pas être avec ces la Cal... la Col..., jamais je ne pourrai prononcer ça...

— Mais, si... je le soupçonne d'être disposé à les défendre... pour des raisons qu'il est inutile de t'expliquer. De sorte que, probablement, Courtaumer, quand tu l'as vu passer dans le vestibule, venait de chez ce garçon-là... à moins qu'il ne vînt de chez le comte, où il serait allé pour s'entendre avec lui, ce qui serait bien pis, car le juge d'instruction est de sa famille et tiendrait compte de sa recommandation.

Et je parierais qu'il lui a déjà parlé, à ce juge de malheur, qui me conseillait de me désister. Je ne serais même pas étonné qu'il lui eût rapporté mon collier... oui, c'est ça ! Le père la Calprenède l'aura trouvé dans la chambre de son gredin de fils... il aura fait appeler ce matin le joli lieutenant de vaisseau, et il l'aura prié de rendre l'objet à son parent le magistrat.

Giromon, je te pardonne. Tu m'as rendu service, sans t'en douter. Grâce à toi, je vois clair maintenant dans le jeu de tous ces gens-là, et je gouvernerai le mien en conséquence.

— A la bonne heure ! s'écria Giromon. Tu ne m'en voudras plus ?

— A condition que tu seras discret.

— Oh ! tu m'as donné une bonne leçon, et elle me profitera. Je n'ai pas envie de me brouiller avec

toi, d'autant moins que j'ai une affaire à te proposer.

— Une affaire ? nous allons en causer. Mais d'a-
bord, retiens bien l'ordre et la marche. Tu me verras tous les jours, si ça te fait plaisir, mais le soir
seulement, de huit à dix. Plus tôt, ça me dérangerait, et plus tard, ça me dérangerait encore
plus, parce que je ne veux pas qu'on me réveille
quand je dors.

— C'est convenu. J'arriverai après mon dîner,
et tu me renverras quand tu auras assez de moi.

— Et tu ne te vanteras plus de ma connaissance
devant qui que ce soit. Quelle vie mènes-tu ici ?

— Une vie dont j'ai déjà assez. Je me promène,
je mange, je bois... ça me coûte très cher et ça ne
me divertit pas. La cuisine est fade, leur cognac
ressemble à de l'eau sucrée, les femmes ont des
figures de papier mâché... les théâtres sont des
boîtes où on étouffe comme si on était enfermé
dans la soute aux biscuits.

— Et tu parles d'épouser une Parisienne !

— Pour son argent... et encore il faudrait
qu'elle en eût beaucoup, car si je réussis dans une
entreprise que je prépare, je serai assez riche
pour me passer de l'argent des autres. Je retournerai dans l'Inde ; il me convient, ce pays-là...
et je vivrai comme toi... en tête-à-tête avec mes
écus.

— Une entreprise ! Est-ce que tu comptes te remettre à notre ancien métier ? Tu aurais tort, mon cher. Risquer le nœud coulant, c'est bon quand on a sa fortune à faire, mais quand elle est faite...

— Il faut travailler honnêtement. C'est bien mon idée. Et l'affaire que je tiens est honnête. Il s'agit tout bonnement de prendre possession d'un trésor qui sera perdu pour tout le monde, si je ne mets pas le grappin dessus.

— Un trésor ! répéta dédaigneusement le baron. Je ne crois pas aux trésors... excepté à ceux que j'ai vus et touchés... le mien, par exemple. C'était bon après la Révolution de chercher des trésors... la première, s'entend, la grande .. les nobles qui émigraient avaient la manie d'enfouir leur argent dans les caves ou dans les murs, et j'ai connu de braves garçons de la *bande noire* qui ont fait de bonnes affaires en démolissant les vieux hôtels. Mais ce temps-là est passé.

— Pas tant que ça ! grommela Giromon. Tu viens de me raconter toi-même que celui qui achètera ta maison après ta mort...

— Tu aurais tort de prendre au pied de la lettre ce que je t'ai dit, mon cher. Je m'arrangerai pour que mon magot ne tombe pas entre les mains du premier venu.

Parlons un peu du tien. Est-ce sérieux ?

— Tout ce qu'il y a de plus sérieux. Je ne suis pas un enfant... ni un blagueur.

— Non ; mais je me défie de tes illusions. Tu as une disposition naturelle à te monter la tête. Dans le temps, toutes les fois que notre vigie nous signalait un navire marchand, tu te figurais qu'il portait des tonnes d'or, et il se trouvait qu'il était tout bonnement chargé de planches ou de charbon.

— Pas toujours. Si nous n'avions pas fait souvent de bonnes prises, tu ne serais pas propriétaire à Paris. Mais il n'est pas question de ces vieilles histoires. Je te répète qu'il ne tient qu'à toi de doubler ta fortune en m'aidant à devenir plusieurs fois millionnaire.

— Diable ! voilà qui mérite attention. Aurais-tu découvert de nouvelles îles de guano ? Cette denrée est en baisse, mais nous en tirerions encore un bon parti.

— Non, ce n'est pas ça.

— Une mine d'or, peut-être ? ou un gisement de diamants ?

— Ni l'un, ni l'autre.

— Au diable, alors! Explique-toi, au lieu de me faire chercher.

— Je ne demande pas mieux. Tu viens de parler d'une mine d'or. Sais-tu où sont les plus productives ?

— En Californie, au Pérou et ailleurs. Est-ce

que tu te proposes de me faire un cours de géographie ?

— Je me propose de te renseigner utilèment. La vraie mine d'or, mon vieux, c'est le fond de la mer.

— Bon ! les galions de Vigo ! merci ! j'ai été assez bête pour y croire, et j'ai perdu une centaine de mille francs dans cette belle affaire-là.

— Tu ne perdrais rien dans celle que je te propose, attendu que je ne songe pas à la mettre en actions. Si nous ne réussissions pas, nous en serions quittes pour nos peines.

— Je ne comprends pas. Parle clairement, et je te répondrai.

— Alors, écoute-moi avec attention. L'histoire que j'ai à te raconter est un peu longue, mais je vais tâcher de résumer les faits. Je ne t'ai jamais dit ce que j'avais fait après avoir navigué avec mes amis les Chinois ?

— Non. J'ai su que tu avais placé ton avoir dans une maison de banque de Calcutta et que tu t'étais retiré des affaires.

— C'est exact. Il s'en était fallu de très peu que je fusse pendu. Ça m'avait dégoûté. Et puis, je me trouvais assez riche. Je voulais me reposer et revenir en Europe. Je pris par le plus long, je m'en allai au Japon, et de là en Amérique, où je suis resté trois ans. J'avais eu l'idée de monter au Colorado une grande maison de commission pour l'envoi en Angleterre des métaux précieux. Mais ça n'a pas marché. Je ne suis pas né pour le commerce.

— Si ! ricana Matapan, tu entends à merveille le commerce qu'on fait à coups de canon.

— Pas si bien que toi. Et ce trafic-là est trop dangereux. Tu es de cet avis-là, car tu y as renoncé.

Mais je reviens à mon récit. Au bout de la troisième année, au mois de janvier 79, je me décidai à venir faire un tour à Paris, pour voir si je m'y plairais.

— En janvier 79 ! mais nous sommes en décembre 80, et tu viens seulement d'arriver !

— Ah ! c'est que j'ai eu des aventures en route. D'abord, au lieu de prendre passage sur un trans-atlantique de New-York au Hâvre, je suis allé m'embarquer à la Vera-Cruz... histoire de voir le Mexique en passant... et j'ai choisi un navire à voiles... je n'aime pas les paquebots à vapeur...

— Le manque d'habitude... je conçois ça. Tu as fait ta fortune sur de fins voiliers... le *Gavial*, par exemple.

— Pour cette raison ou pour une autre, je revins donc sur un joli trois-mâts à destination de Liverpool. Il était frété par un Californien dont j'avais fait la connaissance à Mexico et qui voulut bien me prendre à son bord. Ce gaillard-là possédait quelque chose comme douze millions en poudre d'or, c'est-à-dire en lingots. Il passait pour avoir découvert un *placer* dans le Sonora. Ce qu'il y a de sûr, c'est que ses douze millions étaient dans des caisses en fer et qu'il les avait fait charger sur le navire qui devait nous porter en Angleterre. Il espérait trouver à Londres une plus-value sur ses pépites, et il n'avait pas voulu les convertir en traites délivrées par une maison de banque de Mexico.

— Je crois que je commence à deviner. Vous avez fait naufrage ; ton Californien s'est noyé et ses caisses sont allées au fond de l'eau.

— Tu ne devines pas tout. Le navire était sous pavillon américain et nous avions un équipage de Yankees, tous bons marins, mais ivrognes finis. Le capitaine ne dessoûlait pas. Mon ami, le Californien, était presque aussi soiffard que les matelots. Moi, je buvais avec lui, mais je ne perdais pas la tête et je veillais au grain. Je crois bien que nous serions arrivés tout de même à destination, sans un coup de suroît qui nous a pris par le travers à cent lieues de terre, devant le golfe de Gascogne. Le navire tenait bien la cape et il s'en serait certainement tiré si le gouvernail n'avait pas été emporté le soir du second jour. Plus moyen de manœuvrer ; nous allions à la grâce de Dieu...

— Et Dieu vous a fait la grâce de mettre le navire à la côte ! dit ironiquement le baron.

— Non, pas à la côte, mais bien pis. Sur le coup de minuit, par une nuit noire comme la peau du diable, nous avons touché sur un caillou, et la barque a coulé à pic. Mon Californien dormait dans son cadre. Il ne s'est pas réveillé. Le capitaine venait de prendre le grand quart. Il a été enlevé par un paquet de mer une minute avant que le navire ne donnât au milieu des brisants.

— Et tu t'en es tiré ?

— Moi, j'ai eu la chance d'être jeté par une lame sur le rocher qui avait crevé notre avant, et j'ai pu me cramponner à une pierre pointue. Si je croyais aux miracles, je dirais que c'en est un.

— Alors, tu as survécu seul ?

— Absolument seul. Nous étions vingt-deux à bord. Pas un n'est revenu, excepté moi.

— Et on t'a ramassé le lendemain sur ton rocher.

— Non. J'y suis resté vingt heures, et je m'en suis tiré sans le secours de personne.

— A la nage ?

— Oui, la terre n'était pas très loin, et j'ai pu me reposer plusieurs fois pendant le trajet. Cette côte-là est défendue par une ceinture d'écueils qui s'étendent à plus d'une lieue au large.

— Bon ! je me doute de l'endroit. Mais, après avoir abordé, tu as été recueilli par des gens du pays, je suppose !

— Pas du tout. Le pays est à peu près désert, et puis je t'avouerai que je n'ai pas cherché à rencontrer les habitants.

— Tu devais pourtant avoir besoin de soins.

— Bah ! je suis dur au mal. J'étais trempé jusqu'aux os et je crevais de faim, mais je n'avais rien de cassé et je portais sur moi dans une ceinture de cuir mille dollars en pièces d'or américaines, sans compter qu'une lettre de crédit m'attendait à Londres. Avec ça, on va loin et on peut se passer d'aide.

Or, j'avais mes raisons pour ne voir personne.

— Comment ! tu pensais déjà à repêcher les millions du Californien ?

— J'y pensais vaguement. Je me disais : On ne fait pas naufrage incognito. Aucun sémaphore n'a signalé le navire, et nul autre que moi ne sait au juste la place où il a sombré. Mais on finira par la connaître. Des épaves surnageront ; la mer poussera des cadavres sur la grève. Les pêcheurs feront des recherches. Et les compagnies qui ont assuré le navire en feront de leur côté. Mais, à la rigueur, tout ce qu'on tentera peut n'aboutir à rien. Et si on ne trouve pas l'endroit, les millions y resteront jusqu'à ce qu'on vienne les en tirer.

Dans tous les cas je ne risque rien de me taire.
C'est dans une occasion comme celle-là qu'on peut
dire que le silence est d'or.

— Tu fais des mots, maintenant! murmura le
baron, qui devenait de plus en plus attentif.

— Je ne sais pas ce que tu appelles des mots,
mais je te jure que je ne dis que la vérité. Après
m'être séché dans une cabane de douaniers qui
ont cru que j'avais été surpris par la marée et
bloqué dans un trou de la falaise, j'ai gagné à pied
la plus prochaine station du chemin de fer, et je
suis parti.

— Sans faire ta déclaration aux autorités maritimes?

— Sans rien dire à qui que ce fût.

— Sais-tu, Giromon, que c'est très fort ce que
tu as fait là! s'écria Matapan.

— Peuh! dit l'homme aux oreilles percées, c'é-
tait tout simple, et tu en aurais fait tout autant.
Je prenais mes précautions pour le cas très peu
probable où le naufrage ne serait pas constaté,
mais j'avoue que je n'y comptais pas.

— Et c'est ce qui est arrivé?

— Mon Dieu, oui. J'ai eu de la chance jusqu'au
bout.

— Es-tu certain de ce que tu avances?

— Aussi certain qu'on puisse l'être. Le navire
était assuré à Londres et consigné à un négociant

de Liverpool. Or, je viens de passer trois années en Angleterre et je te prie de croire que je me suis renseigné sans bruit. Les compagnies d'assurances et le consignataire ont fait faire toutes les recherches possibles et imaginables. On n'a jamais eu la moindre nouvelle du bâtiment. Il a été porté comme disparu avec cette mention : présumé perdu corps et biens. Et maintenant on n'y pense plus. Il y a eu entre les héritiers de mon Californien et les assureurs un procès qui n'est pas encore jugé, mais tous ceux qui figuraient sur le rôle d'équipage sont considérés comme étant décédés.

— De sorte que légalement tu es mort.

— J'ai oublié de vérifier le fait, qui d'ailleurs ne m'intéresse guère, attendu que j'étais inscrit sous un nom d'emprunt. Mais ce que je t'affirme encore une fois, c'est qu'il n'y a plus au monde que moi qui sache où sont les douze millions.

— Il n'y a donc pas de pêcheurs sur cette côte-là, pas de gens de mer ?

— Mais si, il y en autant et plus qu'ailleurs.

— Alors, ils sont bien bêtes... bien peu curieux surtout. Comment ! voilà un grand navire qui sombre, à quelques encâblures de terre... il n'a pas été dépecé par la mer, il a coulé à pic, je le veux bien... mais les cadavres finissent toujours par surnager... des débris se détachent de la coque

ou de la mâture... et les marins qui ont recueilli
ces épaves ne se sont pas inquiétés de savoir d'où
elles provenaient !

C'est impossible, mon vieux; et les habitants du
pays doivent en savoir aussi long que toi. Ton secret est le secret de Polichinelle.

— Je vais te prouver le contraire. D'abord, dans
les parages où nous nous sommes perdus, les si-
nistres sont très fréquents; il y en a eu trois ou
quatre pendant le seul mois de janvier 1879, et
justement, parmi les navires naufragés, il y avait
deux américains. Les cadavres que le flot a jetés
à la côte n'avaient pas d'étiquette, et on ne les a
pas envoyés en Amérique pour qu'on les recon-
nût. Personne n'a su que le bâtiment chargé de
poudre d'or était là sous trente brasses d'eau,
personne... je m'en suis assuré.

— Comment?

— Mon cher, je suis allé trois étés de suite
m'installer, sous prétexte de prendre les bains de
mer, dans un hameau qui se trouve à une lieue
tout au plus des rochers contre lesquels le bâtiment a touché. J'y étais encore il y a trois mois, et
je venais d'y passer six semaines. Là, j'ai fait connaissance avec tout le monde. Je passe pour un
original qui ne rêve que pêches et promenades en
mer. J'ai loué un bâteau et un équipage; je me
suis fait conduire partout; j'ai causé avec tous les

gens du pays. Et je te prie de croire que si l'un d'eux avait eu vent du trésor, je l'aurais su. Ils m'adorent là-bas, et ils ne se défient pas de moi.

— Et ceux qui t'avaient vu le lendemain du naufrage ne t'ont pas reconnu ?

— Qui ça ? Deux douaniers et quatre ou cinq paysans que j'ai rencontrés il y a trois ans ? Tu t'imagines qu'ils se sont souvenus d'un pauvre diable tout mouillé qui demandait son chemin ? Mais tu oublies que dans le pays on me prend maintenant pour un mylord anglais.

— C'est possible après tout, murmura Matapan, qui commençait à réfléchir. Par combien de brasses le navire a-t-il coulé ?

— Vingt au moins.

— Tu as retrouvé la place !

— Ah ! je crois bien. J'ai revu et exploré le rocher où je passai une si mauvaise nuit. Je m'y suis fait mener vingt fois. J'y suis même allé tout seul dans un canot que je conduisais à l'aviron, et j'ai tout examiné. L'endroit est excellent pour la pêche, de sorte qu'on ne s'étonnait pas de m'y voir aller si souvent. Et comme j'ai eu soin une fois d'emporter un plomb de sonde, j'ai pu vérifier la position de l'épave.

— C'est parfait. Alors tu as le projet de ne pas laisser les millions au fond de l'eau.

— Je l'ai depuis longtemps.

2.

— Eh ! bien, pourquoi donc as-tu tant attendu ?

— ·Pour plusieurs raisons que je vais t'expliquer. La première, c'est que je voulais, avant d'agir, laisser les intéressés se fatiguer de faire des recherches pour savoir ce que le navire était devenu. Pendant six mois et même pendant un an, on s'est occupé en Angleterre et en Amérique de la disparition de ce bâtiment si richement chargé. Les journaux en parlaient souvent et se livraient à toutes sortes de conjectures. On a été jusqu'à répandre le bruit qu'il avait été pris par des pirates qui l'avaient brûlé après en avoir extrait les caisses pleines d'or et massacré l'équipage.

— Hé ! hé ! le fait est que c'eût été une jolie prise, et si nous avions rencontré cette occasion-là quand nous croisions sur le *Gavial*...

— Nous ne l'aurions pas manquée ; mais il dépend de nous de la retrouver. Et nous en aurons le profit sans courir de risques, puisqu'il n'y a plus personne pour défendre le trésor.

— Il y a la mer, c'est bien pis.

— Ce n'est rien quand on sait s'y prendre. Trois ans se sont écoulés. Il y a eu depuis des centaines de naufrages, et on ne pense plus à celui-là. Nous avons le champ libre.

— Tu dis : nous. Tu comptes donc m'associer à ton entreprise ?

— Tu le vois bien, puisque je t'en parle.

— C'est gentil de ta part, dit assez froidement M. Matapan.

— Ma foi ! oui, car tu as beau être riche, tu ne peux pas dédaigner une aubaine comme celle-là. Et tu n'as pas l'air de me savoir beaucoup de gré de te la proposer, grommela Giromon.

— Mais, si; mais, si. Seulement... je me demande quel intérêt tu as à m'offrir d'y participer.

— Tu ne comptes pour rien le plaisir que j'éprouve à doubler la fortune d'un vieil ami?

— Absolument pour rien. Tu vois que je suis franc.

— Eh bien ! tu te trompes. C'est notre camaraderie qui m'a décidé à te choisir... car j'aurais pu m'adresser à un autre.

— A la bonne heure ! tu conviens que tu ne pouvais pas faire l'affaire tout seul ?

— J'en conviens.

— Et tu avais besoin, pour t'aider, de quelqu'un qui eût beaucoup d'argent.

— Mais, non; pas du tout : j'en ai bien plus qu'il n'en faut pour opérer comme je l'entends. Tu te figures donc que je vais installer des appareils de sauvetage et embaucher une armée d'ouvriers ? C'est pour le coup que nous pourrions faire notre deuil des millions. Ah ! il y aurait un beau tapage quand nos travailleurs ramèneraient la première caisse de lingots ! La nouvelle ferait

le tour du monde, et nous aurions des procès avec
toutes les compagnies d'assurances de l'Angleterre.

— Ça, c'est très possible, et c'est pourquoi ta
pêche miraculeuse est impraticable. Nous pren-
drions beaucoup de peine pour enrichir les autres.

— Pas si bête ! Nous ne serons que deux à pêcher, et personne n'en saura rien.

— Je ne dis pas que tu sois bête, mais bien certainement tu es fou. Où as-tu vu que deux hommes
pouvaient retirer de la mer des caisses qui sont
coulées par vingt brasses de profondeur ?

— Mon vieux, c'est ici qu'il faut m'écouter avec
attention.

— Je suis tout oreilles.

— Tu sauras d'abord que je me prépare depuis
trois ans à exécuter l'opération que je vais t'expliquer. Je n'ai pas perdu mon temps, là-bas, de
l'autre côté de la Manche. Au lieu de flâner dans
les rues de Londres, je suis allé m'établir à Whitstable.

— Qu'est-ce que c'est que cet endroit-là ?

— C'est une petite bourgade située à l'embouchure de la Tamise, sur la rive droite. Elle n'est
habitée que par des marins qui exercent presque
tous la même industrie. Ils ont la spécialité des
travaux sous-marins. C'est parmi eux que se re-
crute la corporation des plongeurs anglais.

— Comment ! les plongeurs forment une corporation ?

— Très nombreuse, mon cher, et qui fait d'excellentes affaires. Elle achète à forfait les navires naufragés, et je te réponds qu'elle n'y perd pas. Ainsi, par exemple, si ces gens savaient où est l'épave que je veux garder pour nous, leur syndic irait trouver les assureurs et leur dirait : Si vous nous cédez la propriété du chargement, nous vous donnons comptant un million, ou deux millions — le chiffre est à débattre — et nous exploiterons à nos risques et périls cette mine d'or, qui pour vous ne vaut rien, tandis qu'elle nous rapportera peut-être douze millions.

— Bon ! je comprends. Et après ? à quoi te serviront ces gaillards-là ?

— Ils ne me serviront pas ; ils m'ont servi. Ils m'ont appris à plonger.

— Bah ! s'écria Matapan. Comment ! tu es plongeur maintenant ? Je ne te connaissais pas ce talent-là. Alors, tu pourrais pêcher des perles comme nous l'avons vu faire à de pauvres diables, là-bas, à Ceylan ?

— Il ne s'agit pas de ça du tout, répondit Giromon. Ces gens-là sont des sauvages, qui ne savent que retenir leur respiration pendant deux ou trois minutes et remonter vivement après avoir ramassé au fond une brassée d'huîtres perlières.

— Assurément, ricana le baron, ils ne rappor-
teraient pas, par ce procédé primitif, une caisse
pleine de lingots.

— Non, dit tranquillement l'homme aux oreilles percées, mais les plongeurs de Whitstable se
servent d'un appareil qui leur permet de rester
longtemps sous l'eau et d'y travailler tout à leur
aise.

— J'ai vu ça. L'invention n'est pas neuve.

— Elle est excellente, quand on sait s'en servir, et je le sais maintenant. Il m'a fallu du temps.
L'apprentissage est long, mais je suis arrivé à
être de première force. Le chef de la corporation
de Whitstable m'aurait fait des avantages superbes, si j'avais voulu m'engager dans la compagnie
qu'il commande.

— Et tu as refusé parce que tu avais ton idée.
Eh ! bien, je ne la devine pas encore.

— Je vais te l'expliquer. C'est le moment. Je
te disais donc qu'un homme revêtu d'un certain
costume que tu connais peut descendre sous l'eau
à de très grandes profondeurs et y rester très
longtemps.

— Parfaitement. C'est ce qu'on appelle un scaphandre.

— Tout juste. Eh ! bien, grâce aux essais répé-
tés auxquels je me suis livré, je suis en état d'entreprendre les travaux sous-marins les plus diffi-

ciles. Quand j'ai le casque en tête et le vêtement
de cuir sur le dos, je suis aussi à mon aise au fond
de la mer que si je me promenais sur le boulevard
en redingote.

— A condition qu'on t'envoie de l'air avec un
tuyau, n'est-ce pas ?

— Bien entendu. Je n'en suis pas encore arrivé
à respirer comme les poissons.

— Donc, il faut être plusieurs pour manœuvrer
l'appareil ?

— Plusieurs, non. Ordinairement, on est trois :
un qui plonge et deux qui font jouer la pompe à
air. Mais, à la rigueur, on peut n'être que deux.

— Comment ! un seul homme suffit pour pom-
per ?

— J'en suis sûr. J'ai essayé, et l'expérience a
réussi. Il ne faut qu'un peu d'habitude, qu'on acquiert très vite, surtout quand on a été marin. C'est
moins difficile que de tenir la barre et même que
de virer au cabestan.

Or, tu as été et tu es encore un marin fini.

— Oh ! je suis un peu rouillé ; mais c'est égal,
je ne serais pas encore embarrassé si j'avais un
navire à commander.

Alors tu as pensé à moi pour manœuvrer la mécanique ?

— C'est-à-dire, mon vieux, que je ne pouvais
penser qu'à toi. C'est un poste de confiance que

celui-là. Songe donc que la vie du plongeur dépend du camarade qui lui expédie de l'air. S'il s'arrêtait...

— Je comprends. L'autre mourrait asphyxié. Et puis, douze millions c'est tentant. Il y a des gredins qui aimeraient mieux ne pas partager avec un ami.

— Oh ! de ce côté-là, je n'aurais pas de crainte. Celui qui jouerait ce tour au plongeur ne tirerait aucun profit de sa canaillerie, car il ne pourrait pas opérer seul, et l'or resterait où il est.

— A moins que le susdit coquin ne fît son coup au dernier plongeon. Il laisserait son collaborateur rapporter tous les lingots, sauf une caisse ; en renonçant à celle-là, il lui resterait encore un joli bénéfice.

— Brr ! c'est une vilaine idée que tu as là, dit Giromon un peu interloqué. Mais je sais que tu aimes à plaisanter et je n'aurais pas peur de toi. Je m'empare même de ton objection pour te démontrer que je ne puis m'adresser qu'à un homme de confiance ; je ne proposerais pas l'affaire à un autre qu'à un ami éprouvé.

— Admettons que je sois cet ami. Admettons même que j'apprenne à jouer de la pompe à air, quoique ça ne m'amuse guère. Fais-moi le plaisir de me dire comment tu comptes opérer.

— C'est très simple. Nous nous transporterons

tous les deux dans le petit village dont je t'ai
parlé. J'y connais une maison isolée qui est très
logeable et qu'on nous louera quand nous vou-
drons. Nous ne prendrons personne avec nous.
Une femme de matelot viendra nous faire un peu
de cuisine, et ça ne surprendra pas les habitants
du lieu. Je n'ai jamais vécu autrement quand j'y
suis allé.

Toi tu passeras pour un original qui a les mêmes
goûts que moi, un amateur enragé de pêche et de
canotage.

J'ai là-bas tout ce qu'il faut, une embarcation à
voiles que deux hommes peuvent conduire, des lignes, des filets de toute espèce...

— Bon ! et l'appareil ?

— Nous le ferons venir, parbleu ! bien emballé
dans des caisses qu'on remisera sans les ouvrir dans
notre maison, où personne ne mettra jamais les
pieds que nous. Et nous déballerons nous-mêmes.

Une fois que nous serons outillés, nous nous
mettrons en campagne. Promenade en mer par
tous les temps, tous les jours et très souvent la
nuit, sous prétexte de pêcher. Les gens du pays
sont accoutumés à mes manies. Ils ne s'occuperont
pas de nous.

Je te conduirai à la place où nous devrons travailler, et nous ferons quelques sondages pour relever exactement la situation du navire.

Et quand tout sera prêt, quand on ne s'occupera plus de nous et de nos expéditions, parce qu'on nous aura vus rapporter du poisson tout autant que les matelots qui font leur métier de pêcher, alors, une belle nuit, nous mettrons nos engins dans notre barque. Ça ne tient pas beaucoup de place, et comme tout le monde sera couché, personne ne nous verra embarquer. Nous gouvernerons sur le bon endroit, nous jetterons une ancre, et d'ailleurs la roche est tout près et nous pourrons nous y amarrer solidement.

— Bon ! mais tu te figures donc qu'en descendant au fond, tu n'auras qu'à te baisser pour ramasser les lingots.

— Non pas. Le sauvetage sera long. Il me faudra d'abord chercher et trouver les caisses... ensuite, les briser à coups de hache...

— Et tu te sens de force à le faire ?

— Mais oui. Je me suis exercé à Whitstable et rien ne m'embarrasse plus. Je travaille avec quarante ou cinquante brasses d'eau sur la tête absolument comme si j'étais à terre.

— Très bien. Et une fois les caisses enfoncées ?

— Je remplirai mon sac de lingots, un sac attaché à ma ceinture, je sonnerai, et tu me remonteras. Ce n'est pas plus difficile que ça. Je peux descendre quatre ou cinq fois dans la même nuit.

Et nous rentrerons avant le jour avec une embarcation lestée de pépites.

Voyons ! maintenant que tu es au courant, diras-tu encore que mon projet n'est pas pratique ?

— Pratique ? hum ! je n'en sais rien. Mais enfin on peut tenter de l'exécuter. Seulement, combien estimes-tu qu'il faudrait de temps pour épuiser la mine d'or ?

— Je ne veux pas te tromper : ce serait une affaire de deux ou trois mois... peut-être de trois ou quatre. Si nous voulions aller trop vite, nous ne réussirions pas. Il faut le temps de prendre pied là-bas, d'habituer à nous les gens du pays, et puis l'opération elle-même ne se fera pas très vite.

— Mettons quatre à cinq mois. C'est trop pour moi. J'ai un trésor à garder ici, et si je m'absentais pendant un ou deux trimestres, je ne serais pas tranquille.

— Alors, tu trouves que douze millions ne valent pas un déplacement ?

— Je ne dis pas ça, mais je demande à réfléchir. Tu n'as pas, je suppose, l'intention de partir en plein hiver ?

— Mon cher, je suis très indécis sur le choix de la saison. Il y a le pour et le contre. L'été, nous aurions des temps calmes et nous travaillerions plus facilement. Mais, par contre, les côtes sont

infestées de baigneurs et de touristes qui pourraient mettre le nez dans nos opérations.

— Et me reconnaître, moi, qui suis très répandu
à Paris.

— Justement. Tandis que l'hiver, il n'y a là-bas
que les naturels du pays. Nous serions plus tran-
quilles. Seulement, ça sera peut-être plus long,
parce que nous aurons souvent des coups de vent
qui nous empêcheront de sortir avec l'embarcation.

Qu'en dis-tu, toi ? Je me rangerai à ton avis.

Le baron Matapan fit attendre sa réponse. Il paraissait être plongé dans de profondes réflexions et
dans une espèce de somnolence produite sans doute
par le rhum et par le tabac.

— Giromon, dit-il enfin, je ne te promets rien,
et si je me décide à devenir ton associé, je ne me
mettrai pas en campagne tout de suite.

— Soit ! mais quand seras-tu disposé à partir ?

— Quand j'aurai fait condamner le sire de la
Calprenède fils, répondit le baron. Je ne le lâcherai pas avant qu'il ait passé aux assises.

Et maintenant, ajouta-t-il en se levant pénible-
ment, fais-moi le plaisir de décamper. Il est dix
heures passées.... C'est l'heure où je m'endors et je
tombe de sommeil.

II

La journée avait paru bien longue à Doutrelaise.
Elle s'était passée sans qu'il vît personne et sans
qu'il entendît parler de rien. Il avait déjeûné seul
au coin de son feu et il s'était habillé pour être
prêt à sortir. Il s'attendait à être appelé devant le
juge d'instruction et il tenait essentiellement à
déposer le plus tôt possible, car il lui tardait de
réparer les imprudences qui avaient causé l'arrestation de Julien. Il les regrettait amèrement, il
les maudissait ces légèretés de paroles et de conduite que M. Matapan avait si perfidement exploi-
tées. Car il ne pouvait pas se dissimuler que tout
le mal était venu du récit de la rencontre nocturne
et de l'exhibition de l'opale.

Et son chagrin était d'autant plus vif qu'il ne
doutait plus de s'être trompé en accusant le frère

de mademoiselle de la Calprenède. Que devait penser des funestes erreurs de son amoureux l'adorable jeune fille qu'il aimait ? Sa visite l'avait un peu rassuré. Il se disait que si elle ne lui avait pas pardonné ses torts involontaires, elle ne serait pas venue lui offrir un moyen de les racheter. N'était-ce pas un traité d'alliance qu'elle avait conclu avec lui en le priant de l'aider à sauver le malheureux Julien ? Et le choix du moyen qu'elle indiquait ne prouvait-il pas qu'elle avait en son dévouement et en sa discrétion une confiance absolue ?

Elle lui avait associé Jacques, mais Jacques était un brave garçon tout à fait incapable d'abuser de la situation pour chercher à supplanter son ami Doutrelaise. Et d'ailleurs Jacques ne pouvait jouer dans le sauvetage du jeune la Calprenède qu'un rôle assez effacé. Il déclarait lui-même que son influence sur son frère était nulle. Doutrelaise, au contraire, était en mesure d'agir efficacement auprès du juge d'instruction. Il n'avait, pour ainsi dire, qu'à parler, et il n'était pas obligé d'altérer ni de déguiser la vérité. Il lui suffisait d'expliquer à M. Adrien de Courtaumer que le baron Matapan avait étrangement exagéré les faits ; que toutes ses accusations reposaient sur un incident que lui, Doutrelaise, envisageait maintenant d'une tout autre façon, et que rien ne démontrait que

l'individu qui montait l'escalier à minuit un quart
fût Julien de la Calprenède. Il n'avait qu'à faire
ressortir les circonstances qui rendaient invraisemblables les suppositions de Matapan. L'homme
au collier était plus grand et plus fort que Julien.
Et ce n'était pas la première fois qu'on s'introduisait la nuit dans l'appartement de M. de la Calprenède.

Ces particularités et d'autres indications qu'on
pouvait mettre en lumière devaient impressionner
favorablement un magistrat impartial, et Albert
employa quelques heures à préparer sa déposition.

A sa grande surprise et sa très vive contrariété,
la citation à comparaître ne vint pas.

Et pourtant le greffier de M. de Courtaumer l'a-
vait envoyée en même temps que celle du baron.
Malheureusement, c'était le portier Marchefroid
qui les avait reçues, et il avait jugé à propos de les
remettre toutes les deux à son maître. Le drôle
était coutumier du fait. Il espionnait les locataires,
et il ne se gênait pas pour rapporter à M. Matapan
tout ce qu'il apprenait sur leur compte. Et il savait beaucoup de choses, car toutes les lettres passaient naturellement par ses mains.

Le baron, qui redoutait le témoignage de Doutrelaise, avait imaginé de lui jouer un tour de sa
façon. Il avait ordonné à son satellite Marchefroid

de garder la citation et de ne la remettre à son adresse que le lendemain matin. Il comptait bien que cette coupable manœuvre aurait pour effet d'empêcher le juge d'instruction d'entendre avant la sienne une déposition qui tendrait sans doute à innocenter le jeune la Calprenède. Il espérait même que le lendemain Doutrelaise recevrait une verte réprimande, pour ne pas s'être présenté, et que sa négligence indisposerait contre lui le magistrat qui l'avait appelé.

Le premier des deux résultats qu'il visait fut pleinement obtenu, et s'il manqua l'autre, ce ne fut pas sa faute. Il ne pouvait pas prévoir la démission de M. de Courtaumer.

Le pauvre Albert ne reçut pas la citation qu'il attendait, mais vers six heures du soir, il reçut une lettre qu'il n'attendait pas, et qui lui apporta une nouvelle déception.

Jacques lui écrivait qu'il ne dînerait pas avec lui. Sa tante exigeait qu'il restât chez elle jusqu'à l'heure où elle se couchait. Il annonçait que ce commencement de soirée ne serait pas mal employé, madame de Vervins ayant, disait-il, beaucoup de choses à lui apprendre, et qu'il serait libre de rejoindre son ami bien avant minuit. Il l'engageait à prendre patience jusqu'à son arrivée, et il promettait d'apporter des renseignements inédits et intéressants sur l'affaire de Julien.

Doutrelaise se demanda si ce n'était pas une défaite. Il se trouvait dans une disposition d'esprit
qui le portait à prendre les choses du mauvais côté,
et la première idée qui lui vint, ce fut que Jacques
l'abandonnait. Cette défection eût été d'assez mauvais augure. Si Jacques se retirait, ce ne pouvait
être que sur le conseil de son frère, transmis par
la marquise, laquelle aurait prié son neveu préféré
de ne plus s'occuper d'un garçon qui était irrémis-
siblement perdu.

Doutrelaise oubliait que Jacques n'était pas d'un
caractère à se laisser mener de la sorte, et peut-
être, sans trop se rendre compte des sentiments
qui l'animaient, n'était-il pas très fâché de se passer de l'assistance de son ami. L'entreprise eût été
d'une exécution moins facile ; mais, si elle réus-
sissait, l'honneur du succès lui reviendrait tout
entier. Mademoiselle de la Calprenède lui devrait
à lui seul de démontrer l'innocence de Julien. Les
amoureux sont égoïstes et défiants. Il plaisait à
Doutrelaise de se dire : Jacques lui-même a dé-
serté la cause que je défends et que personne
n'ose plus défendre. Moi, je la défendrai jusqu'au
bout. Il répétait tout bas ce vers célèbre :

« Et s'il n'en reste qu'un, je serai celui-là ».

Il dîna seul, chez lui et très sommairement.
Puis, il se tint prêt à tout événement. Il renvoya

son valet de chambre, qui ne demandait pas mieux que d'aller se reposer, et il s'établit dans le fumoir, qui était fort bien placé pour surveiller l'appartement du comte et même celui du baron. On ne voyait de lumière ni dans l'un, ni dans l'autre, et il en conclut qu'aux deux étages tout le monde était sorti, en quoi il se trompait, puisque M. Matapan tenait en ce moment même, avec son vieux camarade Giromon, une conversation intéressante.

Vers dix heures, il vit s'éclairer chez M. de la Calprenède et chez M. Matapan les deux pièces du milieu : la chambre du comte et celle où le baron, qui couchait un peu partout, allait camper cette nuit-là. Giromon venait de partir après une longue séance dans le salon à l'orientale dont les fenêtres avaient des vitraux de couleur qui interceptaient complétement la clarté.

De ces premières observations Doutrelaise tira cette conséquence que M. de la Calprenède et M. Matapan venaient de rentrer, chacun de son côté, bien entendu, et que M. de la Calprenède s'entretenait avec sa fille.

Aucun changement ne se produisit dans la distribution des lumières jusqu'au moment où un coup de sonnette le fit tressaillir.

Ce ne pouvait être que Jacques de Courtaumer. Doutrelaise alla ouvrir, et trouva qu'en effet c'était lui.

— Je suis charmé de constater que je n'ai pas réveillé ton valet de chambre, s'écria le neveu de madame de Vervins.

— Je lui ai donné l'ordre de ne pas se déranger si on sonnait, dit Albert. Je ne voulais pas qu'il te vît. Mais j'avoue que je ne t'attendais plus.

— Pourquoi donc ? tu as reçu ma lettre, je suppose ?

— Oui, mais je pensais que ta tante...

— Ma tante vient de se mettre au lit et je n'ai pas perdu de temps. Je suis tombé par hasard sur un cocher qui avait un bon cheval et qui m'a mené de la rue Castiglione ici en douze minutes. D'ailleurs, je ne suis pas en retard, puisque nos opérations ne peuvent pas commencer avant minuit. Nous avons une heure à nous.

— Oui, au moins. On veille encore.

— Tant mieux. Ce ne sera pas trop d'une heure pour te raconter tout ce que je viens d'apprendre.

— Rien de bon, n'est-ce pas ?

— Pas grand'chose de bon, mais je ne désespère pas. As-tu de quoi faire un grog ? Je me suis desséché le gosier à force de parler. Et des cigares ? J'ai fumé toute la journée, et je ne suis pas remonté chez moi, de sorte que mon porte-cigares est vide.

— Tu trouveras tout cela. Viens, dit Doutrelaise.

— Parfait ! s'écria Courtaumer en passant dans le fumoir, où brûlait un grand feu. Nous serons à merveille ici pour causer. Dehors, il fait un froid humide qui m'a donné une forte envie de me chauffer.

— Chauffe-toi, mais parle. J'ai hâte de connaître les nouvelles que tu apportes.., quelles qu'elles soient.

— Tu attendras bien que j'aie ôté mon pardessus. Et commence par m'expliquer ce que disent ces lumières que je vois là-bas, dans le bâtiment qui nous fait face. D'abord, au premier, cette lueur éclatante ?

— C'est chez Matapan.

— Et au second, cette clarté discrète, à la troisième fenêtre en partant de l'angle qui est à notre droite.

— Cette fenêtre est celle de la chambre du comte.

— Et la chambre est précisément au-dessus de celle de l'affreux baron.

Tiens ! il vient d'éteindre ses lustres, le vieux mécréant !

Doutrelaise, qui se promenait de long en large, s'approcha vivement de la fenêtre, et vit qu'en effet la lumière venait de disparaître chez M. Matapan.

— Oui, murmura-t-il, tout est éteint. Ce serait

peut-être le moment d'aller prendre mon poste.

— Allons donc ! s'écria Courtaumer, tu n'y penses pas. M. de la Calprenède ne dort pas, lui, et s'il lui prenait fantaisie de faire, avant de se coucher, une ronde dans son appartement, il te découvrirait infailliblement. Or, il n'est pas, je suppose, dans la confidence des projets de sa fille, et il pourrait trouver mauvais que tu te sois introduit chez lui sans sa permission. Dans tous les cas, il te demanderait des explications et tu serais assez embarrassé pour les lui fournir... D'autant qu'il n'est pas bien disposé pour toi. Je te conseille donc de te tenir en repos jusqu'à nouvel ordre.

— Mais je vais peut-être manquer l'occasion ! Qui sait si Matapan ne va pas monter au second étage, pendant que nous causerons ici ?

— D'abord, il ne m'est pas démontré que le rôdeur nocturne soit Matapan. Et si c'était lui, il manœuvrerait d'une façon plus intelligente. Songe donc qu'il est onze heures à peine. Tout le monde est sur pied dans cette maison, y compris Marchefroid, que je viens d'apercevoir lisant au coin de son feu une feuille radicale. Le gaz de l'escalier est encore allumé. Le malintentionné que tu as rencontré l'autre nuit, n'opère évidemment que dans les ténèbres, et il ne bougera pas avant minuit.

3.

Donc, asseyons-nous, allumons des cigares et écoute-moi.

Doutrelaise suivit le conseil de son ami, mais il n'était qu'à moitié convaincu, et au lieu de faire vis-à-vis à Courtaumer, qui avait pris place près de la cheminée, il s'établit à cheval sur une chaise entre le foyer et la fenêtre, afin de continuer à observer les changements qui pourraient se produire dans l'éclairage de l'aile droite.

— Comment se fait-il que tu ne te sois pas présenté au palais de justice ? lui demanda de but en blanc Courtaumer.

— Je n'y suis pas allé parce qu'on ne m'y a pas appelé, répondit Albert assez surpris.

— Pardon! mon frère t'a fait citer en même temps que M. Matapan, qui, lui, s'est empressé d'obéir.

— Je t'affirme que je n'ai rien reçu, et cependant je ne suis pas sorti de toute la journée. Je regrette vivement que la citation ne me soit pas parvenue, car j'aurais pu atténuer l'effet des déclarations de M. Matapan. M. de Courtaumer n'a entendu que le dénonciateur, tandis que s'il m'avait interrogé...

— Console-toi. Ce n'est pas lui qui instruira.

— Comment ! il s'est récusé ! c'est mauvais signe. Il a sans doute acquis la conviction que Julien est coupable, et il ne veut pas se mêler de son affaire, qui lui paraît désespérée.

— C'est à peu près cela. Mais mon frère a fait mieux que de se dessaisir, il a donné sa démission de juge... il renonce à la magistrature, et il a eu certainement de bonnes raisons pour en sortir, car je te réponds qu'il y tenait.

— Alors tout est perdu. Je n'espérais qu'en son équité bienveillante. Celui de ses collègues qui le remplacera s'en rapportera probablement aux apparences, et les apparences sont contre Julien.

Mais que s'est-il donc passé pour que ton frère ait pris une résolution si grave ?

— Il s'est passé une chose des plus extraordinaires. Tu te rappelles que ce matin mademoiselle de la Calprenède nous a dit que son père avait trouvé le collier...

— Dans la chambre de Julien. Et j'avoue que cet aveu m'a consterné.

— Moi aussi. Mais nous ne lui avons pas demandé ce qu'il était devenu ce maudit collier.

— J'ai supposé que le comte l'avait gardé. Et c'était assurément ce qu'il avait de mieux à faire.

— Eh bien ! pas du tout. M. de la Calprenède est allé hier soir le montrer à ma tante et lui demander conseil. Tu ne devinerais jamais ce qu'elle a imaginé pour le tirer de peine ?

— Elle s'est chargée de restituer l'objet, peut-être ?

— Ce n'est pas tout à fait ça, mais tu brûles. Elle s'est transportée ce matin au palais de justice, elle a forcé la porte d'Adrien et, après avoir jeté le collier sur son bureau, elle lui a tenu à peu près ce langage : « Mon cher, voici les pierreries que réclame un individu qui se dit baron et qui n'est qu'un croquant. Ce cher comte me les a remises, et il m'a confié qu'elles étaient chez son fils. Quelqu'un les y avait évidemment apportées pour jouer un mauvais tour à ce jeune homme. Tu vas faire comparaître le sieur Matapan, les lui rendre, et le sommer de retirer sa plainte.

— Et M. de Courtaumer a fait ce que lui demandait ta tante ?

— Il s'en est d'abord défendu comme un beau diable. Et si tu le connaissais, tu apprécierais ce qu'il a dû souffrir d'être obligé d'opter entre son devoir et les bonnes grâces de notre tante. Je vois la scène d'ici. Du reste, il me l'a racontée dans ses moindres détails.

Finalement, il a cédé aux injonctions de la seule personne qui ait de l'autorité sur lui. Lorsqu'elle a été partie, il a reçu le baron, il lui a exhibé le collier en le priant de se désister...

— Et alors ? demanda Doutrelaise très ému par ce récit.

— Matapan a nettement refusé. C'était facile à prévoir. Il s'est même permis d'impertinentes insinuations qui ont si vivement blessé mon frère, que le brave garçon a envoyé, séance tenante, le collier au greffe et sa démission au garde des sceaux... je veux dire au ministre.

Et de sa part, c'est un acte d'héroïsme que notre tante n'a pas apprécié à toute sa valeur. Elle persécutait Adrien depuis longtemps pour qu'il cessât de servir le gouvernement, et elle a trouvé qu'il ne faisait que son devoir en se retirant. Mais mon aimable belle-sœur a fait à son mari une scène épouvantable. Elle est ambitieuse comme pas une, cette chère Hélène. Elle en a tant dit que le pauvre Adrien s'est réfugié rue de Castiglione, où j'ai dîné avec lui et passé la soirée, sous la présidence de madame de Vervins. Je viens de les quitter.

— Alors, tu sais ce que M. de Courtaumer pense du cas de Julien ?

— Il en augure fort mal. Il a été jusqu'à me dire que si M. de la Calprenède n'était pas condamné, il faudrait désespérer de la justice.

— Et madame de Vervins est de cet avis ?

— En aucune façon. Elle est fermement convaincue au contraire que Julien est victime d'une erreur. Il y a eu entre elle et Adrien une violente discussion sur ce point. Et je dois dire que, pour soutenir la cause de son protégé, elle a produit des arguments très valables.

Un entre autres. La principale charge contre ce

garçon, c'est qu'il a eu hier entre les mains une forte somme qu'il prétend avoir gagnée à la roulette. Le fait n'ayant pu être prouvé, on a supposé naturellement que cet argent lui venait de la vente du collier. Or, ce collier n'a pas été vendu, puisqu'on l'a trouvé chez les la Calprenède.

— C'est évident ! Que répond à cela ton frère ?

— Rien ; mais il persiste dans son opinion. Il est entêté comme une mule. Peu importe d'ailleurs ce qu'il en pense. L'affaire ne le regarde plus.

— Non, fort heureusement. Et c'est moi qu'elle regarde.

— Tu pourrais dire : C'est nous ; car je n'ai pas donné ma démission de sauveteur.

— As-tu parlé de notre projet à madame de Vervins ?

— Très vaguement. J'ai protesté que je n'abandonnerais pas le rejeton des la Calprenède, et j'ai laissé entendre que je connaissais un moyen de lui venir en aide, mais je me suis bien gardé de me lancer dans les confidences. Il aurait fallu raconter la visite de mademoiselle Arlette et l'histoire de la clef qu'elle t'a prêtée. Ma tante se serait fâchée tout rouge. Elle n'entend pas raillerie sur le chapitre des excentricités, et elle aurait énergiquement désapprouvé celle-là.

Je ne te cacherai pas d'ailleurs que tu n'es pas de ses amis. Le comte se figure que tu es la cause de son malheur, et il a fait partager ses idées à sa vieille amie.

— Madame de Vervins n'a-t-elle pas contre moi d'autres griefs ? demanda Doutrelaise avec une certaine hésitation.

— Quels griefs ? Elle te connaît à peine.

— C'est vrai, mais elle a toujours l'intention de te marier...

— A mademoiselle de la Calprenède ? Je n'en sais rien, mais j'en doute fort. Les aventures du frère ne sont pas faites pour encourager les gens à épouser la sœur.

— Cependant, si son innocence était reconnue... madame de Vervins reviendrait peut-être à un projet dont tu m'as parlé.

— De quoi, diable ! vas-tu t'inquiéter ? Ma tante peut bien faire tous les projets qu'elle voudra. Je suis le principal intéressé dans la question, et tu sais bien que je ne chercherai jamais à te couper l'herbe sous le pied. Au surplus, tu vas avoir peut-être une occasion de te réhabiliter dans l'esprit de tous ceux qui te sont hostiles. Si tu empoignais cette nuit le véritable voleur, je pense que tous les la Calprenède de l'univers éprouveraient le besoin de te remercier, et ils n'auraient pas de meilleur moyen de te prouver leur reconnaissance que de t'admettre dans leur famille.

En attendant, cher ami, il me semble que le

temps s'écoule et que le moment solennel approche. Où en sont les illuminations, en face ?

— La chambre du comte n'est plus éclairée.

— Bon ! il dort ou il va dormir.

— Et voici la chambre de sa fille qui s'éclaire, reprit Doutrelaise qui n'avait pas cessé un seul instant de regarder l'aile droite.

Courtaumer se leva et il allait courir à la fenêtre pour s'assurer du fait, mais Doutrelaise le retint en lui disant :

— Prends garde ! Si tu t'approches trop, on verra de là-bas ton ombre derrière les vitres.

— Qui la verra ? s'écria Jacques. Matapan dort et M. de la Calprenède aussi. Et quand mademoiselle Arlette, qui est encore éveillée, apercevrait ma silhouette... ou la tienne, il n'y aurait pas grand mal. Elle doit penser à nous en ce moment, car elle sait que l'heure s'avance. Et elle ne sera peut-être pas fâchée de s'assurer que nous sommes là.

— Ce n'est pas elle que je crains.

— Qui donc alors ? Chez les Bourleroy, il n'y a pas plus de lumière que chez Matapan.

— Mais tu oublies que les gens qui veulent voir sans être vus ont bien soin de tout éteindre chez eux. Si Matapan avait de mauvais desseins pour ce soir, il commencerait assurément par là. Et rien ne prouve qu'au troisième étage on ne nous espionne pas. Les Bourleroy des deux sexes sont capables de toutes les vilenies.

— Pourvu qu'ils ne nous guettent pas dans l'escalier, c'est tout ce que je leur demande !

Et maintenant, cher ami, je crois que le moment est venu d'aller t'embusquer.

— Je le crois aussi et je suis prêt.

— Tu es prêt !... Tu es prêt !... encore faut-il que nous nous entendions avant de nous mettre en campagne. Explique-moi comment tu vas t'y prendre, afin que je sache ce que j'ai à faire.

— Oh ! ma tâche à moi est bien simple. Je vais descendre tout doucement, ouvrir avec précaution la porte de l'appartement de M. de la Calprenède, suivre à pas de loup le corridor qui conduit au cabinet de travail...

— C'est là qu'on a trouvé le collier, m'a dit ma tante. C'est donc là qu'il faut que tu prennes position. Comment est-il disposé, ce cabinet ?

— C'est une pièce plus longue que large. Elle a une seule fenêtre...

— Oui, la seconde.

— Et trois portes. L'une au fond, à l'opposé de la fenêtre. Elle s'ouvre sur le corridor. J'entrerai par celle-là. Une autre donne dans la chambre de M. de la Calprenède ; la troisième communique avec la chambre de Julien...

II.   4

— Qui est la première pièce à traverser quand on arrive du dehors. Si quelqu'un vient, il viendra donc de ce côté.

— A moins qu'il ne passe comme moi par le corridor. Mais le contraire est plus probable.

— Très bien. Supposons que tu arrives sans encombre, c'est-à-dire sans réveiller le père. Te voilà dans la place. Où t'établiras-tu ?

— Tout au fond, sur un fauteuil qui se trouve dans l'angle, près de la porte du corridor.

— Tu sais donc où sont tous les meubles ?

— Comme je sais où sont ceux qui garnissent ce fumoir. Je suis allé assez souvent voir Julien et il m'a toujours reçu dans le cabinet. Je le vois en ce moment comme si j'y étais. Il y a quatre sièges : deux fauteuils et deux chaises, plus un divan très bas. Le divan est contre la cloison qui sépare le cabinet de la chambre de Julien. Les deux fauteuils sont l'un à droite, l'autre à gauche de la porte. Les deux chaises sont devant une table chargée de livres et de papiers qui se trouve juste au milieu de la pièce. Contre l'autre cloison, il y a un corps de bibliothèque et une petite armoire basse en imitation de Boule.

— Celle où était le collier... toujours d'après ma tante, qui tenait ce renseignement de M. de la Calprenède.

— C'est bon à savoir. Et cela se rapporte bien

à ce que j'ai vu, la nuit où j'ai rencontré l'homme dans l'escalier.

— Qu'as-tu donc vu ?

— Je venais de rentrer chez moi et je regardais à travers mes vitres. J'étais persuadé que cet homme était Julien, et je voulais m'en assurer. Je pensais que sa chambre allait s'éclairer. Je me trompais. Mais il m'a semblé qu'une ombre passait lentement près de la fenêtre... la première... Un instant après, cette ombre a reparu près de la fenêtre du cabinet... elle s'est baissée... et l'armoire est précisément là.

— L'homme se baissait pour l'ouvrir, c'est évident. Entre nous, ça ne prouve pas que ce n'était pas Julien.

— Non. J'ai même pensé que c'était lui et qu'il serrait de l'argent gagné au jeu. Mais j'ai changé d'idée depuis.

— Et comment a fini cette représentation d'ombres chinoises ?

— Je me suis lassé de regarder et j'ai été me coucher.

— C'est dommage. Le spectacle serait peut-être devenu intéressant. Mais enfin me voilà amplement renseigné sur la topographie de la pièce où tu vas opérer.

— J'ai oublié de te dire que la fenêtre se trouve au fond d'une espèce de couloir pris dans l'épaisseur du mur, qui est énorme. Tu as vu cette disposition bizarre dans les vieux manoirs construits au moyen âge, et l'architecte de M. Matapan l'a reproduite à tous les étages.

— Ce baron aura voulu donner à son immeuble un petit air féodal. Mais revenons à ton plan. Tu t'installes donc sur un des fauteuils, à l'autre bout du cabinet, et tu attends. Jusqu'à quelle heure ?

— Jusqu'au jour, s'il le faut.

— Trop de zèle, mon cher! Si tu restais là pour voir lever l'aurore, tu risquerais de te faire surprendre par les domestiques du comte et ce serait peu convenable. Mettons jusqu'à trois heures, c'est bien suffisant, surtout pour un premier essai. Je te déclare, du reste, que passé ce délai, je ne réponds pas de ne pas m'endormir.

Autre question : tu te passeras de lumière, je présume ?

— Oui, certes. Si j'avais de la lumière, l'homme n'entrerait pas, ou, s'il entrait, il me verrait et il se sauverait aussitôt. Je saurais peut-être qui il est, mais je ne saurais jamais ce qu'il venait faire... tandis qu'en me tenant coi dans l'obscurité et en le laissant agir...

— Très bien, mais pour le surprendre en flagrant délit d'opération illicite, il faudra bien que tu y voies clair.

— C'est vrai, murmura Doutrelaise.

— Une lanterne sourde ferait bien ton affaire. Mais tu ne dois pas posséder cet ustensile à l'usage des voleurs.

— Non.

— Alors, n'en parlons pas, et remplace-le par une boîte d'allumettes et un vulgaire rat de cave. Est-ce ton avis ?

— Oui... faute de mieux.

— Il y aurait bien un autre système, qui me permettrait de jouer un rôle actif. Je pourrais, comme je te l'ai proposé ce matin, garder l'escalier pendant que tu ferais le gué dans le cabinet. Et voici comment je comprendrais la chose : L'homme entre. Du haut de ton palier, je l'entends mettre la clef dans la serrure. Je ne bouge pas ; mais aussitôt qu'il a refermé la porte, je descends deux étages, je me mets en faction devant la susdite porte et j'allume tout simplement une bougie dont je suis muni. Toi, tu restes immobile comme un terme, au bout du cabinet plongé dans l'obscurité la plus profonde ; tu ne vois pas le coquin, mais tu l'écoutes. L'ouïe suffit pour constater ce que fait un homme qui se meut à quelques pas de vous. Il se livrera évidemment à un travail quelconque, car il ne viendra pas là pour se promener, s'il y vient, et tu seras fixé sur la nature de ce travail.

— Fixé à peu près.

— N'importe. Quand il aura fini, il s'en ira. Tu le laisseras partir, mais tu le suivras... sans bruit et de loin. Il débouchera sur le palier et il se trouvera nez à nez avec moi. Mon flambeau sera posé sur une des marches de l'escalier, pour que le drôle ne puisse pas souffler ma bougie. Et au premier pas qu'il fera dehors, je lui sauterai au collet. Il se débattra, j'y compte ; mais j'ai le poignet solide, et je le maintiendrai jusqu'à ce que tu arrives à la rescousse. Tu ouvriras la porte et tu lui tomberas dessus par derrière. Je le défie de s'en tirer, et il faudra bien qu'il parle.

D'ailleurs, si c'est Matapan, la question sera vidée tout de suite. Il n'aura pas l'impudence de nier et nous aurons avec lui une petite explication qui ne tournera pas à son avantage.

J'ai dit. Que penses-tu de mon idée ?

— Je pense qu'elle n'est pas mauvaise... en principe... quand il s'agira de l'appliquer, ce sera peut-être différent.

Il peut survenir des incidents que nous ne prévoyons pas. Moi, je m'inspirerai des circonstances, et je suis bien sûr que je te trouverai au moment où j'aurai besoin de toi.

— Veux-tu me laisser carte blanche ?

— Absolument. Mais nous nous sommes dit tout ce que nous avions à nous dire. Je vais à mon poste. Il est temps.

— Je ne te retiens plus. Un dernier avis pourtant. N'oublie pas que mademoiselle de la Calprenède ne dort pas encore. Sa fenêtre est toujours éclairée.

— Tu peux croire qu'elle ne dormira pas cette nuit.

— Pas plus que nous, dit gaiement Courtaumer. Et je crois bien que ni les uns ni les autres nous ne tiendrions longtemps à ce métier-là.

Espérons que nous réussirons du premier coup.

— Espérons, répéta Doutrelaise ; l'espérance console, et il ne me reste que cela. Mais je doute fort du succès.

— Bah ! nous verrons bien. Va de l'avant, mon cher ; moi je veillerai au grain.

Un dernier mot avant de nous séparer. Nous sommes d'accord sur le plan général, mais il est bien entendu, n'est-ce pas, que pour les détails d'exécution, nous nous en rapportons à l'initiative de chacun de nous.

— C'est entendu. Et je serais très disposé à croire que rien ne se passera comme nous l'avons prévu.

— A propos, prends-tu un revolver ?

— C'était mon intention. Mais, toutes réflexions faites, j'irai sans armes.

— Songe que nous aurons peut-être affaire à un

coquin armé jusqu'aux dents. Si ce coquin est Matapan, je parierais bien qu'il portera sur lui un véritable arsenal.

— Et moi je parierais qu'il n'osera pas s'en servir, si nous le surprenons. Un coup de pistolet
mettrait toute la maison sur pied, et il a tout
intérêt à ne pas être pris chez M. de la Calprenède.

— C'est vrai, mais il pourrait bien jouer du poignard.

— J'en courrai la chance, dit Doutrelaise d'un
ton ferme. Je tiens à risquer quelque chose.

— Bon ! je comprends ton idée. Tu veux que
mademoiselle Arlette sache que tu as exposé ta
vie pour sauver son frère. Sois tranquille, elle le
saura. Je me charge de le lui dire.

— Je te remercie, mais j'aime mieux qu'elle le
devine.

Ce mot d'amoureux clôtura le dialogue entre les
deux amis.

Albert garnit ses poches de tout ce qu'il faut
pour s'éclairer instantanément et Jacques l'accompagna jusque sur le palier.

Là, ils virent avec plaisir que le gaz était éteint.
Pas un bruit dans l'escalier, plongé dans une obscurité complète. Ils échangèrent une poignée de
main avant de se séparer ; Courtaumer rentra, et
Doutrelaise descendit avec précaution.

Il s'appuyait à la rampe et il avait tiré de sa poche la clef de l'appartement de M. de la Calprenède. Inutile d'ajouter qu'il tendait l'oreille et qu'il s'arrêtait quelques secondes sur chaque marche.

A la septième, il crut entendre au-dessous de lui une porte s'ouvrir, et il se colla vivement contre la muraille. Ce fut sa première émotion et il espéra un instant que le mystère allait s'éclaircir beaucoup plus tôt qu'il ne le pensait.

Mais il ne tarda pas à reconnaître que la porte qui s'ouvrait était celle du troisième étage et qu'on l'ouvrait non pour entrer, mais pour sortir.

Quelqu'un se glissait hors de l'appartement de M. Bourleroy.

Une idée passa par l'esprit de Doutrelaise.

— Me serais-je donc trompé ? se demanda-t-il tout à coup ; est-ce que le rôdeur de nuit ne serait pas Matapan ?

Il fut promptement fixé sur ce point.

Un craquement sec pétilla, un point lumineux brilla dans les ténèbres, et à cette clarté tremblotante, qui était celle d'une allumette-bougie, Doutrelaise aperçut le dos d'un individu emmitouflé dans un pardessus garni de fourrures et descendant l'escalier d'un pas prudent.

— Dieu me pardonne, murmura-t-il, je crois que c'est Bourleroy... le père. Où peut-il bien aller à l'heure qu'il est ? Chez le comte de la Cal-

4.

prenède ? Non, c'est impossible. Bourleroy est un bourgeois idiot, mais ce n'est pas un voleur. Du reste, je vais être fixé... il va arriver au second... S'il passe outre, c'est que... oui, oui, il passe, il a passé... et à moins qu'il n'aille faire une visite à Matapan, je suis sûr maintenant qu'il se propose de sortir de la maison. Et je devine où il va : courir le guilledou, c'est clair. Il profite de ce que sa femme et sa fille sont couchées pour s'échapper. Il doit être attendu par une personne que nous avons aperçue hier aux Champs-Elysées, au fond d'un petit coupé... et le vertueux Marchefroid qui va lui tirer le cordon !... C'est un comble !

Mais je ne bougerai pas d'ici avant qu'il soit dans la rue. Il n'aurait qu'à être pris de la fantaisie de rebrousser chemin... Diable ! je ne veux pas qu'il me voie.

Un bruit bien connu coupa court à ses réflexions : le tintement de la sonnette de la porte cochère.

— Oh ! oh ! pensa Doutrelaise, qui donc rentre si tard ?

Au même instant, la lueur qui brillait au dessous de lui disparut.

— Bon ! se dit-il, M. Bourleroy ne se soucie pas d'être rencontré par la personne qui vient de sonner. Il va remonter, c'est sûr,... je n'ai plus qu'à en faire autant.

Il écouta cependant avant de se décider à reculer et il entendit le pas de M. Bourleroy qui grimpait en escaladant deux ou trois marches d'une seule enjambée. Puis il lui sembla que ce pas s'arrêtait, et en réfléchissant un peu, il devina pourquoi. Le coureur sexagénaire, ne voulant rentrer chez lui qu'à la dernière extrémité, avait imaginé de se tapir contre la porte de l'appartement du second et d'attendre que le locataire qui sonnait se montrât, sauf à battre en retraite si ce locataire habitait les étages supérieurs. M. Bourleroy connaissait de vue tous les gens de la maison, maîtres et domestiques. Il n'avait qu'à regarder par-dessus la rampe pour savoir à qui il avait affaire.

Doutrelaise, qui se proposait d'employer le même moyen, se tint coi sur la marche où il s'était arrêté.

La porte cochère fut refermée avec fracas, et un bruit de talons de bottes résonna dans le vestibule.

— Il va prendre son bougeoir, pensait Doutrelaise, et je vais pouvoir mettre un nom sur la figure de ce noctambule.

Il se trompait. Les bottes traversèrent le corridor et vinrent heurter bruyamment le premier degré de l'escalier.

— Il va monter sans lumière, se dit Doutrelaise : absolument comme l'homme que j'ai rencontré l'autre nuit. C'est singulier. Si c'était lui ?... pourquoi pas ? Il peut bien venir du dehors, car rien ne prouve qu'il demeure dans la maison. Alors, toutes mes suppositions étaient donc fausses... ce n'est pas Matapan, puisqu'il est couché... son valet de chambre peut-être... le drôle a bien la mine d'un sacripant, et il se peut d'ailleurs qu'il agisse pour le compte de son maître.

L'inconnu avait commencé à monter lentement. Il s'arrêtait souvent et il lui arrivait de trébucher.

— On dirait qu'il est ivre, murmura Doutrelaise. En vérité, je ne sais plus que croire.

La situation était bizarre. Dans cet escalier noir, à une heure où les honnêtes gens dorment, il y avait trois hommes, dont un seul avait constaté la présence des deux autres, et chacun des trois se trouvait alors sur un étage différent.

Doutrelaise à moitié chemin entre le quatrième et le troisième. M. Bourleroy sur le palier du second, et entre le premier et le rez-de-chaussée l'individu qui venait de rentrer.

Doutrelaise avait le double avantage de savoir ce qui se passait plus bas et d'être placé de façon à pouvoir éviter les rencontres. Il n'en était pas moins horriblement perplexe. Son cœur battait à rompre sa poitrine, et il se demandait avec angoisse comment cette scène invisible allait finir.

Le père Bourleroy ne donnait pas signe de vie,

mais le pas du dernier venu se rapprochait peu à peu.

Doutrelaise, qui connaissait bien l'escalier et qui avait l'ouïe très fine, mesurait à chaque seconde le chemin parcouru par ce mystérieux personnage. Bientôt, il constata qu'il arrivait sur le palier du premier étage et qu'il s'y arrêtait.

— Allons, pensa-t-il, décidément, c'est Ali qui rentre chez M. Matapan. Mes imaginations s'en vont en fumée. Je ne saurai rien ce soir.

Il se trompait encore. Après une courte station devant la porte du baron, le rôdeur reprit son ascension, mais plus lentement. On l'entendait souffler comme un homme à qui l'haleine manque.

Et maintenant il y avait des chances pour qu'il allât chez le comte de la Calprenède.

— Que va-t-il se passer quand il va arriver sur le palier, se demandait Albert. Bourleroy y est. Il ne bouge pas, et il ne doit pas être rassuré. Mais il aura beau rester tapi dans son coin ; si l'homme vient pour entrer, ils se heurteront l'un contre l'autre, et Bourleroy qui n'est pas brave, criera comme si on l'égorgeait. Que ferai-je alors ? Irai-je à son secours ? Assurément, oui. Ce n'est pas qu'il m'intéresse, mais je ne veux pas que le drôle que je guette s'échappe. Si poltron qu'il soit, Bourleroy m'aidera à l'empoigner. Et quand je le tiendrai, je ne le lâcherai pas. Il faudra bien qu'il s'ex-

plique, et peu m'importe que l'explication ait lieu
devant cet imbécile. Cela vaudra même mieux,
car je pourrai invoquer son témoignage.

Les pas s'arrêtèrent encore une fois. L'homme
respira bruyamment. Puis il se fit un grand silence.

— Il se prépare à ouvrir. Il cherche la clef dans
sa poche, se dit Albert, de plus en plus ému. Il
doit être en ce moment si près de Bourleroy qu'il
le touchera en étendant le bras. Enfin, je vais donc
savoir...

— Sacrebleu ! qui est-ce qui est là ? grommela
une voix que Doutrelaise crut reconnaître.

— Laissez-moi ! ne me touchez pas ! répondit
M. Bourleroy.

Un profond silence suivit cette exclamation du
vieux coureur pris en flagrant délit de vagabon-
dage nocturne.

Doutrelaise, qui n'avait pas perdu une syllabe de
ce dialogue haché, n'y comprenait plus rien. Que
le père Bourleroy eût peur, ce n'était pas ce qui
l'étonnait. Il connaissait l'homme et il avait prévu
la scène. Mais la façon d'agir de l'autre noctambule dérangeait toutes ses idées. Le rôdeur qu'il
avait heurté dans l'escalier, l'avant-veille, ne s'é-
tait pas conduit de la sorte. Au lieu d'interpeller
brusquement, il était resté muet et il avait continué son chemin, après une courte lutte.

Celui-ci criait comme un sourd et s'arrêtait sur le palier du second étage. Donc, il ne se cachait pas. Et de plus, Doutrelaise croyait avoir déjà entendu quelque part cet organe enroué.

Doutrelaise d'ailleurs n'avait rien de mieux à faire que d'attendre pour savoir comment cet intéressant colloque allait finir, et il attendit.

Pas longtemps, car vingt secondes après, une vive lueur éclaira l'escalier, la lueur d'une de ces allumettes anglaises que la ferme a proscrites en France, qui brûlent en lançant des flammes comme un volcan et qui valent beaucoup mieux que les nôtres, quoiqu'elles aient l'inconvénient de sentir le musc.

Ce feu d'artifice odorant était presque un indice, et Doutrelaise avait le raisonnement prompt. Il s'imagina aussitôt qu'un homme qui fraudait la régie ne pouvait être qu'un excentrique, un demi étranger, comme Matapan.

L'illusion fut de courte durée. La lumière flamboyante que le nouveau venu tenait à bras tendu fit apparaître aux yeux ébahis d'Albert une silhouette qui n'était certainement pas celle du baron.

Elle manquait d'ampleur, cette silhouette, et elle s'agitait beaucoup, mais l'homme faisait face à la porte de M. de la Calprenède et Doutrelaise le voyait de dos.

La voix de ce personnage, et l'apostrophe par

laquelle il débuta dissipèrent tous les doutes de l'amoureux d'Arlette.

— Ah! elle est bien bonne! comment! c'est toi, papa!

Ces mots significatifs ne pouvaient sortir que de la bouche avinée d'Anatole Bourleroy ; et, en effet, Doutrelaise le reconnut à sa taille rabougrie.

— C'est toi, polisson ! s'écria en même temps M. Bourleroy père.

— Que le diable les emporte tous les deux ! murmura Doutrelaise. Je pensais toucher au but et, s'ils s'attardent à dialoguer ici, ils vont tout faire manquer cette nuit.

Il resta pourtant.

— Polisson ! polisson ! grommelait Anatole ; je repousse cette qualification... Je la renvoie à qui de droit. Je rentre à minuit et quart... ce n'est pas une heure indue pour rentrer... mais c'est une heure indue pour sortir.

— Moi aussi, je rentre, balbutia le père.

— Allons donc ! tu as passé toute la soirée à la maison. . avec le commissionnaire en marchandises qui aspire à l'honneur de devenir mon beau-frère... Ne viens pas me soutenir le contraire. Herminie m'a dit tantôt qu'on attendait son prétendu ce soir à dix heures pour lui offrir une tasse de thé. En voilà un qui a dû s'embêter !

— Ça ne te regarde pas.

— Possible… mais ça regarde maman. Je vais en causer avec elle… pas ce soir parce qu'elle doit être couchée, mais demain matin, je lui demanderai si…

— Rien du tout. Je veux bien ne pas lui parler de ta conduite, mais je te prie de te taire. Si tu dis un mot, je supprime ta pension.

— C'est ça qui ne serait pas drôle ! Dis donc, papa, aurais-tu un rat-de-cave à me prêter pour rentrer ? Voilà mon inextinguible qui s'éteint et j'ai déjà manqué de me casser le cou au bas de l'escalier du baron… les marches sont usées et il n'y a pas de danger qu'il les fasse réparer, le vieux grigou. Je n'ai jamais pu trouver mon bougeoir dans le vestibule… c'est cette canaille de portier qui me l'aura volé pour en faire cadeau à sa grande bringue de fille.

— Veux-tu te taire ! malheureux, tu es ivre.

— Ivre ! jamais de la vie ! Pour deux bouteilles de Pomard et une douzaine de verres de fine que j'ai bus, il n'y a pas de quoi. Non, malheureusement, ce n'est pas à dîner que j'ai pris une culotte .. c'est au *Rubicon*… trois mille points en huit parties de piquet… et à vingt sous le point encore… j'avais pourtant mon petit cochon en breloque… ça ne m'a pas porté la veine.

— En voilà assez : monte ! je n'ai pas envie de passer la nuit ici à écouter tes sottises.

— Alors, tu rentres avec moi ?

— Sans doute, puisque je rentrais quand tu m'as rencontré.

— Ça, c'est une autre histoire, murmura le jeune Anatole qui ne paraissait pas convaincu. Dis donc, papa, je les dois mes trois mille points. Si tu voulais les payer, tu serais bien gentil.

— Moi ! s'écria M. Bourleroy, j'aimerais mieux me couper la main que de tirer de l'argent de ma caisse pour te le donner. Ce serait encourager tes débordements.

— Débordements est peut-être un peu fort. Si j'avais perdu au baccarat, je ne réclamerais pas contre ce mot-là, mais le piquet est un jeu de pères de famille. Voyons, papa ! une fois, deux fois... tu ne veux pas m'abouler cent cinquante louis ?

— Pas cent cinquante francs !

— Bon ! je les demanderai à maman, dès qu'elle ouvrira l'œil... et comme elle me renverra à toi, je serai bien obligé de lui dire que tu me les a refusés... sur le palier du comte de la Calprenède.

— Comment, drôle !...

La scène tournait au comique ; et Doutrelaise qui écoutait en aurait ri de bon cœur, s'il eût été moins préoccupé.

L'allumette anglaise avait vécu. Le père et le fils dialoguaient dans les ténèbres, et assez haut pour effaroucher les promeneurs de nuit. Il y avait des chances pour que le projet des défenseurs de Julien avortât. D'un autre côté, les Bourleroy allaient prendre un parti, le parti de monter très probablement, et Doutrelaise ne voulait pas les attendre perché sur sa septième marche.

Il se décida à reculer, et il alla prendre position un peu plus haut, en maugréant contre l'éducation que les jeunes messieurs des nouvelles couches reçoivent de leurs peu respectables pères.

Il n'était pas plutôt posté à nouveau qu'il entendit cette exclamation dolente :

— Tu veux donc me ruiner !

— Oh ! papa, ne dis donc pas de ces choses-là. Si ça tombait dans l'oreille de quelqu'un, on croirait que tu es *panné* comme le sire de la Calprenède, dont l'héritier présomptif a volé des opales pour cause de refus de subsides paternels. Cent cinquante malheureux louis, qu'est-ce que ça peut te faire ? Ce ne serait pas la peine d'avoir gagné des millions dans la droguerie pour laisser ton petit To-tole dans l'embarras, faute de trois mille francs. Tiens ! si tu veux, nous prendrons maman pour juge.

— Gredin ! dit M. Bourleroy pour soulager sa colère.

Puis, sur un autre ton :

— Je cède, reprit-il ; mais ce sera la dernière

fois. Tu fais de moi tout ce que tu veux. Je suis trop faible. Et si ta mère le savait, elle me gronderait.

— Elle ne le saura pas, répliqua vivement Anatole. Alors, j'aurai les trois mille ?

— Oui, monte donc, bavard.

— Demain matin ?

— Avant midi, mais monte. Si je restais une minute de plus sur ce palier, j'attraperais un rhume de cerveau.

Anatole ne se fit pas répéter l'ordre. Les marches craquèrent sous ses pas mal assurés et son père le suivit en éternuant.

— A tes souhaits, papa ! dit l'aimable rejeton des Bourleroy. A propos, tu sais, si tu avais envie de sortir, tu aurais tort de te gêner.

L'auteur de ses jours ne répondit que par un grognement à cette insolente plaisanterie, et ils arrivèrent ensemble au troisième étage. Ils n'avaient pas eu recours de nouveau aux allumettes, et Doutrelaise, qui se tenait prêt à disparaître dans les profondeurs de son palier, n'eut pas besoin de se cacher.

Il entendit avec une très vive satisfaction leur porte s'ouvrir et se refermer doucement. Il était enfin débarrassé des Bourleroy, et il restait maître de cet escalier si fertile en surprises.

Seulement, il n'avait pas de temps à perdre. Le

père était capable de tenter une nouvelle sortie, lorsque le fils serait couché, et Anatole qui ne tenait pas debout, n'allait certes pas tarder à gagner son lit.

Doutrelaise n'hésita pas, quoiqu'il n'espérât plus guère surprendre l'homme mystérieux qu'il cherchait. Il descendit lestement jusqu'au second étage et là, il s'arrêta un instant pour écouter.

Il n'entendit que le roulement sourd des voitures qui passaient sur le boulevard Haussmann, et le chant du coucou enroué d'une horloge en bois qui annonçait les heures à M. Marchefroid, concierge du baron Matapan.

L'oiseau ne jeta qu'une fois son gloussement mécanique, et Doutrelaise ne fut pas fâché d'apprendre qu'il n'était que minuit et demi.

— Allons ! murmura-t-il, c'est le moment... et la nuit que je vais passer comptera peut-être dans ma vie.

III

Albert Doutrelaise tira de sa poche la clef de l'appartement de M. de la Calprenède, cette clef qu'Arlette lui avait confiée, et s'il eût été tenté de reculer avant de s'engager dans une scabreuse entreprise, le souvenir de la jeune fille qu'il aimait l'aurait promptement décidé à passer outre.

Mais il n'hésitait pas. Il avait pesé longuement les chances bonnes et mauvaises de cette expédition dans le domicile du comte et sa résolution était prise.

Il chercha la serrure avec ses doigts, il la trouva, et il ouvrit avec des précautions infinies. Elle jouait facilement et la porte tourna sans bruit sur ses gonds. Il entra et il la referma le plus doucement qu'il put.

Alors seulement il lui vint à l'esprit de se de-

mander pourquoi M. de la Calprenède ne s'enfer-
mait pas mieux. La porte devait être munie d'un
verrou de sûreté, comme toutes les portes des appartements respectables. C'était le cas ou jamais
d'en user, de ce verrou protecteur, puisque tout
le monde était rentré, excepté le pauvre Julien
qui ne rentrait plus et pour cause. Et sa sœur
savait évidemment qu'on ne prendrait pas ce soin,
puisqu'elle avait eu l'idée d'appeler son jeune
voisin à venir, la nuit, monter la garde dans le
cabinet de travail.

Doutrelaise crut que peut-être, après avoir dit
bonsoir à son père, elle était venue lever l'obstacle qui aurait rendu impossible l'exécution de son
plan. Et si elle avait fait cela, c'était encore une
preuve qu'elle tenait à être aidée dans ses essais
de sauvetage. On ne pouvait guère supposer que
M. de la Calprenède avait eu, lui, la pensée de
tendre une souricière, en laissant au rôdeur, quel
qu'il fût, la faculté d'entrer, car, s'il l'avait eue,
cette pensée imprudente, il aurait tenu sans doute
à opérer lui-même ; il se serait mis en embuscade
dans le cabinet et il n'aurait pas caché son projet
à sa fille, laquelle alors n'aurait pas osé demander
assistance à un étranger.

Donc Arlette comptait sur Albert.

Ce raisonnement calma les légères inquiétudes
qui avaient troublé un instant Doutrelaise, et sur-

excita son ardeur à servir la jeune fille qui avait eu foi en lui. Il retrouva son équilibre d'esprit, que le ridicule épisode des Bourleroy avait un peu dérangé, et sa lucidité passagèrement obscurcie par des craintes chimériques.

Une minute après avoir franchi le seuil du comte de la Calprenède, il était déjà en pleine possession de lui-même.

Il connaissait la disposition de l'appartement et il savait par où il fallait passer. L'obscurité complète l'aurait embarrassé ; une illumination l'aurait gêné bien davantage. Mais aucune de ces difficultés ne se présenta. Tout était éteint dans la partie de l'appartement qu'il avait à traverser. Au dehors, le ciel était clair, quoique la lune ne fût pas encore levée, et comme les fenêtres étaient hautes et larges, la pâle lumière qui tombe des étoiles suffisait pour qu'il pût se conduire et éviter les chocs, dont le bruit n'eût pas manqué d'éveiller M. de la Calprenède.

Doutrelaise allait prendre le corridor qui tournait à droite ; c'était le chemin qu'il avait indiqué à Jacques de Courtaumer. Mais il réfléchit que ce corridor n'étant éclairé que par un bout, il devait y faire trop noir pour y marcher sûrement. Il allait être obligé de tâter le mur avec ses mains jusqu'à ce qu'il rencontrât la porte du cabinet de travail, et il craignait d'avoir quelque peine à la

trouver. Mieux valait passer tout simplement par
la chambre de Julien, où on y voyait un peu, grâce
à la fenêtre qui donnait sur la cour, et il résolut d'essayer.

— Si j'allais trouver fermées toutes les portes
intérieures, se demanda-t-il tout à coup.

Ce cas si facile à prévoir, il ne l'avait pas prévu,
mais il le résolut très vite en se promettant de
monter la garde dans le corridor, s'il reconnaissait l'impossibilité d'aller plus loin.

Et comme une réflexion en amène une autre,
un nouveau problème se dressa devant lui : que
faire si le comte ne dormait pas, ou s'il se réveillait; s'il surprenait Doutrelaise s'introduisant fur-
tivement dans son domicile? Lui expliquer pourquoi il était venu. Mais c'était chose plus aisée à
dire qu'à faire. Le comte pouvait fort bien ne pas
écouter ses raisons, car il devait le prendre pour
un voleur, à moins qu'il ne lui prêtât d'autres intentions plus coupables encore.

A la question qu'il s'adressait à lui-même, Doutrelaise ne trouva pas de réponse, et il se rabattit
sur l'espoir que ce redoutable contre-temps lui
serait épargné.

Il posa, non sans émotion, la main sur le bouton
de la porte de la chambre à coucher, et il eut la
joie de reconnaître qu'elle n'était pas fermée à
clef.

Il l'entre-bâilla lentement et il entra, en marchant sur la pointe du pied.

Il y avait des tapis partout et ce n'était pas un mince avantage pour Doutrelaise, qui pouvait ainsi cheminer sans bruit, ayant eu soin de chausser préalablement des pantoufles à semelles de caoutchouc.

La clarté extérieure suffisait pour qu'il pût distinguer vaguement et reconnaître à peu près les objets. La chambre était telle que Julien l'avait laissée. Le lit, où il n'avait pas couché la veille, n'était pas défait. Des vêtements traînaient sur les chaises, des livres et des journaux sur les tables. Des pistolets et des épées de combat se croisaient sur la muraille en face d'une cheminée sur le marbre de laquelle s'empilaient des boîtes de cigares.

On eût dit que le malheureux garçon venait de sortir.

Doutrelaise vit aussi que la porte de communication avec le cabinet de travail était ouverte toute grande, et il s'en réjouit. C'était une difficulté de moins à surmonter. Le pène d'une serrure ne joue pas toujours silencieusement, et plus la chambre du comte était rapprochée, plus les bruits étaient à redouter.

Avant de pousser plus loin. Doutrelaise leva les yeux vers son appartement du quatrième et constata avec plaisir que Jacques s'était conformé à la recommandation qu'il lui avait faite avant de le quitter.

Toutes les lumières avaient disparu.

Mais, en regardant avec plus d'attention, il s'aperçut que, si Jacques avait éteint la lampe et les bougies, il n'avait pas éteint le feu. Le bois qui flambait dans l'âtre jettait des lueurs intermittentes, dont le reflet éclairait par moment les vitres.

Et cette découverte, qui contrariait Doutrelaise, en amena une autre qui le surprit.

Une ombre se dessinait très nettement, non pas par derrière la fenêtre du fumoir, mais derrière la fenêtre la plus éloignée, celle qui se trouvait en face de la chambre de mademoiselle de la Calprenède et qui la dominait de toute la hauteur de deux étages.

— Que fait-il là ? se demanda aussitôt l'amoureux Albert. Ce n'est pas ici qu'il regarde. C'est plus loin. C'est elle qu'il observe... sans doute sa lumière brille encore... c'est à elle qu'il pense... Il m'a juré pourtant qu'il ne l'aimait pas.

Et peu s'en fallut qu'il ne revînt sur ses pas, qu'il n'abandonnât la partie et qu'il ne remontât chez lui pour avoir une explication avec Courtaumer.

C'eût été une action folle, et cette bouffée d'humeur jalouse lui passa vite.

— Allons ! se dit-il, je déraisonne et ce n'est pas le moment de perdre la tête. Jacques n'est point un faux ami et il n'y entend pas malice. De quoi vais-je m'inquiéter là !

Et pour s'ôter la tentation d'y revenir, il avança d'une allure prudente, et en trois pas il atteignit le cabinet où il devait se poster.

Là aussi tout était en place et il ne s'était pas trompé en décrivant à Jacques l'arrangement des meubles.

La petite armoire en imitation de Boule était juste en face de lui, tout près de la saillie singulière de la muraille qui encastrait la fenêtre.

Précisément à cet endroit il avait vu le rôdeur inconnu s'arrêter et se baisser. C'était bien le point à surveiller, mais il ne fallait pas le surveiller de trop près, sous peine de manquer le but.

Doutrelaise, sans s'attarder à des souvenirs superflus, obliqua à droite, louvoya habilement au milieu du mobilier, assez sommaire d'ailleurs, qui garnissait la pièce et atteignit sans accident le fauteuil qu'il voulait occuper, tout près de l'entrée par le corridor.

Il s'assura d'abord avec la main que le siège était d'aplomb, et qu'il ne vacillerait pas sous son poids. Il y appuya son genou pour voir s'il craquait. Et enfin, quand il fut bien certain qu'aucun son ne trahirait sa présence, il s'y assit.

Sa faction commençait, et elle pouvait être longue. Il s'arma de patience et il se tint immobile comme une statue.

L'endroit était on ne peut mieux choisi, car le fond du cabinet restait dans l'ombre, tandis que la partie la plus rapprochée de la fenêtre recevait de l'extérieur une espèce de demi-jour.

Doutrelaise avait donc quelque chance de voir sans être vu, si l'on arrivait de ce côté.

Il n'y avait pas vingt minutes qu'il était là quand le timbre clair d'une pendule placée dans la chambre voisine sonna une heure.

— Si on vient, pensa-t-il, c'est maintenant qu'on viendra.

A ce moment, un bruit presque imperceptible frappa son oreille exercée.

L'ouïe est un sens qui acquiert souvent une finesse extraordinaire, mais qui trompe aussi quelquefois. L'excès en tout est un défaut. Doutrelaise était de ceux dont on dit vulgairement qu'ils entendraient l'herbe pousser. Aucun bruit ne lui échappait, si léger qu'il fût, et précisément à cause de cette disposition naturelle à percevoir les sons les plus faibles, il était sujet à s'illusionner sur la cause qui les produisait.

Aussi se défiait-il de lui-même. Il se demanda s'il n'avait pas pris pour un bruit significatif un de ces craquements inexplicables qui troublent le

5.

silence de la nuit dans un appartement bien clos. Les boiseries jouent ; le vent qui se glisse par le tuyau de la cheminée agite les rideaux ou chasse des papiers qui frôlent le parquet. Et de ces riens est née la croyance aux esprits frappeurs.

D'ailleurs, quand on a l'esprit tendu sur un objet unique, quand on prévoit un événement, l'imagination fait des siennes. Était-ce de l'introduction d'une clef dans la serrure que venait ce grincement presque imperceptible ? Doutrelaise était très disposé à le penser. Mais ce pouvait être aussi le comte de la Calprenède qui se retournait dans son lit, ce lit dont le guetteur n'était séparé que par une cloison assez mince.

Il attendit, en se préparant à tout événement.

Il n'attendit pas dix secondes. Le bruit, qui avait cessé un instant, reprit de plus belle, et cette fois, on ne pouvait plus s'y méprendre. La porte s'ouvrait et elle fut refermée doucement.

— Enfin ! murmura-t-il, je vais donc savoir si Julien a menti.

Il retenait son haleine et de sa main droite posée sur sa poitrine il comprimait les battements de son cœur.

En entrant, il avait eu la présence d'esprit de ne pas tirer derrière lui la porte de la chambre à coucher qu'il avait traversée, et le chemin était libre.

Un pas lourd et lent fit gémir le plancher, malgré le tapis qui amortissait les sons.

Doutrelaise, qui était lettré, pensa à une scène de *la Vénus d'Ille*, cette merveilleuse nouvelle de Mérimée. Dans ce conte fantastique, la Vénus, qui est une statue de bronze, s'anime et vient à minuit troubler le repos d'une nouvelle mariée. Elle monte l'escalier, qui plie sous son poids.

Mais ce n'est là qu'une invention de romancier, et l'homme qui s'avançait n'était pas une statue, quoiqu'il en eût la taille.

Il apparut à l'entrée du cabinet, et il s'y arrêta un instant.

Doutrelaise, immobile dans son coin, regardait de tous ses yeux. Autant qu'il en put juger dans la demi-obscurité, ce mystérieux individu était vêtu d'une sorte de froc qui l'enveloppait tout entier et dont le capuchon rabattu cachait son visage.

D'où sortait ce colosse et que venait-il faire dans l'appartement du comte ?

Les voleurs ne s'habillent pas ainsi pour aller forcer un coffre-fort. Tout au plus, pourraient-ils espérer effrayer les gens par cet accoutrement bizarre; mais, en cas de surprise, une longue robe les gênerait pour détaler.

Celui-là, quelles que fussent ses intentions, ne venait pas du dehors. Quand on veut s'introduire

dans une maison habitée, on ne court pas les
rues en costume de moine... surtout depuis l'ap-
plication des décrets.

Était-ce M. Matapan ? Doutrelaise, qui était
allé quelquefois chez lui, ne l'y avait jamais vu
vêtu de la sorte et, de plus, Matapan lui avait toujours paru moins grand que cette espèce de géant.

— Je le verrai mieux quand il passera devant
la fenêtre, pensa l'amoureux de mademoiselle de
la Calprenède.

L'inconnu ne se pressait pas d'y passer. Il restait debout dans la baie de la porte, la tête rejetée
en arrière et les bras étendus en avant, comme
les aveugles qui cherchent leur chemin.

Évidemment, il avait le projet d'opérer sans lumière et Doutrelaise qui aurait pu lui en fournir,
puisqu'il avait en poche des allumettes et de la
bougie, Doutrelaise ne jugea pas à propos de lui
rendre ce bon office. Il tenait beaucoup à le laisser agir avant de se montrer, et l'obscurité favo-
risait ses desseins.

Après une courte station, l'homme se remit à
marcher droit devant lui. Il avançait d'un pas silencieux et traînant, — le pas des fantômes ; — ses
mouvements étaient d'une régularité automatique
et ses bras raidis semblaient chercher à saisir un
objet invisible.

Il avait l'air de jouer à colin-maillard.

— Où va-t-il ? se demanda Doutrelaise méduse
par cet étrange spectacle. S'il continue dans cette
direction, il va se heurter contre la porte de la
chambre à coucher du comte... le réveiller et...
qui sait ?... il le tuera peut-être ?

En cet instant. Doutrelaise regretta de ne pas
s'être armé, comme le lui conseillait Jacques de
Courtaumer. Tout valait mieux que de laisser
assassiner le père de mademoiselle de la Calprenède. Et il se tint prêt à se servir de ses poings,
faute de revolver ou de poignard.

Il se leva et il se rassembla, afin de se mettre en
mesure de ne faire qu'un ou deux bonds d'un bout
à l'autre du cabinet.

— S'il avance encore, se disait-il, je tombe sur
lui et je l'étrangle.

L'homme n'avança pas. Il avait dépassé l'embrasure de la fenêtre et il venait de toucher la muraille en saillie. Il opéra aussitôt un quart de con-
version, puis il se baissa, face au mur, et tournant
le dos à Doutrelaise, qui pensait :

— Oui, c'est là que j'ai vu l'autre nuit l'ombre
s'arrêter. Cette ombre, c'était lui... que fait-il ?...
il se baisse... il se baisse encore... on dirait qu'il
va se mettre à genoux... il y est ! Ah ! mon Dieu,
mais c'est un fou !

Et, en effet, il était difficile d'expliquer autrement le singulier manège de ce noctambule. Le

fait de s'introduire la nuit dans l'appartement d'autrui pour y prier Dieu, à deux genoux, constitue un acte de folie assez caractérisé.

Cependant, Doutrelaise doutait encore, et il n'avait pas tort de douter, car il s'aperçut que cette génuflexion avait un tout autre but. Les mains de l'inconnu travaillaient dans l'ombre et bientôt un bruit sec annonça que le travail était accompli.

Un ressort avait joué et un panneau à coulisses placé au milieu de la saillie du mur s'abaissait lentement.

Doutrelaise devina l'opération plutôt qu'il ne la vit, car elle se passait dans l'angle le plus obscur du cabinet.

Et une lueur soudaine éclaira son esprit.

Il devait y avoir là une cachette où étaient enfermés des objets précieux; l'homme au froc en connaissait l'existence, et il venait de temps à autre la visiter nuitamment.

Venait-il s'assurer qu'elle était intacte ou au contraire faire main-basse sur les trésors qu'elle contenait et la vider peu à peu, en les emportant sac par sac, ou joyau par joyau ?

Était-ce un voleur, ou était-ce le propriétaire de cette caisse secrète ?

Doutrelaise ne savait que croire, et il résolut d'attendre la fin de cette scène incompréhensible.

L'homme agenouillé avait avancé la tête dans l'intérieur du trou, les bras aussi, et il y fouillait activement, soit pour y prendre, soit pour y mettre quelque chose.

Cette opération dura deux minutes, qui parurent bien longues à Doutrelaise. Puis un autre ressort joua, et le panneau remonta. Le mécanisme devait fonctionner assez souvent, car les rainures où glissait le panneau n'étaient pas rouillées, ni gonflées par l'humidité. Le frottement ne faisait presque pas de bruit.

Dès que la cachette fut close, l'homme se releva, fit face à gauche et se remit en marche pour sortir comme il était entré.

Pour Doutrelaise, c'était le moment de prendre un parti. Ce qu'il venait de voir ou plutôt d'entrevoir, n'éclaircissait qu'une partie du mystère. Un individu s'introduisait la nuit dans l'appartement ; il en avait la clef et il en connaissait tous les secrets. Ce point était acquis. Et la constatation de ce fait étrange avait une véritable importance. Elle pouvait servir à démontrer que le collier d'opales n'avait pas été apporté par Julien dans ce cabinet où entrait clandestinement un personnage plus que suspect. Mais qui était ce personnage ? Voilà ce qu'il importait surtout de découvrir.

L'arrêter avant qu'il sortît, Doutrelaise ne s'en

souciait pas. Une collision ne manquerait pas d
r'éveiller M. de la Calprenède, et Doutrelais
tenait à agir sans lui. D'un autre côté, il ne vou
lait pas laisser échapper l'homme, et il compre
nait la nécessité de le saisir aussitôt qu'il serai
sur l'escalier.

Ce fut alors qu'il reconnut la sagesse du plan d
Jacques de Courtaumer.

— Pourvu qu'il l'exécute ! pensait-il, en sui
vant à distance l'encapuchonné qui s'éloignait à
pas comptés; pourvu qu'il réalise son ingénieuse
idée de s'embusquer sur le palier ! à nous deux
nous ferions ce que je ne pourrais pas faire seul

Doutrelaise réglait sa marche sur celle de
l'homme au froc. Il lui avait laissé prendre une
avance de quelques pas, et il était encore dans la
chambre de Julien lorsque le rôdeur ouvrit la
porte qui donnait sur l'escalier.

Il se glissa dehors, le malandrin, mais par l'entre-bâillement de cette porte, Doutrelaise avait
vu briller un filet de lumière. Plus de doutes.
Jacques était là.

Doutrelaise s'élança pour arriver à temps, mais
au moment où il traversait le corridor noir, une
main vigoureuse le saisit par le collet.

Stupéfait de cette agression qui ne venait pas
de l'homme au froc, puisque l'homme au froc était
déjà sur le palier, Doutrelaise fit un violent effort

pour se dégager ; mais la main qui l'avait saisi le tenait bien, et il n'y réussit pas.

— Ah! c'est donc toi qui entre chez moi la nuit, cria l'assaillant. N'essaie pas de fuir, coquin, ou je te brûle la cervelle.

Doutrelaise crut entendre la trompette du jugement dernier. Il reconnaissait la voix du comte de la Calprenède et il comprenait ce qui s'était passé. Le père d'Arlette ne dormait pas ou bien il s'était réveillé. Il avait entendu des bruits dans le cabinet et pour couper la retraite à l'homme qui s'était introduit chez lui, il avait couru par le couloir obscur à la porte de l'appartement.

Il était arrivé un peu trop tard. Le rôdeur venait de sortir. Mais le guetteur était encore là, et le guetteur avait été pris.

— Qui es-tu, drôle ? demanda M. de la Calprenède en le secouant de la belle façon.

— Monsieur, vous vous trompez, dit Albert, je ne suis pas un voleur... je suis votre voisin... Doutrelaise...

— Vous ! s'écria le comte, encore plus irrité que surpris, vous ici !... à cette heure ! Qu'y venez-vous faire et comment y êtes-vous entré ?

— Je vous le dirai, monsieur... tout s'expliquera... et vous reconnaîtrez que je n'ai que de bonnes intentions... mais, je vous en supplie, parlez plus bas.

II.   6

— Prétendez-vous m'imposer silence ?

— Au moins, laissez-moi sortir... une minute de retard peut tout perdre... il y va de l'honneur de votre fils... je puis le sauver... mais si vous me retenez...

— Mon fils ! vous osez parler de mon fils... vous qui l'avez indignement calomnié... vous qui êtes la cause de son malheur.

— Moi ! mais si on reconnaît qu'il est innocent, si on le met en liberté demain, c'est à moi qu'il le devra. Si vous doutez de ce que vous dis, ouvrez cette porte, monsieur le comte, et vous trouverez quelqu'un que vous croirez. Mon ami, Jacques de Courtaumer est là... ou du moins, il y était tout à l'heure... et si vous tardez à ouvrir, il paiera peut-être de sa vie le service que nous vous avons rendu.

— Jacques de Courtaumer ! répéta le comte, qui ne prévoyait guère que ce nom allait sortir de la bouche de Doutrelaise.

— Oui... il attendait derrière cette porte un homme ·qui s'est introduit chez vous... un voleur ou un ennemi... en ce moment, il est seul en face de ce misérable... et je n'entends pas sa voix... Dieu sait ce qui va arriver...

C'était vrai. Jacques n'appelait pas. Jacques ne parlait pas. Cependant, Doutrelaise était certain d'avoir vu de la lumière sur le palier, et cette lu-

mière, Jacques seul pouvait l'y avoir apportée.
Comment se faisait-il donc qu'il n'eût pas encore
engagé une lutte ou tout au moins un vif colloque
avec le noctambule qui venait de sortir ?

Doutrelaise s'était expliqué avec tant de netteté,
il avait parlé d'un ton si ferme que M. de la Calprenède se calma aussitôt.

La scène se passait dans une obscurité complète,
le comte n'ayant pas pris le temps de se munir
d'une bougie. Il s'était habillé à la hâte, et très
sommairement, sans oublier pourtant de s'armer
d'un revolver.

Il avait lâché Doutrelaise, aussitôt que Doutrelaise s'était nommé ; mais il s'était placé de façon
à lui barrer le passage, et le malheureux Albert
n'osait pas repousser le père d'Arlette.

Il n'avait pourtant pas d'autre moyen d'aller au
secours de son ami et chaque seconde qui s'écou-
lait ajoutait à ses angoisses.

— Donnez-moi votre parole d'honneur que
Jacques de Courtaumer est là, lui dit brusquement M. de la Calprenède.

— Je vous jure que, s'il n'y est pas, c'est que cet
homme l'a tué, et cet homme aura fui, s'il l'a tué...
Nous n'aurions plus de preuves... votre fils serait
perdu.

Le comte ne répondit pas, mais il ouvrit la
porte.

La transition des ténèbres à la lumière fut si so
daine, qu'il s'arrêta, ébloui, et que Doutrelai
recula en fermant les yeux.

Lorsqu'il les ouvrit, il vit un tableau aus
étrange que rassurant.

Debout, au milieu du palier, se tenait l'homm
enfroqué, immobile comme un terme. On eut d
qu'il était pétrifié.

Un peu plus bas, Jacques, posté sur la premiè
marche de l'escalier, les bras étendus en croix
un flambeau dans la main droite.

— Dieu soit loué! ils sont encore là, murmu
Doutrelaise, qui ne comprenait pas du tout pou
quoi ils y étaient.

Il fit un pas en avant. M. de la Calprenède
fit deux.

L'homme ne bougea pas, mais Jacques, qui v
nait de les apercevoir, les arrêta d'un signe d
tête. Ce signe voulait dire évidemment:

— Regardez, mais laissez-moi faire.

Il n'y avait qu'à obéir à cette injonction muett
ils se tinrent cois et ils assistèrent à la pantomim
la plus bizarre qu'on puisse imaginer.

Jacques se mit à agiter doucement son flambeau
L'homme lui faisait face et, comme si ce jeu d
lumière l'eût attiré, il s'avança pour descendre
Mais au premier pas qu'il fit en quittant le palie
il rencontra une barrière vivante. Jacques lu

ermait le chemin et Jacques ne l'eut pas plus tôt
touché que cet être fantastique remonta, au lieu
de chercher à forcer l'obstacle.

On voyait en plein sa haute taille et ses larges
épaules, mais non pas son visage, toujours à demi
caché par le capuchon rabattu du vêtement que
Doutrelaise avait pris pour un froc et qui était une
manière de caban de laine grossière bariolé de cou-
leurs vives, comme en portent les Arabes de Syrie.

Jacques s'avança et le toucha encore très doucement, sans le heurter, de façon à lui procurer
la sensation qu'on éprouve lorsqu'en tâtonnant
dans l'obscurité on rencontre un mur.

L'homme recula. Jacques se plaça de côté, son
épaule gauche frôlant l'épaule droite du personnage, qui se tourna vers la porte par laquelle il
était sorti, dix minutes auparavant.

Alors, après avoir, d'un geste, invité le comte et
Doutrelaise à s'écarter, Jacques passa derrière
l'homme et le serra d'un peu près.

Au premier contact, ce singulier promeneur se
remit à marcher droit devant lui.

La porte était restée ouverte.

Il entra, sans hésiter et sans se retourner.

Albert et M. de la Calprenède regardaient ébahis ; ils n'osaient ni parler, ni agir.

— Venez ! leur dit tout bas Jacques de Courtaumer.

Ils le suivirent machinalement.

Doutrelaise commençait à comprendre que Jacques se proposait d'enfermer le rôdeur, de le faire prisonnier, pour ainsi dire ; mais il ne comprenait pas encore pourquoi le rôdeur se laissait conduire avec tant de docilité.

Le comte, lui, ne comprenait rien du tout, et s'il se taisait, c'est qu'il se fiait à Jacques de Courtaumer autant qu'il se défiait d'Albert Doutrelaise.

L'homme au caban avait repris le chemin qu'il avait déjà parcouru. Il traversa lentement la chambre de Julien et bientôt il arriva dans le cabinet.

Courtaumer, qui était sur ses talons, poussa doucement la porte derrière lui, et donna sans bruit un tour de clef.

Puis s'adressant à M. de la Calprenède :

— Vite, dit-il, à la porte du couloir et à celle de votre chambre à coucher ! Elles peuvent se fermer en dehors, je suppose ?

— Oui, balbutia le comte, mais...

— Vite, vous dis-je. L'oiseau est en cage. Ne le laissons pas s'envoler encore une fois. Déjà, il ne peut plus sortir de ce côté-ci. Je vais avec vous pour accélérer les opérations.

Et il courut au corridor, entraînant à sa suite le comte, que ses façons décidées avaient subjugué.

En un tour de main, il ferma à clef la seconde porte, celle qui donnait dans le couloir. M. de la

Calprenède passa dans sa chambre pour mettre le verrou à la troisième.

— Maintenant, nous allons causer, reprit Jacques, dès que ce fut fait. Revenons, s'il vous plaît, dans la chambre de Julien.

Il avait pris le commandement et on ne songeait plus à le lui contester. Le chef improvisé ramena son corps d'armée dans la première pièce, posa son flambeau sur la cheminée, et dit, sans élever la voix :

— Monsieur le comte, votre fils sera mis en liberté demain matin. Nous tenons l'homme qui a apporté chez vous le collier d'opales.

— Nous le tenons, s'il veut bien rester là... et je me demande comment il s'y est laissé ramener, murmura Doutrelaise.

— Tu n'as donc pas vu qu'il dort ?

— Quoi ! ce serait...

— Il est somnambule, parbleu ! plus que somnambule... c'est bel et bien de la catalepsie. Et il en a peut-être pour des heures à rester dans cet état-là.

— As-tu vu son visage !

— Je crois bien que je l'ai vu. Je l'ai regardé sous le nez.

— Et tu le connais ?

— Parbleu ! nous le connaissons tous. C'est Matapan.

— Matapan! s'écrièrent en même temps le comte et Doutrelaise.

— Mon Dieu, oui, Matapan lui-même, répondit tranquillement Jacques de Courtaumer. Nous nous en doutions un peu, Doutrelaise et moi. Maintenant, j'en suis sûr.

— Et tu es sûr aussi qu'il dort?

— Absolument sûr. Crois-tu donc que, s'il n'était pas en catalepsie somnambulique, il se serait laissé pousser par moi dans la souricière où nous venons de l'enfermer? Quand vous avez paru, il y avait cinq minutes que je le faisais tourner et retourner sur le palier, rien qu'en le touchant. Il faut vous dire que ce n'est pas le premier que je vois. Nous avions sur la *Junon* un matelot qui était somnambule. Il virait au cabestan, il montait sur les vergues et il en descendait sans se réveiller. Bien mieux, il entendait les commandements et il les exécutait.

— Matapan! répéta M. de Calprenède, abasourdi. Et il est entré chez moi sans savoir ce qu'il faisait! c'est impossible.

— Vous oubliez qu'il a habité fort longtemps cet appartement; sans aucun doute, il en a gardé une clef... exprès ou par mégarde, peu importe... et pendant son sommeil, il revenait machinalement se promener ici. Il y est venu dix fois, vingt fois peut-être... l'autre nuit, par exemple, mon ami Doutrelaise l'a rencontré sur l'escalier... il s'est colleté avec lui dans l'obscurité... et Matapan ne s'est pas réveillé... Matapan a continué son chemin et il est entré tranquillement chez vous.

— Alors, c'est lui qui a apporté le collier ?

— N'en doutez pas, monsieur le comte.

— Mais... pourquoi l'y apportait-il ?

— Oh ! c'est bien simple. Cet homme est un thésauriseur et un maniaque. Il emmagasine chez lui des pierres précieuses, de l'or, des valeurs de toute sorte. Et naturellement il avait déjà cette habitude quand il occupait l'appartement qu'il vous a cédé. Or, les somnambules agissent pendant leur sommeil, comme ils agiraient lorsqu'ils sont éveillés, avec cette différence pourtant que leurs actions manquent de logique. Elles ne procèdent pas d'un raisonnement quelconque. Elles résultent de l'habitude. Ainsi, un avare somnambule va visiter son trésor. Il le touche, il le caresse, et il arrive quelquefois qu'il le change de place. On m'a conté, à Brest, l'histoire d'un homme qui ne faisait qu'aller et venir, toutes les nuits, de sa chambre à sa cave, et réciproquement, pour mieux cacher quelques sacs d'écus qu'il avait, et tout cela en dormant. Le caveau avait une serrure à secret. Une fois, il s'y est si bien enfermé qu'il n'a jamais pu en sortir et qu'il y est

6.

mort de faim. On y a trouvé sa carcasse, je ne sais combien d'années après.

Et pour conclure, ajouta Jacques de Courtaumer, je déclare que je suis absolument fixé sur le cas du sieur Matapan. Évidemment, pendant ses accès de somnambulisme, il transporte ses bijoux d'un endroit à un autre. C'est ainsi qu'il a pris le collier d'opales et qu'il est allé le déposer là où vous l'avez trouvé.

— Dans une armoire basse... près de la porte de ma chambre.

— Eh bien ! il y a probablement chez lui un meuble à peu près pareil. Il aura cru y serrer le collier. Peut-être est-il revenu le chercher la nuit suivante pour le rapporter chez lui... et il ne l'a pas trouvé.

— Alors, il n'a donc pas la conscience de ses actes ?

— Oh ! pas du tout, quand il est dans son sommeil cataleptique.

— Et lorsqu'il se réveille ?

— Il ne se rappelle absolument rien de ce qu'il a fait.

— Il était donc de bonne foi en accusant mon fils !

— Je le crois ; je pourrais même dire que j'en suis certain. Ça n'empêche pas qu'il se soit conduit comme un coquin. Il a profité d'une série de coïncidences fatales pour satisfaire la haine qu'il a contre vous et dont je ne connais pas la cause. Mais il ne se doutait pas qu'il s'était volé lui-même.

— Il ne doit pourtant pas ignorer qu'il est somnambule.

— Peut-être. Songez donc qu'il vit seul et que sans doute personne ne l'a jamais vu dans cet état-là, puisqu'il ne reçoit personne chez lui.

— Personne n'y entre le soir, dit Doutrelaise, et son domestique se couche de très bonne heure.

— Il n'y a donc rien d'étonnant à ce qu'il soit somnambule sans le savoir. Personne ne l'ayant rencontré endormi, personne n'a pu l'avertir.

— Peu nous importe, au surplus, dit M. de la Calprenède. Occupons-nous de la situation présente. Vous l'avez enfermé, mais il va se réveiller... il l'est peut-être déjà.

— Oh ! que non. L'accès dure ordinairement plusieurs heures, et il n'y a pas dix minutes qu'il est sorti de chez lui... j'étais là...

— A ce propos, monsieur, j'aurai des questions à vous adresser... mais, d'abord, qu'espérez-vous ?... Que va faire cet homme qui est là, derrière cette cloison ?

— Il va recommencer ce qu'il a déjà fait... probablement, ouvrir un meuble et y fourrer quelque chose... Doutrelaise, qui vient de le voir

opérer, pourra nous renseigner sur ce détail...
ensuite, il cherchera à sortir pour s'en aller.

Tenez ! il cherche déjà.

M. de la Calprenède tressaillit. On entendait
gratter de l'autre côté de la porte.

— Il essaie d'ouvrir, reprit Jacques. Il a trouvé
la serrure, mais il ne trouvera pas la clef, puisqu'elle est en dehors. Vous comprenez maintenant
pourquoi je tenais à l'enfermer.

— Oui, mais... cette situation ne se prolongera
pas indéfiniment.

— Elle se prolongera assez pour que nous puis-
sions lui donner un dénouement qui nous satisfera
tous, et qui ne plaira guère à Matapan. Vous me
demandez ce qu'il va faire ? Ce que faisait en pareil cas le matelot que je vous parlais tout à l'heure.
Quand nous le rencontrions, montant tout endormi sur le pont, nous nous amusions à le pousser dans le carré des officiers... comme je viens de
pousser Matapan chez vous... rien qu'en le touchant tout doucement... Eh bien ! notre matelot
tournait autour du carré, en cherchant une issue...
il tournait jusqu'à ce qu'il se réveillât... souvent
toute la nuit.

Donc, nous avons le temps.

— Pardon, monsieur, dit le comte, très ému et
même très troublé, je vous suis infiniment reconnaissant de l'intérêt que vous prenez au malheur

de mon fils et du zèle que vous montrez dans des circonstances étranges... si étranges que je ne m'explique pas comment vous étiez à ma porte... surtout comment M. Doutrelaise était chez moi... mais je devine encore moins quel parti vous pouvez tirer du somnambulisme de M. Matapan.

— Sa présence ici prouve que Julien est innocent.

— Prouve... à vous et à moi, oui, sans doute ; mais M. Matapan niera..., et il niera de bonne foi... vous m'avez dit vous-même qu'après son sommeil, il ne se souvient de rien.

— C'est vrai. Seulement, comme il ne se réveillera que devant témoins, il ne pourra rien contester.

— Devant témoins ! vous voulez amener ici les voisins ! vous n'y songez pas, monsieur. Les gens qui habitent cette maison sont hostiles à moi et aux miens...

— Pas tous, interrompit Jacques en regardant Doutrelaise.

— Qui appellerez-vous pour constater que M. Matapan est somnambule et qu'il est entré chez moi ? reprit M. de la Calprenède. Sera-ce la famille Bourleroy, dont tous les membres nous jalousent et nous détestent ? Ils se tourneraient contre moi. Ils seraient capables de dire que j'ai tendu un piège à M. Matapan, que je l'ai attiré dans un guet-apens. Ou bien irez-vous chercher le portier qui est son âme damnée?

Doutrelaise s'était résigné à jouer un rôle muet, qui convenait à sa situation personnelle. Le comte était très prévenu contre lui, et mieux valait assurément laisser parler Jacques. Mais Doutrelaise pensait que l'objection du comte était fondée, et Doutrelaise se demandait avec anxiété ce que Jacques allait répondre.

— Monsieur le comte, dit l'ex-lieutenant de vaisseau, j'avais prévu le cas... non pas que j'eusse deviné que Matapan était somnambule... j'avoue que cette idée ne m'était pas venue... Mais depuis le triste événement d'hier, Doutrelaise et moi, nous avons cherché ce que nous pourrions faire pour votre fils... injustement accusé, c'était notre conviction.

— La vôtre, sans doute; mais je pensais au contraire que M. Doutrelaise...

— Vous vous trompiez, monsieur. Votre fils n'a pas de défenseur plus chaud que mon ami Albert; et c'est grâce aux indications que m'a données cet ami dévoué, que j'ai pu concevoir un plan et préparer une justification complète de Julien. Nous savions qu'un homme était entré plusieurs fois chez vous; nous ne doutions pas que cet homme ne fût le voleur, et nous avons résolu de le guetter jusqu'à ce qu'il vînt se faire prendre. Nous nous sommes partagé les postes à occuper ; moi, je devais surveiller l'escalier ; Doutrelaise attendre à l'intérieur...

— Je voudrais savoir comment M. Doutrelaise a pu ouvrir la porte de l'appartement, interrompit M. de la Calprenède.

— Tout vous sera expliqué, monsieur, dit vivement Jacques, mais les moments sont précieux. Permettez-moi de vous apprendre en peu de mots ce que je vais faire et d'aller chercher ensuite le témoin qu'il nous faut, le seul qui soit impartial, et qui ait assez d'autorité pour que nul ne conteste la valeur de son témoignage.

— Qui donc ?

— Tout simplement le commissaire de police qui a arrêté votre fis.

— Le commissaire qui a arrêté mon fils ! répéta M. de la Calprenède. C'est sur lui que vous comptez pour établir que Julien est innocent ! Vous oubliez que ce commissaire a été son accusateur le plus acharné. Je tiens ce renseignement de monsieur votre frère.

Doutrelaise ne dit rien, mais on voyait bien à son air qu'il trouvait peu sensé le moyen que son ami comptait employer.

— Il est très vrai, répondit Jacques de Courtaumer, que le commissaire en question a cru d'abord que Julien était coupable. Bien d'autres

l'auraient cru comme lui, puisque moi-même j'ai
eu des doutes. J'étais avec votre fils quand on l'a
arrêté, je l'ai accompagné en voiture jusqu'à la
prison où on l'a mené, et j'avoue que ses réponses
ne me paraissaient pas très satisfaisantes. Il n'y a
donc rien d'étonnant à ce qu'un homme dont la
profession consiste à découvrir les criminels ait
déposé contre lui. Mais, à présent, cet homme ne
pense plus de la même façon.

— Qu'en savez-vous ?

— Je le sais, parce qu'il me l'a dit.

— Tu l'as revu ! s'écria Doutrelaise.

— J'ai passé une heure dans son cabinet avant
de venir chez toi. Si je ne t'ai pas parlé de la
visite que je lui ai faite, c'est que j'avais tant
d'autres choses à te raconter !... Hier soir, j'avais
pu le juger, ce commissaire, et j'étais sûr que c'é-
tait un brave homme... chaque fois que Julien,
qui ne se possédait plus, se lançait dans des propos
qui auraient pu lui nuire, il l'avertissait charita-
blement de ne pas trop parler.

Bref, j'étais fixé sur son compte, et après l'entretien que j'ai eu avec Adrien, je suis allé tout droit
chez ce magistrat d'un autre ordre. Je n'étais pas
du tout embarrassé pour me présenter à lui. Je le
connaissais depuis la veille, et il savait que j'étais
le frère du juge d'instruction. Il m'a reçu à merveille et je lui ai appris des choses qu'il ignorait...

entre autres que le collier volé venait d'être déposé au greffe. Comme on soupçonnait Julien de l'avoir vendu ou mis en gage, la nouvelle était importante, et il m'a paru qu'elle modifiait déjà ses idées. Alors, j'ai tout dit... que M. Matapan était un personnage suspect... qu'il en voulait à la famille la Calprenède... J'ai insisté sur le fait signalé par Julien pendant le voyage en fiacre, du cercle au dépôt de la préfecture... Il affirmait qu'on était entré plusieurs fois dans sa chambre la nuit... J'ai annoncé à cet excellent commissaire qu'un de mes amis qui habite la maison Matapan se proposait de veiller pour surprendre le rôdeur et que je comptais l'aider à le surprendre. Il m'a fort approuvé. Il m'a même assuré qu'il serait très heureux de pouvoir constater ces singulières promenades nocturnes. Je l'ai pris au mot, et je l'ai prié de me dire où et comment je pourrais le trouver si j'avais besoin de son assistance. Il me l'a dit... je n'ai plus qu'à aller le chercher.

— Mais, à cette heure, il est couché, murmura M. de la Calprenède, et avant qu'il soit ici...

— Il y sera dans vingt-cinq minutes. Voici comme : il se trouve par hasard que ce commissaire, comme on en voit peu, n'est pas marié et passe toutes ses soirées dans un cercle.

— Pas le vôtre, je suppose ?

— Non, c'est une bonne petite réunion, où

quelques bourgeois de son quartier se rassemblent pour jouer aux dominos et boire de la bière. Il paraît que c'est tout à fait patriarcal... quelque chose comme une chambre littéraire de province.

— Et le commissaire y reste toute la nuit ?

— Non pas, on ferme à deux heures. J'ai juste le temps d'arriver avant la clôture. Mon brave magistrat m'a promis qu'il viendrait avec moi à ma première réquisition. J'ai gardé le fiacre qui m'a amené, et qui a un excellent cheval. La réunion se tient rue de Miromesnil. C'est à deux pas; j'y cours. Vous permettez que j'emmène Albert ?

— M. Doutrelaise est maître de ses actions, répondit froidement le père d'Arlette. Je désire cependant qu'il revienne... j'aurai une explication à lui demander.

— Il vous la donnera, monsieur le comte; mais ne perdons pas de temps. Matapan continue à errer en palpant les cloisons... Je l'entends... vous n'avez pas à vous occuper de lui tant qu'il dormira... seulement, il finira par se réveiller, et il est bon qu'à son réveil, il trouve à qui parler.

Viens, mon cher, dit Jacques en poussant son ami vers la porte de l'appartement.

M. de la Calprenède ne chercha point à les retenir et ils se précipitèrent dans l'escalier, moins éclairé que jamais. Ils le descendirent rapidement et sans encombre, mais la sortie fut un peu retardée par la mauvaise volonté de Marchefroid. Ce portier récalcitrant se fit répéter trois fois le nom du locataire qui frappait aux carreaux de la loge pour demander le cordon, et il ne le tira qu'en maugréant.

Il fallut aussi réveiller le cocher qui dormait sur son siège et Courtaumer y réussit assez vite en le secouant vigoureusement.

Les deux amis s'emballèrent dans la voiture, qui fila bon train vers l'adresse indiquée.

Doutrelaise était abasourdi de tant d'événements, mais Courtaumer se frottait les mains.

— Eh ! bien, s'écria-t-il, que penses-tu de ma tactique ? Avais-je raison quand je prévoyais que notre homme viendrait se faire prendre sur le palier ?

— Sans toi, tout manquait, répondit Albert. Matapan m'échappait... ou du moins la scène du réveil se serait passée hors de l'appartement, et il s'en serait tiré... je n'aurais pas pu prouver qu'il était entré.

— Tandis que maintenant qu'il est emprisonné, nous sommes sûrs de le confondre. Mais, dis-moi, le comte est donc survenu pendant que tu faisais le guet ?

— Non, au moment où j'allais sortir. Il m'avait entendu marcher, il s'est levé, il a fait le tour par le corridor et il m'a mis la main au collet. Fort heureusement, j'avais vu briller la lumière de ta bougie, lorsque Matapan a ouvert la porte. J'ai juré à M. de la Calprenède que tu étais là, et il a consenti à vérifier... Je te le répète, c'est toi seul qui auras sauvé Julien... si on le sauve.

— Sois tranquille, cher ami, je m'arrangerai pour que tu en aies tout le mérite aux yeux d'une personne qui t'intéresse... et à propos de mademoiselle Arlette, son père ignore, n'est-ce pas, que c'est elle qui t'a donné la clef.

— Il l'ignorera toujours, j'espère... en tout cas, ce n'est pas moi qui le lui apprendrai.

— Ni moi non plus. Nous inventerons une histoire, s'il te tourmente. Nous lui raconterons, si tu veux que tu as rencontré Matapan à la porte et que tu es entré derrière lui. Mais nous ne trahirons pas le secret de mademoiselle de la Calprenède. Elle fera des aveux à son père, plus tard... la veille du jour où elle t'épousera.

— Ce jour-là n'arrivera jamais, dit Doutrelaise.

— Bah ! bah ! je considère que ton mariage est à moitié fait. J'y pousserai de toutes mes forces et je déciderai ma tante à te soutenir.

Mais nous arrivons. Je n'ai qu'une crainte, c'est que mon commissaire n'ai été appelé pour instrumenter quelque part... le crime donne énormément depuis qu'on gracie tous les assassins...,

Nous y sommes. C'est à l'entresol. Voyons si c'est encore éclairé ?... Oui, oui... il y a de la lumière... la partie de dominos doit être en pleine activité. Je vais monter quatre à quatre. Attends-moi dans le fiacre. Dans cinq minutes, je te ramène le commissaire.

Tout en parlant, Jacques ouvrait la portière. Il sauta sur le trottoir avant que la voiture fut arrêtée, et il se jeta dans l'allée de la maison qui était ouverte.

Doutrelaise, resté seul, chercha à rassembler ses idées, que les incidents qui venaient de se produire coup sur coup avaient fort troublées, et il n'y parvint qu'avec un grand effort. Il arriva cependant à se dire que les choses avaient mieux tourné qu'il ne l'espérait, et que si le comte lui gardait rancune, sa fille du moins apprécierait ce qu'il avait fait pour elle.

Du reste, il eut à peine le temps de réfléchir, car Jacques revint presque aussitôt, ramenant triomphalement le commissaire, qu'il poussa dans le fiacre où il se jeta après lui, en criant au cocher de les reconduire au galop boulevard Haussmann.

— Je vous présente M. Doutrelaise, mon ami, dit-il. C'est lui qui habite le quatrième.

— Je sais, répondit le commissaire, et c'est monsieur qui a rencontré hier l'homme au collier. Alors, vous êtes sûr que le somnambule est bien le baron Matapan ?

— Parfaitement sûr. Du reste, vous allez le voir vous-même.

— Et je l'interrogerai à fond, je vous le promets. J'ai toujours eu mauvaise idée de ce personnage. On ne sait pas au juste l'origine de sa fortune.

— Il a dû être pirate. Je lui connais un ami qui l'a été.

— Bon ! je signalerai le fait dans mon rapport... Et en attendant, je suis très heureux d'être agréable, tout en faisant mon devoir, au frère d'un magistrat que je respecte.

— Magistrat, Adrien ne l'est plus... il va donner sa démission ce soir.

— Lui aussi ! Ah ! monsieur, vous m'apprenez là une triste nouvelle.

— Il s'en va à cause de cette malheureuse affaire. Notre tante est l'amie intime du comte de la Calprenède, et Adrien a craint qu'on ne le soupçonnât de partialité.

— Mais... si ce jeune homme était reconnu innocent, monsieur votre frère reviendrait sans doute sur une résolution suggérée par des scrupules exagérés ?

— Ma foi ! c'est bien possible, dit avec intention Jacques de Courtaumer.

— Ah ! monsieur, croyez bien que si cela dépend de moi...

— Nous voici arrivés, interrompit le frère du juge de paix.

— Mon Dieu ! pensait Doutrelaise, pendant que la voiture s'arrêtait devant la porte gardée par Marchefroid, pourvu que, pendant notre absence, ce misérable Matapan ne se soit pas réveillé ! Il est capable de tout pour se sauver... de mettre le feu à la maison... de poignarder M. de la Calprenède.. et mademoiselle Arlette se ferait tuer pour défendre son père.

La sortie de la maison Matapan avait présenté quelques difficultés. Les deux amis eurent encore plus de peine à rentrer.

Courtaumer sonnait déjà vigoureusement, alors que le commissaire et Doutrelaise étaient encore dans le fiacre, et la porte ne s'ouvrait pas. Marchefroid n'avait pas coutume de se déranger au premier appel. Mais Courtaumer se souciait fort peu de le déranger, et il se mit à tirer avec tant d'énergie que le bouton de cuivre faillit lui rester dans la main.

Enfin, le concierge s'exécuta, après avoir pris le temps d'allumer sa lampe, et ces messieurs le trouvèrent planté sur le seuil de sa loge, enveloppé dans une belle robe de chambre, fronçant le sourcil comme Jupiter en courroux et prenant des attitudes.

— Où allez-vous ? demanda-t-il à Courtaumer
qui se présentait à sa vue avant les deux autres.
Ce n'est pas une heure pour aller voir les gens ;
tout le monde est couché dans la maison.

— Excepté moi, dit Doutrelaise en se montrant.
Donnez-moi donc mon bougeoir, je vous prie. Nous
n'avons pas envie de nous rompre le cou dans l'escalier.

— Comment, monsieur, c'est vous ! grommela
Marchefroid, mais vous venez de sortir, il n'y a
pas vingt minutes.

— C'est possible, mais je rentre. J'en ai bien le
droit, je pense, répliqua Doutrelaise en allumant
sa bougie à la veilleuse du portier.

— Vous, oui... mais ces messieurs...

— Moi, je suis un ami, cher monsieur Marchefroid, dit en goguenardant Jacques de Courtaumer,
et monsieur que voici est commissaire de police.
Auriez-vous la prétention de l'empêcher de pénétrer dans la maison que l'honorable M. Matapan
a confiée à votre surveillance éclairée ?

— Comment ! s'écria Marchefroid, monsieur serait?... mais, non, vous voulez plaisanter, jeune
homme. Je connais le commissaire de mon quartier... j'en ai même connu plusieurs depuis dix
ans que je suis en fonctions... et je vous déclare...

— Je suis commissaire aux délégations, interrompit le magistrat, et je viens au nom de la loi.

— Au nom de la loi !... ah !... bon ! je comprends. Vous venez pour l'affaire du fils la Calprenède... pour arrêter le père, peut-être ! Ah ! ce ne serait pas dommage. Tous ces nobliaux-là ont fait de l'immeuble de M. le baron un foyer de réaction, et ce sont tous des voleurs. Si monsieur le baron m'avait écouté, il y a beau temps qu'il leur aurait donné congé.

Le commissaire, jugeant inutile de répondre à cette tirade, s'acheminait déjà vers l'escalier avec Doutrelaise.

Mais Jacques trouvait amusant de dire son fait à cet insolent portier :

— Un mot seulement, cher monsieur Marchefroid, dit-il de sa voix la plus douce. Vous venez de déclarer que messieurs de la Calprenède étaient des réactionnaires. Vous en avez le droit. Ces messieurs s'en vantent et moi aussi. Mais vous les avez traités de voleurs. Ceci passe la permission, et si je n'étais pas si pressé, je vous corrigerais comme vous le méritez.

— Je voudrais bien voir ça ! grommela le portier en reculant de deux pas pour rentrer dans sa loge.

— Vous le verrez, monsieur Marchefroid, vous le verrez tout à l'heure, quand je repasserai devant votre niche. Pour le moment, je veux bien me contenter de vous dire que vous êtes un drôle.

II.   7

— Monsieur !... je me plaindrai...

— Plaignez-vous, monsieur Marchefroid ; plai
gnez-vous à votre propriétaire. Il est digne d
vous comprendre, et j'espère qu'il prendra votr
parti, car je ne serais pas fâché d'avoir avec lu
une petite explication.

— Jacques ! appela Doutrelaise.

Le portier s'était déjà prudemment barricad
dans son domicile, et Courtaumer se décida à re
joindre son ami, qui lui dit :

— A quoi penses-tu ? Faire une scène à ce
homme dans un pareil moment !

— Bah ! il m'agace. Et puis je ne vous ai pas retar
dés, puisque me voilà. D'ailleurs, au point où nou
en sommes avec le baron, il n'importe guère, j
crois, que nous évitions d'avoir des difficulté
avec son cerbère. Je m'en moque, pour ma part
et toi tu peux t'attendre à recevoir ton congé pou.
le terme prochain.

— Hâtons-nous, messieurs, dit le commissaire
qui trouvait que ces causeries étaient déplacées e
qui n'avait pas tort.

Ils arrivaient au premier étage, et il ajout
en montrant la porte de l'appartement du baron

— N'est-ce pas ici qu'habite M. Matapan?

— Oui, monsieur, répondit Courtaumer, et c'es
un peu plus haut que mon ami Doutrelaise l'a ren
contré l'autre nuit.

— Malheureusement, car, sans cette rencontre, personne n'aurait songé à accuser M. de la Calprenède.

— C'est vrai, mais la sortie de cette nuit a tout réparé, puisqu'elle nous a permis de constater qu'il n'y avait d'autre voleur que M. Matapan lui-même. Ils doivent dater de loin ses voyages nocturnes. Il a déménagé le 15 octobre, et je parierais bien que, dès le lendemain, il courait les escaliers pour aller visiter en dormant son ancien domicile. Il doit avoir là une cachette.

— Je sais où elle est, interrompit Doutrelaise. Je l'ai vu la fouiller.

— Tu nous raconteras ça quand tu seras en face de lui, dit Courtaumer. Nous n'avons pas une minute à perdre, car nous avons laissé M. de la Calprenède dans une situation quelque peu embarrassante. Il garde un ours en cage. Ce n'est pas très gai. Et si l'ours se réveillait, le comte aurait fort à faire. Matapan serait capable de crier : au feu ! pour ameuter les locataires.

— Pourvu qu'il n'ait pas l'idée de sauter par la fenêtre, murmura Doutrelaise.

— Tiens ! c'est vrai, je n'avais pas pensé à ça. Diable ! ce serait fâcheux. Marchefroid dirait que c'est M. de la Calprenède qui l'a poussé. Mais, non, il n'y a pas de danger... les somnambules ne se font jamais de mal. Notre matelot de la *Ju-*

non courait comme un chat sur les barres de perroquet et le pied ne lui manquait jamais.

— On apprend à tout âge, dit le commissaire.
Depuis seize ans que je suis en fonctions, je n'ai
jamais vu de cas pareil à celui-ci. A l'avenir,
quand j'aurai une affaire embrouillée, je commen-
cerai par m'assurer que le somnambulisme n'y est
pour rien.

Cette conversation à bâtons rompus cessa sur le
palier du second étage.

— Nous y sommes, dit Courtaumer. Albert, tu
as la clef.

Doutrelaise la tira de sa poche et ouvrit avec
empressement. Il lui tardait de savoir ce qui s'é-
tait passé pendant son absence.

Le commissaire entra le premier. Les deux amis
le suivirent.

Les présentations furent vite faites, et le comte
les abrégea en disant au commissaire :

— Je vous attendais avec impatience, monsieur.

— Est-ce qu'il s'est réveillé ? demanda Jacques.

— Non ; après votre départ, il a continué à se
promener en tâtant les cloisons et en tourmentant
les serrures ; mais depuis quelques instants je
n'entends plus rien.

— Que diable peut-il faire ? murmura Courtaumer.

— Monsieur, dit le commissaire, j'ai pris sur

moi de compléter, sans en avoir reçu l'ordre de mes chefs, l'enquête dont j'avais été chargé régulièrement. Votre honorabilité m'est connue, et je n'ai pas douté de ce que m'affirmait le frère du magistrat qui était chargé d'instruire l'affaire de votre fils.

— M. de Courtaumer vous a dit la vérité, monsieur. Il vient de surprendre M. Matapan au moment où il sortait de chez moi. Et c'est à lui que je devrai la joie de prouver que mon fils n'a pas déshonoré mon nom.

Doutrelaise faisait triste mine. Ce discours démontrait surabondamment que le comte ne lui savait aucun gré du rôle qu'il avait joué, et qui était cependant le rôle principal.

— Il s'agit maintenant d'en finir, reprit le commissaire, M. Matapan est là, n'est-ce pas ?

— Oui, monsieur.

— Et vous n'avez qu'à ouvrir pour me le montrer. Je pense qu'il serait bon d'appeler des témoins pour constater sa présence dans le cabinet.

— Ces messieurs sont là.

— Mais ces messieurs sont, je crois, les amis de votre fils ?

Le comte fit un signe de dénégation qui ne s'appliquait qu'à Doutrelaise.

— Mieux vaudrait requérir quelques-uns des locataires de cette maison.

7.

— Ils sont au mieux avec M. Matapan. Ils prendraient parti pour lui. Je désire vivement qu'aucun étranger n'assiste à la scène d'explication que je prévois.

— Soit ! monsieur, dit le commissaire, après avoir un peu réfléchi. Je suis libre de procéder comme je l'entends, car je suis responsable de mes actes. Veuillez donc ouvrir cette porte.

M. de la Calprenède fit un pas vers la porte, mais le commissaire reprit en s'adressant à Courtaumer :

— Il est toujours endormi, n'est-ce pas ?

— Pour moi, cela ne fait pas de doute, répondit Jacques. D'abord, je connais les somnambules. Leurs accès durent. Et puis, d'après ce que je sais du caractère de Matapan, je crois pouvoir affirmer que, s'il ne dormait plus, il ferait un beau tapage. Il aurait déjà essayé d'enfoncer les portes à coups de pieds.

— C'est probable. Mais je ne peux pas l'interroger dans l'état où il est.

— Non, certes, et je me charge de le réveiller.

— Comment vous y prendrez-vous ?

— Oh ! c'est facile... Une secousse violente... avec le matelot que je vous citais tout à l'heure, nous employions généralement le coup de poing dans le dos ; mais avec un baron, j'userai de moyens plus doux.

Seulement, il me semble que mieux vaut ne pas
le réveiller tout de suite. Je tiens beaucoup à ce
que vous constatiez *de visu* le sommeil cataleptique de M. Matapan, car toute l'affaire est là. Il
faut que vous assistiez pendant quelques instants
à ses évolutions. N'êtes-vous pas de cet avis, monsieur le commissaire.

— Oui, quoique je ne devine pas encore ce qu'il
est venu faire chez M. de la Calprenède.

— Moi, je m'en doute, et mon ami Doutrelaise
va nous le dire. Il est resté un gros quart d'heure
en tête-à-tête avec lui, et il doit savoir à quoi il
s'occupait dans le cabinet.

Doutrelaise ouvrait la bouche pour raconter
l'étrange scène à laquelle il avait assisté, lorsque
le comte, qui décidément tenait à se passer de ses
services, lui coupa la parole.

— Monsieur, dit-il au commissaire, nous perdons en conjectures inutiles un temps que nous
pourrions employer beaucoup mieux. Le moment
me paraît venu de passer des paroles aux actes. Je
vais donc entrer.

— Pardon, monsieur, dit Jacques en s'avançant,
c'est moi qui entrerai, si vous le permettez. Je
suis très persuadé que le sieur Matapan dort encore ; mais si, contre mes prévisions, il est éveillé,
il est très capable d'avoir préparé quelque coup
de Jarnac... comme par exemple de s'être embus-

qué derrière cette cloison, un couteau à la main,
et dans ce cas il convient que ce soit moi qui re-
çoive le premier choc.

— Je ne vois pas cela, monsieur, répliqua vivement M. de la Calprenède. Il me semble, au contraire, que c'est à moi de venger mon fils... à moi seul.

Et il se plaça de façon à barrer le passage à
Courtaumer.

Cette lutte de générosité aurait pu se prolonger
et on ne saurait dire comment elle se serait terminée ; mais Doutrelaise trancha la question en se
jetant sur la clef qui était restée dans la serrure et
en ouvrant brusquement.

Il tenait de l'autre main son bougeoir allumé, et
il le porta en avant pour éclairer le cabinet, dont
il franchit le seuil sans hésiter. Jacques y entra
presque aussitôt que lui. Le comte et le commissaire, relégués à l'arrière-garde, entrèrent après
eux.

Et les trois derniers ne s'attendaient guère à
voir ce qu'ils virent, ce que Doutrelaise avait déjà
vu : Matapan, à genoux, près de la fenêtre, devant
la saillie de la muraille.

Et Matapan, surpris dans cette posture, ne se
dérangea en aucune façon. Il ne se retourna même
pas. Évidemment, il était plus que jamais plongé
dans un sommeil cataleptique. Le bruit ne l'en
avait pas tiré, quoique, dans son empressement,

Doutrelaise, eût tourné la clef sans prendre de précautions.

— C'est prodigieux, murmura le commissaire. Évidemment il n'a rien entendu.

— Vous reconnaissez, monsieur, que cet homme est somnambule ? dit le comte.

— Sans doute, mais...

— Eh! bien, finissons-en ; pour que vous puissiez l'interroger, il faut le réveiller.

— C'est moi que ce soin regarde, dit vivement Jacques. Laissez-moi faire.

Et, d'un bond, il vint se placer derrière Matapan, toujours agenouillé. Puis, il le saisit par les deux épaules et il le fit tomber sur le dos sans aucune espèce d'égards.

La tête heurta le tapis si rudement qu'elle rebondit et que le contre-coup fit tomber le capuchon qui la cachait.

Les traits accentués de M. Matapan apparurent en pleine lumière et un juron énergique annonça qu'il avait repris possession de lui-même.

— Où suis-je, mille tonnerres ! grommela-t-il en se mettant sur son séant et en roulant des yeux furibonds.

— Dans votre ancien appartement, répondit Jacques de Courtaumer. Bonjour, monsieur le baron ! Souhaitez-vous que je vous donne la main pour vous aider à vous relever ?

Matapan ne répondit pas à cette proposition ironique, et il se releva fort bien tout seul.

Dès qu'il fut debout, il alla instinctivement s'a-
dosser à la muraille devant laquelle il était à deux
genoux quand on l'avait surpris, et il se mit à regarder avec une stupeur mêlée de colère les quatre hommes qui l'entouraient.

— Remettez-vous. Nous ne sommes pas pressés,
reprit Courtaumer.

Matapan se remit, et ce ne fut pas long. Il devait être accoutumé aux situations imprévues et
il avait le réveil prompt.

— Vous, je ne vous connais pas, dit-il à l'ex-
lieutenant de vaisseau. C'est M. de la Calprenède
que je somme de m'expliquer pourquoi il m'a attiré ici. Si c'est encore pour me voler, comme l'a
fait monsieur son fils, je le préviens que je n'ai rien
sur moi, ni argent, ni bijoux.

— Misérable ! s'écria le père de Julien.

— Du calme ! lui dit à demi-voix le commissaire.

— Je vous défends de parler ainsi, répliqua l'a-
moureux Albert en s'avançant.

— Tiens ! c'est vous, monsieur Doutrelaise, ricana Matapan. C'est un complot à quatre, à ce qui
me paraît. Vous voulez me faire *chanter*, mes maîtres ; mais vous ne me tenez pas. Je vous préviens
que si vous ne me laissez pas sortir, j'ouvrirai la

fenêtre ou je la briserai. J'appellerai, et je vous réponds que j'appellerai assez haut pour qu'on m'entende du haut en bas de la maison.

— Personne ici ne songe à vous violenter, monsieur, dit le commissaire, qui jusqu'à ce moment s'était tenu dans l'ombre.

— Qu'est-ce que vous me voulez, vous ? vociféra Matapan. Et d'abord qui êtes-vous ? un assommeur à gages ?

Prenez garde, mon drôle, vous n'aurez pas beau jeu avec moi.

— Prenez garde, vous, de payer cher vos insultes. Je suis commissaire de police, et je viens vous interroger.

— Vous, commissaire ! Allons donc ! vous avez l'air d'un épicier. Où est votre écharpe ?

— Si vous persistez dans cette attitude, l'un de ces messieurs voudra bien aller au poste le plus voisin, et ramener deux gardiens de la paix qui me reconnaîtront, je vous l'affirme, et qui vous arrêteront comme prévenu d'avoir adressé des injures à un magistrat dans l'exercice de ses fonctions.

Ce fut dit d'un ton si ferme que Matapan changea de note.

— Enfin, dit-il brusquement, que me veut-on ? Et pourquoi m'a-t-on amené ici ?

— Alors, vous ignorez comment vous y êtes venu ?

— Certainement, je n'y suis pas venu de mon plein gré. Je commence à croire qu'on m'aura fait avaler un narcotique et qu'on est venu m'enlever chez moi, après m'avoir endormi.

— Vous dormiez, en effet. Mais on ne vous a rien fait avaler du tout. Vous êtes somnambule, monsieur le baron, dit Jacques de Courtaumer.

— Somnambule, moi ! à qui espérez-vous persuader que je suis somnambule ? Ma vie est connue. Je me couche à dix heures, je me lève avec le jour, et je dors huit heures de suite... quelquefois neuf.

— D'accord, mais pas dans votre lit. Vous passez vos nuits à courir.

— Monsieur !

— Oh ! pas comme messieurs Bourleroy père et fils. Je reconnais que vous êtes vertueux, monsieur Matapan. Il n'en est pas moins vrai que vous découchez très souvent.

— Je vous mets au défi de prouver cela.

— C'est tout prouvé. On vous trouve à une heure du matin chez M. le comte de la Calprenède. Vous n'allez pas soutenir à monsieur le commissaire qu'une fée vous y a transporté pendant votre sommeil.

Tenez ! fouillez-vous donc. Vous trouverez la clé de l'appartement que vous avez occupé jusqu'au dernier terme.

Machinalement, Matapan mit la main dans sa

poche, et sa figure prit une expression qui en disait assez.

— Elle vous sert à peu près toutes les nuits, cette bienheureuse clef, reprit Jacques. Elle vous a servi avant-hier, lorsque vous avez apporté ici certain collier d'opales.

— Ah! s'écria Matapan, c'est donc là que vous vouliez en venir! Vous avez organisé cette comédie pour donner le change à la justice.

— Pardon, monsieur le baron, dit le commissaire, moi, je la représente ici, la justice, et je ne joue pas la comédie. J'ai vu; et je constaterai ce que j'ai vu. Je consignerai dans mon procès-verbal que tout à l'heure, quand M. de Courtaumer vous a réveillé, vous étiez à genoux contre la muraille à laquelle vous êtes adossé en ce moment.

Matapan tressaillit et s'avança jusqu'au milieu du cabinet.

— Oui, appuya Doutrelaise, devant cette muraille où vous avez fait creuser un trou pour enfermer votre trésor. J'étais là. Je vous ai vu presser un ressort... j'ai vu le panneau s'abaisser...

— Vous étiez là dans ce cabinet, dit le baron avec un sourire diabolique. C'est sans doute mademoiselle de la Calprenède qui vous y avait caché.

Matapan avait touché juste. Ses instincts méchants le servaient à merveille. Il venait de deviner le côté faible de ses adversaires.

Le comte pâlit de colère ; Doutrelaise se troubla, et Courtaumer lui-même perdit un peu de son aplomb. Il ne s'attendait pas à cette botte, et il chercha aussitôt à la parer.

Le commissaire seul resta froid. Il ne sentait pas la portée de cette phrase, perfidement lancée par le baron. C'est tout au plus s'il savait que M. de la Calprenède avait une fille. Mais il avait retenu l'affirmation de Doutrelaise, et il voulait avant tout en vérifier l'exactitude.

— Monsieur, dit-il sévèrement, il m'importe peu de savoir comment monsieur, qui habite le quatrième étage de cette maison, se trouvait ici. Mais il m'importe beaucoup de savoir ce qu'il y a vu. Je le prie, et je l'en requerrais, s'il fallait, de compléter sa déposition... car c'est une déposition. J'agis en ce moment comme délégué du magistrat qui est chargé de l'instruction.

Veuillez donc, monsieur, me dire exactement ce qui s'est passé, ajouta-t-il en s'adressant à Doutrelaise.

Réconforté par ces paroles, l'amoureux Albert répondit sans hésiter, en montrant la saillie du mur :

— J'affirme qu'il y a là une cachette et que cette nuit M. Matapan est entré ici, comme il y est déjà entré souvent, pour la visiter.

Le baron haussa les épaules, mais il pâlit visiblement.

Cette fois encore, la botte avait porté. Seulement, c'était lui qui était touché.

— A qui ferez-vous accroire que j'ai fait creuser les murs de ma maison ? dit-il en ricanant. A quoi me servirait cette prétendue cachette ! A espionner mes locataires ? Est-ce là ce que vous voulez dire ?

— Vous savez bien que non. Cette cachette est un caveau, qui vous servait à serrer vos trésors, quand vous habitiez l'appartement qu'occupe aujourd'hui M. le comte de la Calprenède. Vous devez en avoir un tout pareil au premier étage. Et la nuit, quand vous dormez, vous portez de l'un dans l'autre des objets précieux... votre collier d'opales, par exemple.

— Très bien. Je vois où tend ce beau discours. Mais un magistrat ne s'y laissera pas prendre, et je...

— Pardon, monsieur, interrompit le commissaire ; il ne s'agit pas de récriminer : il s'agit d'expliquer pourquoi vous étiez agenouillé tout à l'heure devant cette cloison.

— Agenouillé, moi !

— Nous vous avons surpris dans cette posture. Ne niez pas. J'étais là. Et M. de Courtaumer n'a eu qu'à vous saisir par les deux épaules et à vous tirer en arrière pour vous faire tomber sur le dos.

Qu'avez-vous à répondre ?

— Rien, dit Matapan avec humeur. Si j'étais à genoux, c'est que probablement j'étais fatigué d'être debout. Vous affirmez que je suis somnambule. Vous conviendrez aussi qu'un somnambule ne sait pas ce qu'il fait.

— Dites qu'il ne se souvient pas, une fois réveillé, de ce qu'il a fait en dormant, mais il n'agit pas sans but.

— Du diable si j'en avais un quand je suis venu ici ! Je n'entretiens pas de rapports suivis avec mon locataire du second. Ce n'est donc pas l'habitude qui m'a conduit chez lui pendant mon sommeil.

— C'est l'habitude de visiter l'or et les valeurs que vous avez cachés dans ce cabinet, dit Doutrelaise.

— Encore cette sotte histoire ! s'écria Matapan.

— Le trésor est-là, dans ce mur. Le trou qui le contient est masqué par un panneau mobile, qui s'abaisse quand on presse un ressort et qu'on remet en place par le même moyen. Depuis que vous êtes dans ce cabinet, vous avez ouvert et vous avez refermé à plusieurs reprises probablement, puisque tout à l'heure encore vous étiez occupé à chercher le mécanisme. Personne de nous ne vous a vu pendant que vous étiez enfermé, mais j'étais là quand vous êtes arrivé...

— Ah ! vous étiez là ! dit ironiquement M. Matapan. Avec la permission de M. le comte sans doute, ou avec celle de sa...

— Monsieur le baron, cria Courtaumer, si vous prononcez le mot que vous alliez dire, je vous appliquerai une bonne paire de soufflets, et il y aura une suite. Demain ou après-demain, je vous régalerai d'un coup d'épée.

— Je ne vous crains pas.

— Nous verrons quelle figure vous ferez sur le terrain. En attendant, je vous prie de vous taire. Continue, mon cher Albert.

Matapan grommela quelques paroles inintelligibles, mais il n'essaya plus d'interrompre Doutrelaise, qui reprit son récit.

— Je vous ai vu entrer, dit-il, vous marchiez lentement, les bras tendus en avant, et comme le capuchon de votre caban vous cachait le visage, je ne vous ai pas reconnu, mais je n'ai pas perdu un seul de vos mouvements. Vous êtes allé droit à la place que vous connaissiez bien, vous vous êtes mis à genoux, et vous avez immédiatement fait jouer le ressort.

— Alors, monsieur Doutrelaise, dit le commissaire, vous savez où ce ressort est placé ?

— A peu près. Il doit se trouver au pied de ce mur en saillie. J'étais trop loin pour voir comment il est fait, et je suppose d'ailleurs qu'il n'est pas apparent. Celui qui a fait disposer cette armoire secrète aura sans doute pris soin de le dissimuler dans une moulure de la boiserie. Mais en cherchant bien, je le découvrirai certainement.

— Monsieur le baron pourrait nous éviter la peine de chercher, reprit le commissaire en se tournant vers M. Matapan.

— Laissez-moi en repos et finissons-en, répondit brutalement le propriétaire. Vous n'avez pas le projet, je suppose, de me garder ici prisonnier ?

— Non, mais je désire que vous assistiez à l'ouverture du caveau. Je vais procéder à cette opération, et il ne serait pas convenable qu'elle se fît sans vous. Quand vous aurez reconnu avec moi qu'il y a là une cachette et que cette cachette contient des objets précieux qui vous appartiennent, vous serez parfaitement libre de vous retirer.

— Comme si je ne l'étais pas déjà !

— Essayez un peu de partir, et vous allez voir si je vous le permettrai, dit Courtaumer.

— Très bien ! C'est une séquestration avec violences, à ce que je vois. Et il se trouve un soi-disant magistrat pour y prêter les mains. Je m'abstiendrai d'engager une lutte ; mais vous, votre compte est bon ! cria le baron en montrant le poing au commissaire. Je signalerai votre conduite à vos chefs. j'irai trouver le préfet de police.... le procureur de la République...

— Faites, monsieur. Vous n'aurez pas la peine de leur raconter votre affaire : ils seront informés, quand vous les verrez, car ce matin, à la première heure mon rapport sera remis à qui de droit.

Monsieur Doutrelaise, voulez-vous avoir l'obligeance de prendre une lumière et de chercher ce ressort.

Doutrelaise ne se fit pas prier pour déférer à cette invitation. Il posa un des flambeaux sur le tapis, tout près de la muraille, et se plaçant comme l'était naguère le somnambule, il se mit à examiner minutieusement le bas de la boiserie.

Matapan trépignait de colère, et l'agitation où il était indiquait assez qu'il se livrait dans son esprit un combat entre deux passions, qu'il ressentait toutes les deux au même degré : la haine et l'avarice.

— Monsieur, lui dit le commissaire qui avait deviné ce qu'il éprouvait, permettez-moi de vous donner un conseil. Ma conviction est faite sur votre cas et sur celui de M. Julien de la Calprenède, et cette conviction sera partagée par le magistrat instructeur, lorsqu'il apprendra l'existence de la cachette que vous veniez visiter en dormant et que M. Doutrelaise va mettre à découvert d'ici à quelques minutes. Il n'est pas dou-

teux pour moi qu'elle renferme des valeurs qui
vous appartiennent et qui seront rendues immédiatement, si vous les réclamez. Dans le cas où
vous persisteriez à nier qu'elles sont à vous, je
serais obligé de les faire enlever et déposer au
greffe, où votre collier d'opales se trouve déjà.
Vous serez toujours obligé plus tard d'avouer la
vérité, car vous n'avez pas, je suppose, l'intention
de perdre le trésor qui est là, et vous éviteriez
des démarches pénibles en me disant tout de suite
ce qu'il en est.

— Je tiens le ressort, cria Doutrelaise. Tenez !
il suffit d'appuyer. Le panneau s'abaisse.

M. de la Calprenède et Jacques de Courtaumer
étaient debout derrière lui.

Matapan se rapprocha d'eux vivement et le
commissaire en fit autant.

— Voyez ! reprit Doutrelaise en s'avançant jusque dans l'intérieur de la cachette sa main qui
tenait le flambeau.

A la lumière de la bougie, brillèrent aussitôt des
objets d'or et d'argent entassés pêle-mêle sur les
planches qui divisaient cette espèce d'armoire en
plusieurs étages.

Il y avait là de la vaisselle plate, des coupes de
vermeil, et d'autres orfèvreries disparates.

— Quand vous ferez l'inventaire du trésor qui
est chez vous, dans l'autre cachette, vous recon-

naîtrez que les pièces que nous voyons là y manquent, dit le commissaire en regardant fixement
le baron.

— C'est possible, riposta Matapan exaspéré. Je
les aurai oubliées quand j'ai déménagé. Ça ne
prouve pas que j'ai apporté ici le collier d'opales.

— Alors, dit le commissaire, vous reconnaissez
que ces objets vous appartiennent ?

— Je ne vois pas pourquoi je nierais qu'ils sont
à moi, répondit Matapan d'un ton bourru. Je n'ai
pas envie d'en faire cadeau à mon locataire. Je
conviendrai même, si vous voulez, que je suis
somnambule et qu'il m'arrive de me promener la
nuit dans ma maison. J'en ai bien le droit, je pense.
J'ignorais que j'étais sujet à cet inconvénient. Vous
venez de me rendre service en me l'apprenant. A
l'avenir, je m'arrangerai pour y parer. Mais, je
vous le répète, tout cela ne change rien à la vilaine
histoire de M. de la Calprenède fils et je vous préviens que je ne retirerai pas ma plainte.

— Vous êtes libre d'y persister, monsieur, dit
le magistrat, sans se départir de son calme. Ce que
vous ferez maintenant à cet égard n'a plus grande
importance, et le juge d'instruction n'a pas besoin
de votre désistement pour mettre en liberté un
prévenu dont l'innocence se trouve démontrée dès
à présent.

— Je ne vois pas du tout qu'elle le soit.

8.

— C'est ce que le juge appréciera. L'affaire lui sera soumise demain matin. Mais, en attendant, je vais dresser un procès-verbal des faits. Ces messieurs le signeront comme témoins.

— Témoins intéressés, et par conséquent suspects.

— Vous pourrez vous assurer qu'il est exact, et vous le signerez aussi.

— Moi ! jamais ! car je vous défie bien de m'y forcer.

— Je n'y songe pas, croyez-le bien. Je me bornerai à constater votre refus. Et puisqu'il en est ainsi, je ne vous retiens plus, monsieur le baron.

— Alors, je puis sortir ? C'est heureux, en vérité. Mais ma vaisselle plate, mes gobelets en vermeil... tout ce qu'il y a dans cette armoire...

—· Tout cela, monsieur, vous sera rendu, vous le savez fort bien ; mais il faut d'abord que l'existence de ce trésor soit régulièrement constatée par le magistrat instructeur. C'est le point capital de cette affaire. Je pense que cet appartement et le vôtre seront visités aujourd'hui. Ils l'auraient été immédiatement si la nuit n'était pas si avancée.

Quant aux valeurs que contient cette cachette, elles ne courent aucun risque.

— Eh ! qui sait ? dit Matapan avec insolence. Maintenant que le secret pour l'ouvrir est connu...

— Baron, interrompit Jacques de Courtaumer,

vous me paierez tout cela en bloc, et il vous en cuira.

— Commencez donc par me payer ce que me doit le sire Julien de la Calprenède.

— Messieurs, interrompit le commissaire, il ne s'agit pas de cela, et j'ai encore une question à poser à M. Matapan. Voulez-vous, monsieur le baron, que ce panneau mobile soit scellé en votre présence avec de la cire sur laquelle vous apposerez votre cachet ?

— Non, ce serait reconnaître que tout ce que vous faites ici, tous tant que vous êtes, est autre chose qu'une farce.

— Comme il vous plaira, monsieur. Je prends sous ma responsabilité de laisser les choses en l'état jusqu'à demain.

— Très bien. Je m'en vais.

— Doutrelaise, éclaire monsieur le baron, dit Courtaumer qui jubilait. Il ne convient pas qu'il rentre chez lui sans lumière. Ce serait même dangereux. Maintenant qu'il est réveillé, M. Matapan pourrait se casser le cou dans l'escalier.

Matapan écumait de rage, mais il sentait qu'il n'avait pas barre sur Jacques, et il aima mieux s'en prendre à Doutrelaise, qui était plus vulnérable.

— Dites donc, vous, lui cria-t-il, vous avez toujours un morceau de mon collier. Quand me le rendrez-vous ?

— Quand rendrez-vous à M. le comte de la Calprenède la clef de son appartement ? riposta Doutrelaise.

— La voici, dit le baron en la tirant de la poche de son caban et en la jetant sur la table. Vous feriez bien de lui rendre aussi celle qu'on vous a prêtée pour entrer chez lui.

La haine est clairvoyante. Matapan avait deviné à peu près la vérité, et il lançait à son ennemi la flèche du Parthe.

Le pauvre amoureux devint très pâle et le comte tressaillit de colère.

— Je vous préviens, ajouta Matapan, que je ne me priverai pas de raconter à mes amis et connaissances que, pour espionner, vous passez vos nuits chez M. de la Calprenède, dans le corps de logis qu'habite mademoiselle. Ah ! on est hospitalier ici !

— Misérable ! s'écria Doutrelaise.

Le commissaire s'interposa encore une fois. Il prit par le bras l'affreux Matapan, et l'entraîna en disant :

— Moi aussi, je m'en vais. Nous allons descendre ensemble. M. de Courtaumer, me permettez-vous de me servir de votre voiture pour rentrer chez moi ? Je vous la renverrai immédiatement.

— Pas du tout, répliqua Jacques. Je prétends vous reconduire moi-même jusqu'à la porte de

votre domicile. Je vous dois bien cela, cher monsieur. Nous allons faire tous les deux cortège à
monsieur le baron, et nous prendrons congé de
lui au premier étage. Je ne lui offre pas mon bras,
mais je porterai le bougeoir.

Puis se tournant vers le père de Julien, il lui
serra la main en disant :

— Voilà une heureuse soirée. Ma chère tante
aura demain matin un réveil agréable, et qui sait ?
Adrien consentira peut-être à retirer sa démission,
maintenant que tout est expliqué.

Viens-tu, Albert ? Il me semble que tu peux
remonter chez toi et te coucher satisfait. Tu n'as
pas perdu ta soirée.

Doutrelaise était tout disposé à quitter M. de la
Calprenède, dont la mine renfrognée ne lui promettait rien de bon, mais le sévère gentilhomme
lui dit d'un ton sec :

— Restez, monsieur, je vous prie. J'ai à vous
parler.

Il n'y avait qu'à s'incliner devant une volonté
exprimée si nettement. Doutrelaise resta, et Courtaumer n'insista point pour l'emmener. Il était
persuadé, ce brave Jacques, qu'une explication
avec le père d'Arlette ne pouvait qu'avancer les
affaires de son ami.

Il lui adressa un signe d'encouragement et, le
bougeoir en main, il se mit à précéder le commis-

saire et le baron, en marchant à reculons, comme
le semainier de la Comédie-Française lorsqu'il
reconduisait le Roi sortant de sa loge, aux temps
heureux de la monarchie.

Matapan se laissa faire. Matapan ne soufflait
plus mot. Matapan était dompté. Mais le diable
évidemment n'y perdait rien, et il devait méditer
de terribles vengeances.

Le comte accompagna le groupe jusqu'à la porte
de son appartement, laissant dans le cabinet
Albert Doutrelaise, qui se demandait avec angoisse
comment le tête-à-tête exigé par M. de la Calprè-
nède allait finir.

Il pensait à la jeune fille qu'il aimait. Qu'avait-
elle fait pendant ces longues scènes qui venaient
de se passer si près de la chambre où sans doute
elle veillait encore ?

Il n'eut pas le loisir de réfléchir longtemps. Le
comte rentra presque aussitôt et lui tint ce langage.

— Monsieur, je ne doute pas que vous n'ayez
agi dans une bonne intention en cherchant à
surprendre M. Matapan et je me réjouis que vous
y ayez réussi. Je m'étonne cependant que vous
n'ayez pas laissé à M. de Courtaumer seul le soin
de démasquer cet homme. J'ai l'honneur d'être
très lié avec sa tante, madame la marquise de
Vervins. Il était donc tout naturel que M. de

Courtaumer s'intéressât à mon fils et cherchât
à lui venir en aide. Mais vous, monsieur, à quel
titre vous êtes-vous mêlé de ses affaires ? Est-ce
parce que vous êtes notre voisin dans cette maison ?

— J'étais l'ami de Julien, balbutia Doutrelaise ;
je le suis encore, et...

— Mon fils ne m'a jamais dit cela. Je sais même
qu'il a eu gravement à se plaindre de vous. Une
indiscrétion que vous avez commise a été le point
de départ de cette malheureuse histoire. Je veux
bien croire qu'il n'y a eu de votre part que de
l'imprudence, et je laisse de côté ce premier tort
que je pourrais vous reprocher. Mais je tiens
absolument à savoir comment il se fait que vous
êtes entré chez moi cette nuit.

— Mon seul but était de surveiller l'homme
qui s'introduisait dans votre appartement... Julien
me l'avait dit... et j'avais des raisons de penser que
cet homme s'arrêterait dans ce cabinet... je vous
jure, monsieur, que je ne suis pas allé plus loin.

— C'est beaucoup trop déjà que vous vous soyez
permis d'y pénétrer sans ma permission. Vous
avez oublié sans doute que je n'étais pas seul à
habiter ici. D'autres s'en sont souvenus. Vous
venez d'entendre les propos qu'a tenus ce misérable. Je les méprise, mais il les répétera ailleurs,
et si je n'y coupais court, la réputation de ma fille

pourrait en souffrir. Je vous somme donc de me mettre à même de les démentir, et vous allez me dire comment vous vous êtes procuré la clef?

— Je... oui, je l'ai trouvée, murmura Doutrelaise qui aurait voulu rentrer sous terre. Et je m'empresse de vous la rendre, ajouta-t-il en la posant sur le meuble de Boule.

— Vous n'espérez pas que je me contenterai de cette réponse dérisoire. Avouez, monsieur, que vous l'avez achetée à une des femmes qui sont à mon service.

— Non, non... je le jure.

— Fort bien. Je vois que vous êtes décidé à ne pas dire la vérité. Il est donc inutile que je prolonge cet entretien. Vous pouvez vous retirer, monsieur. Veuillez seulement vous rappeler à l'avenir que le hasard d'un voisinage n'autorise pas certaines libertés... et encore moins certaines espérances. Tenez-vous le pour dit.

Doutrelaise, congédié de la sorte, ne pouvait que quitter la place sans ajouter un mot. Il partit consterné.

Le comte l'escorta jusqu'à la porte avec une politesse hautaine, et en rentrant dans le cabinet il y trouva sa fille, Arlette en pleurs, Arlette éperdue, qui se jeta dans ses bras et qui lui dit d'une voix entrecoupée par des sanglots :

— J'étais là... j'ai tout entendu... c'est moi qui lui ai donné la clef.

— Toi, grand Dieu ! Malheureuse enfant, tu étais donc folle !

— Non, je l'aime ! murmura mademoiselle de la Calprenède.

IV

Trois jours se sont passés depuis que Matapan, pris sur le fait, a été forcé de reconnaître qu'il venait à peu près toutes les nuits visiter l'armoire secrète creusée dans le mur du cabinet de travail dans l'appartement du comte de la Calprenède.

Le brave commissaire a fait son rapport et le mystère s'est éclairci. Un peu trop tard malheureusement, car la démission d'Adrien de Courtaumer était donnée, et ce juge trop scrupuleux n'a pas cru devoir la retirer. Mais la lumière était trop éclatante pour ne pas frapper les yeux du magistrat qui l'a remplacé.

L'innocence de Julien a été reconnue ; Matapan lui-même, appelé de nouveau à déposer, n'a pas osé soutenir que le collier d'opales lui a été volé par son jeune voisin. Vaincu par l'évidence, Matapan a déclaré qu'il s'en rapportait à la Justice, et si le frère d'Arlette n'a pas encore été mis en liberté, c'est qu'en France on est formaliste avant tout.

Il faut beaucoup plus de temps pour relâcher un innocent que pour l'arrêter.

Mais le comte et tous ses amis sont en joie. Jacques de Courtaumer triomphe et madame de Vervins est aux anges. Elle fait de son mieux pour consoler son autre neveu qui regrette sa carrière brisée. Elle est allée jusqu'à lui proposer de doter, par avancement d'hoirie, ses deux filles, dont l'aînée a neuf ans, et Adrien, qui est le plus délicat des neveux, a eu toutes les peines du monde à se soustraire à des générosités qui avaient trop l'air d'être une récompense. Quant à Jacques, elle le chérit, elle le comble. Elle lui a déclaré qu'elle entendait se charger de lui fournir tout l'argent qu'il voudrait consacrer à ses menus plaisirs, sans songer que les menus plaisirs d'un viveur sont presque toujours de gros péchés. Elle ne le presse même plus de se marier.

Ce n'est pas qu'elle ait renoncé à ce projet si cher à son cœur, mais le récit que lui a fait Jacques de la prise de Matapan, et surtout une conversation qu'elle a eue le lendemain de ce grand événement avec M. de la Calprenède lui ont donné à réfléchir.

Le comte est venu lui confier ses nouvelles peines. Il lui a révélé l'aveu d'Arlette, qui ne se cache plus d'aimer Albert Doutrelaise et que les représentations de son père n'ont pas guérie de cet amour imprudent. Pour la première fois de sa vie, la jeune fille a exprimé une volonté, et il est à craindre que rien ne l'en fasse changer. Elle est résignée à ne pas épouser Albert si M. de la Calprenède s'oppose formellement à ce mariage, mais elle est résolue aussi à refuser tout autre prétendant à sa main. Le comte espère encore que le temps la fera revenir sur cette décision nettement exprimée, mais il est désolé, et il a demandé conseil et assistance à sa vieille amie madame de Vervins.

La bonne marquise l'a écouté avec une attention émue, et ella a été d'abord presque aussi désolée que lui. Cette passion inattendue met à néant sa plus chère espérance. Arlette ne veut pas de Jacques, et ce garçon, qui manquait d'enthousiasme à l'endroit des projets de sa tante, ne fera certainement rien pour supplanter son ami dans le cœur d'Arlette. Jacques court grand risque de rester ce qu'il est, et le nom de Courtaumer est en grand danger de s'éteindre, car Adrien n'a que des filles.

Madame de Vervins a commencé par maudire ce Doutrelaise qui est venu si malencontreuse-

ment se jeter à la traverse. Elle a même promis à
M. de la Calprenède de prêcher Arlette et de lui
faire comprendre que ce locataire du quatrième
ne lui convenait pas du tout. Puis, ses idées se
sont modifiées. Elle s'est dit qu'après tout cette
chère enfant n'avait pas si mal placé son cœur.
Jacques a fait de Doutrelaise un éloge si complet, il a si bien démontré que, sans ce généreux et intelligent garçon, l'affreux Matapan
n'aurait jamais été confondu, que l'excellente
femme s'est radoucie peu à peu. Elle a calmé le
comte ; elle lui a représenté qu'il ne fallait pas
brusquer les choses, que le temps n'était plus où
on mettait au couvent les filles récalcitrantes et
que, d'ailleurs, il n'y avait pas péril en la demeure,
le préféré d'Arlette s'étant discrètement abstenu
de toute démarche.

Finalement, elle a demandé à M. de la Calprenède de s'en rapporter à elle pour arranger les
choses, et M. de la Calprenède y a consenti.

En agissant ainsi, madame de Vervins avait son
plan. Elle a commencé par inviter à dîner le père
et la fille, ses deux neveux et sa nièce par alliance — la femme d'Adrien qui n'a pas encore
digéré la démission de son mari — et trois ou
quatre vieux amis : des contemporains à elle, un
ancien capitaine de vaisseau, un ci-devant garde
du corps et deux douairières.

Il a été convenu que le dîner serait suivi d'une soirée intime, où elle s'est réservé le droit d'inviter quelques personnes choisies.

Julien n'en sera pas, puisqu'il n'est pas encore libre, mais on l'attend et on peut bien fêter par avance son retour très prochain.

Son père a accepté, et ce soir-là, l'appartement de la rue de Castiglione a été illuminé comme pour un bal.

A neuf heures, on s'est levé de table. Le dîner a été exquis — la marquise est gourmande — et, ce qui vaut mieux encore, il a été gai. Jacques y a apporté ses saillies joyeuses, et les invités de sa tante lui ont donné la réplique. Ils ont su à peu près la mésaventure de Julien, mais ils n'ont jamais douté qu'il ait été victime d'une erreur et ils n'ont pas pris la chose au tragique. Le juge démissionnaire a fait bonne contenance et sa femme a dissimulé les regrets qui l'affligent.

M. de la Calprenède s'est cru obligé aussi d'apporter à cette réunion un visage souriant, et sa fille elle-même n'a pas été trop triste. Elle a su gré à madame de Vervins de ne pas l'avoir placée à côté de Jacques. Cette attention lui fait espérer que la marquise a renoncé au projet qui l'effrayait tant et qu'elle ne la tourmentera pas.

Elle a deviné cependant que madame de Vervins préparait quelque chose : probablement un tête-à-tête avec elle, car madame de Vervins n'a pas cessé, pendant le dîner, de la regarder affectueusement et de lui adresser de petits signes d'intelligence ; mais elle n'a pas peur. Elle sait que la tante de Jacques est la meilleure et la plus indulgente des femmes.

On a pris le café longuement ; Jacques et les deux représentants des anciennes armées de terre et de mer sont allés fumer dans la bibliothèque. Madame Adrien de Courtaumer est partie pour soigner une de ses filles qui est fort enrhumée. Son mari est resté, et madame de Vervins s'est empressée de le caser à un whist qu'elle a organisé pour occuper les deux douairières et le comte de la Calprenède.

Arlette avait compris. Arlette ne fut pas étonnée du tout quand la marquise la prit doucement par la main et lui dit à l'oreille, après l'avoir embrassée sur le front :

— Les gens graves sont tous occupés. Viens avec moi, fillette. Nous causerons comme une paire d'amies.

Arlette se laissa emmener dans le coin préféré de la bonne dame, qui se cantonnait toujours pas trop loin de la cheminée et pas trop près non plus, au fond d'une espèce de réduit formé par les plis savamment disposés d'un paravent rapporté de la Chine par son défunt grand oncle, le chevalier de Malte.

Et quand elle fut bien établie dans son grand fauteuil et qu'elle eût fait asseoir Arlette tout à côté d'elle, quand elle eut posé ses lunettes et sa tabatière sur un guéridon, elle la regarda entre les deux yeux et lui dit en riant !

— Chère petite, je t'ai attirée ici pour te confesser. Tu t'en doutes bien un peu, n'est-ce pas ?

— J'ai lu votre projet sur votre figure pendant que nous étions à table, murmura la jeune fille.

— Voyez-vous cela ! Alors tu sais de quoi je vais te parler !

— Je crois que je le devine.

— Cela étant, je saute les préambules et j'aborde la grande question. Tu l'aimes donc ?

— De toute mon âme, répondit Arlette, sans se troubler.

— A la bonne heure ! tu ne dissimules pas tes sentiments ! s'écria gaiement madame de Vervins ; tu as raison. Je déteste les hypocrites et je déteste aussi les sottes qui répondent en baissant les yeux des phrases entortillées. La franchise est une qualité qui sied aux filles de race. Tu es une la Calprenède, et les la Calprenède ne mentent pas. Je le savais bien quand on a accusé ton frère, et c'est pour cela que je l'ai toujours défendu. Il est vrai aussi que les la Calprenède ne se sont jamais mésalliés.

— Je ne me mésallierai pas, dit vivement la jeune fille. Je resterai ce que je suis. Mais il ne dépend pas de moi de ne pas aimer.

— Bien répondu, petite. En d'autres termes, tu aimes mieux être malheureuse toute ta vie que de te marier contre la volonté de ton père. C'est très beau. Je trouve même que c'est trop beau, et que personne n'a le droit d'exiger de toi un tel sacrifice.

La question est de savoir si tu ne t'abuses pas toi-même sur le sentiment que t'a inspiré M. Albert Doutrelaise. Et c'est pour le savoir que je vais te faire subir un petit examen.

D'abord, comment le connais-tu, ce jeune homme ? Où l'as-tu vu ?

— Mais... partout, dans le monde où mon père m'a menée... chez M. de Fourrilles, chez madame de Rennevilliers... chez vous, madame...

— Oui, il paraît que je l'ai reçu plusieurs fois ; c'était assez naturel : il est très lié avec Jacques. Mais je t'avoue que je n'ai conservé de sa personne qu'un souvenir assez confus. On m'a dit qu'il était fort bien. Et tu es certainement de cet avis. Je tiens à en juger par moi-même... et je l'ai invité.

— Quoi ! vous lui permettriez...

— De venir chez moi ? mais sans doute. Il y est déjà venu, et j'espère qu'il y reviendra ce soir. Je l'attends.

— Ce soir ! répéta mademoiselle de la Calprenède, toute pâle d'émotion.

— Mon Dieu, oui ! dit en souriant la marquise.
Tu vas le voir. C'est une surprise que je t'ai mé-
nagée, fillette. Avoue que les femmes de l'ancien
temps ont du bon.

— Je reconnais là votre excellent cœur, madame, mais je ne sais si mon père approuvera...

— Ton père ! Je te prie de croire que je ne l'ai
pas consulté. Je suis bien libre, je pense, de recevoir chez moi qui bon me semble. Il sait parfaitement d'ailleurs que M. Doutrelaise est le meilleur
ami de mon neveu. Il ne trouvera pas mauvais
que je l'invite. Et puis, tu ne t'imagines pas, je
suppose, que j'ai invité ton amoureux pour qu'il
te fasse la cour. C'est pour le coup que ton père
aurait le droit de se fâcher ! Mais il ne s'agit pas
de cela. Je veux tout simplement m'assurer que
tu as bien choisi. Je veux connaître ce jeune
homme et l'étudier. Quand je saurai à quoi m'en
tenir sur son compte, je te donnerai mon avis.

Que dis-tu de mon idée ?

— Oh! madame ! comment vous exprimer combien je suis touchée de votre bonté ! je m'attendais
si peu à trouver en vous un appui...

— Pourquoi ? parce qu'on t'a dit que je cares-
sais le projet de te marier à Jacques ? Mon Dieu !
je ne m'en cache pas. J'aurais été ravie de pouvoir

t'appeler : ma nièce. J'ai recounu bientôt que tu n'étais pas disposée à me procurer ce plaisir-là. Et, entre nous, il m'a paru que Jacques n'y était pas beaucoup plus disposé que toi. Alors, j'ai renoncé à vous unir. Je ne suis pas de ces vieilles folles qui ont la rage de conjoindre les gens malgré eux. Et comme je veux surtout et avant tout, ma chère enfant, que tu sois heureuse, voici ce que j'ai fait pour toi.

J'ai mandé monsieur mon neveu, qui a bien voulu comparaître par-devant moi ce matin, à neuf heures, quoiqu'il se fût couché fort tard, je n'en doute pas. Je lui ai posé diverses questions, auxquelles il a répondu catégoriquement. Il est décidé à rester garçon. Si je te disais tout ce que je pense de cette résolution, je t'étonnerais peut-être beaucoup. Ces vocations subites pour le célibat perpétuel n'ont presque jamais d'autre cause qu'un amour contrarié. On renonce à toutes les femmes parce qu'on n'a pas pu épouser la seule femme qui vous aurait plu. Et il ne m'est pas prouvé que, si Jacques t'avait connue plus tôt, les choses n'auraient pas tourné tout autrement. Mais ce qui est fait est fait et Jacques est hors de cause.

— Il y a longtemps que M. de Courtaumer me connaît, murmura la jeune fille. L'été dernier, mon père me l'a présenté au concert des Champs-Elysées.

— Oui, je sais... mais, ce jour-là, c'est à peine

s'il t'a vue. Il n'y avait pas très longtemps qu'il était à Paris et il y menait une vie enragée. Il n'a fait aucune attention à toi, et du reste tu ne l'as pas regardé. S'il s'était avisé de te rendre des soins, il aurait perdu ses peines, car tu n'avais d'yeux que pour son ami. Oh ! ne t'en défends pas ! la suite a montré que tu avais déjà le cœur pris, et il est fort heureux que mon pauvre neveu ne se soit pas brûlé à la flamme de tes jolis yeux, chère petite, car il serait maintenant au désespoir.

Mais laissons là le passé. Jacques, après m'avoir fait sa déclaration de principes, m'a raconté comme quoi il s'était aperçu que son camarade intime nourrissait pour mademoiselle Arlette de la Calprenède une passion profonde, qu'il prenait soin de cacher à tout le monde. Et j'ai marqué un bon point à M. Doutrelaise : d'abord, par ce qu'en t'aimant il prouvait qu'il avait du goût ; ensuite parce qu'il est discret. Jacques a eu infiniment de peine à lui arracher l'aveu de cet amour, dont il n'avait cependant pas à rougir. Jacques n'y aurait même jamais réussi, si cette fatale histoire du collier n'était pas arrivée. En apprenant que ton frère était accusé d'une infamie, ton amoureux s'est trahi. Il s'est mis en avant pour sauver Julien, et il y est parvenu. En vérité, je ne sais comment nous nous en serions tirés, sans lui.

— Et sans M. Jacques de Courtaumor... et sans

vous, madame, s'empressa d'ajouter mademoiselle de la Calprenède.

— Oh! moi, j'ai fait ce que j'ai pu, mais je n'avais abouti qu'à mettre mon neveu Adrien dans un très mauvais cas... à telles enseignes que sa femme m'en veut et m'en voudra toujours. Quant à mon brave Jacques, il a fort contribué au succès de l'expédition entreprise contre M. Matapan, mais c'est M. Doutrelaise qui en a eu l'idée, et, à ce propos, dis-moi, ton père m'a raconté que tu l'avais aidé à l'exécuter, cette idée triomphante.

— Je l'avais eue aussi, murmura la jeune fille.

— Et tu n'as rien imaginé de mieux que de monter chez ton jeune voisin, un beau matin, sans crier gare!

— Je savais que M. de Courtaumer était chez lui.

— Belle garantie, ma foi, que la présence de ce mauvais sujet de Jacques! Et puis, cette clef que tu as confiée à un garçon qui t'aime... et que tu aimes... c'est un peu vif ce que tu as fait là, petite.

— C'était le seul moyen de surprendre l'homme qui accusait mon frère et de le convaincre de mensonge.

— D'accord. Tu me diras aussi que c'était le cas, ou jamais, de sauter à pieds joints par-dessus les convenances... que M. Doutrelaise est un galant

9.

homme, incapable d'abuser de la situation... que tout est bien qui finit bien... En un mot, tu me diras tout ce que je me suis dit à moi-même, et tu comptes bien que je te pardonnerai. Tu n'as pas tort. Je ne serai pas plus sévère que ton père. Il n'en est pas moins vrai que tu as commis une imprudence. Le sieur Matapan soupçonne, à ce qu'il paraît, que tu étais de connivence avec le défenseur de Julien, et le drôle est très capable de répandre sur toi des bruits calomnieux.

— M. Doutrelaise ne le souffrirait pas, dit vivement Arlette.

— Jacques non plus, ajouta en riant la marquise. Il m'a même déclaré qu'il se chargeait de le corriger s'il se permettait de parler. Mais, moi, je pense qu'un duel avec ce personnage ne servirait qu'à ébruiter la chose. Et mon avis est que, pour couper court aux bavardages, le mieux serait... tu ne devines pas?

— Non, madame.

— Le mieux serait, ma chère Arlette, que tu épousasses le plus tôt possible M. Albert Doutrelaise. Quand il sera ton mari, ou seulement quand ton mariage sera annoncé, cette sotte histoire de clef n'aura plus aucune importance.

— Oh ! madame, si vous teniez ce langage à mon père, il vous écouterait sans doute, et je pourrais espérer...

— Je le lui tiendrai, fillette, je te le promets. Je le lui aurais même déjà tenu, si je n'avais voulu te consulter avant d'agir. Je suis fixée maintenant sur l'état de ton cœur. Je l'étais déjà sur les qualités de M. Doutrelaise et sur les avantages d'une alliance que je n'aurais pas souhaitée, mais qui me paraît fort acceptable.

Jacques m'a renseignée. Il m'a dit que son ami avait une très belle et très solide fortune en terres. C'est un point qui n'est pas à dédaigner, surtout depuis que ton cher père a fait la folie d'engager son bien dans des spéculations où il en a englouti les trois quarts.

Jacques m'a appris aussi que ces Doutrelaise sont d'une très bonne et très ancienne bourgeoisie de province. Le bisaïeul s'intitulait conseiller du Roy en ses conseils, ce qui signifie qu'il était quelque chose dans les *aides* ou qu'il avait acheté quelque charge de judicature. C'était en ce temps-là le chemin qui menait à la noblesse, et il n'a tenu qu'à ce Doutrelaise du dernier siècle d'anoblir ses descendants. Il a dédaigné la savonnette à vilain, et sa postérité est restée roturière. C'est fâcheux, mais je loue ce garçon de ne pas se donner la particule en écrivant son nom avec une apostrophe après le *d*.

— Il a horreur du mensonge, dit Arlette avec feu.

— Rien qu'à la façon dont tu viens de lancer ces mots-là, je devinerais que tu l'aimes, reprit gaiement madame de Vervins. Et je conviens qu'il mérite d'être aimé, car je sais par mon neveu qu'il est brave, loyal, intelligent et bon ; je sais qu'il a fait héroïquement son devoir pendant la guerre, et qu'il a toujours eu une conduite irréprochable. Jacques trouve même qu'il est trop vertueux. Moi, je regrette qu'il mène une vie oisive. Mais cela vaut encore mieux que de se jeter dans les affaires ou de servir le gouvernement. Il paraît d'ailleurs qu'il sait s'occuper, qu'il a le goût des arts...

— Il est excellent musicien.

— Je m'en rapporte à toi, et je ne mettrai pas ce soir son talent à l'épreuve, car mes vieux amis qui sont ici craignent le piano. Mais je me propose de causer avec ton prétendu... comme nous savons causer, nous autres qui datons de loin. Je suis persuadée qu'il a tous les mérites ; j'en serai plus sûre encore quand je l'aurai mis sur la sellette... Oh ! ne t'effraye pas pour lui, ce ne sera pas long... un quart d'heure, pas plus... et je te dirai s'il est digne de toi.

— C'est donc bien vrai qu'il va venir ? demanda la jeune fille en rougissant à la seule pensée de le voir.

— Oh ! je t'en réponds ; les amoureux ne manquent pas ces occasions-là. Mon neveu Jacques, qui est allé ce matin le prier de ma part, m'a conté que le pauvre garçon a failli étouffer de joie. Inutile d'ajouter qu'il a accepté, quoiqu'il ait, paraît-il, une peur atroce de ton père. Et le fait est que ce cher comte avait et a encore, je le crains, des préventions contre son voisin du quatrième.

— Mon frère aussi en a, dit-on, murmura mademoiselle de la Calprenède.

— Ils en reviendront tous les deux, ou ils seraient bien injustes, car sans lui, ma chère enfant, Dieu sait ce que serait devenu l'honneur de votre nom. Je me charge de leur faire entendre raison. Jacques m'y aidera, et je voudrais bien qu'il fût ici quand on annoncera M. Doutrelaise. Si je ne le rappelais pas, il se tiendrait toute la soirée loin du wist et du thé. Fais-moi donc le plaisir d'aller voir si ces enragés fumeurs n'ont pas bientôt fini d'empester ma bibliothèque. Tu leur diras que je les somme de rentrer dans le salon.

Hâte-toi, fillette. Ton amoureux ne tardera guère à paraître. Je suis même étonnée qu'il ne soit pas encore arrivé.

Arlette ne se le fit pas dire deux fois et elle se leva, beaucoup plus joyeuse qu'elle ne l'était lorsqu'elle avait pris place auprès de la marquise, dans ce réduit qui ressemblait vaguement à un confessionnal.

Arlette s'attendait à être grondée et chapitrée par madame de Vervins ; elle s'attendait à entendre un sermon en trois points. Premier point : un garçon sans naissance et sans relations dans le monde aristocratique n'est pas fait pour prétendre à la main de mademoiselle de la Calprenède ; deuxième point : une jeune fille noble n'a pas le droit d'affliger son père en se vouant au célibat perpétuel, à moins qu'elle ne se consacre à Dieu : un mari ou les carmélites ; troisième point : Jacques de Courtaumer a tout ce qui manque à M. Doutrelaise, et la grâce que je te souhaite, c'est d'épouser mon neveu.

Et au lieu de cette épreuve qu'elle était résignée à subir, Arlette n'avait eu à écouter que des conseils affectueux, une causerie amicale comme les mères en ont avec leurs filles. Bien plus ! Madame de Vervins faisait bon marché de ses premières espérances ; elle renonçait à soutenir Jacques et elle prenait le parti d'Albert, avec cette seule restriction qu'elle demandait à le mettre un peu sur la sellette afin de le juger.

De ce côté, Arlette ne craignait rien. Albert savait parler comme il convient, et montrer ce qu'il valait, sans timidité maladroite et sans forfanterie déplacée. Albert avait toutes les qualités du cœur et tous les dons de l'esprit.

Arlette ne doutait pas qu'il achevât ce soir-là de rallier la marquise, et elle avait peine à croire à tant de bonheur.

Elle s'étonnait aussi que M. Doutrelaise tardât tant à paraître et elle tremblait qu'un incident imprévu ne l'empêchât de venir.

Elle trouva les fumeurs devisant sur les divans de la bibliothèque. L'ex-garde du corps plaçait de temps à autre des anecdotes sur la cour du roi Charles X, mais la conversation était surtout maritime. Le capitaine de vaisseau en retraite racontait ses campagnes, et comme il avait beaucoup navigué dans les parages de l'Indo-Chine, Jacques de Courtaumer, qui les connaissait à fond, lui donnait la réplique avec entrain.

Mademoiselle de la Calprenède survint au moment où le vieil officier supérieur achevait une histoire de pirates malais auxquels il avait longtemps donné la chasse, sans pouvoir réussir à prendre leur chef, un fin renard, de nationalité inconnue, qui avait pillé vingt navires appartenant à la Compagnie néerlandaise de Batavia.

— Ce que ce drôle a dû enlever d'or et de pierreries, disait-il, c'est incroyable. Il a capturé entre autres un trois-mâts qui ramenait à Java un rajah de ce pays-là, une manière de prince qu'on a vu à Paris sous la Restauration, exhibant à l'opéra des joyaux prodigieux. Votre arrière-grand-oncle qui était chevalier de Malte et qui

collectionnait les raretés orientales, l'avait beaucoup fréquenté pendant son séjour en France. Eh
bien! le malheureux nabab a été massacré, il y a
une vingtaine d'années, par les forbans que commandait le coquin dont je vous parlais, et tous ses
trésors ont été volés.

— Parlez donc de cette affaire à ma tante, dit
vivement Jacques en se levant pour aller à la
rencontre d'Arlette qui entrait. Je suis certain,
mon commandant, que le récit de cette aventure
l'intéressera énormément, car elle a connu notre
parent le chevalier.

— Messieurs, dit gaiement la jeune fille, madame de Vervins se plaint de votre absence : elle
m'envoie vous rappeler qu'elle est seule au fond
de son paravent. Ses amies sont au whist avec mon
père et M. Adrien de Courtaumer.

— Nous voici, mademoiselle, dit galamment le
ci-devant garde du corps. C'est la faute du commandant qui nous parle piraterie. J'aime infiniment mieux vous entendre jouer du Mozart.

— Vraiment, monsieur? Madame de Vervins
prétendait tout à l'heure que vous détestiez la
musique.

Le vieux serviteur des Bourbons de la branche
aînée allait se confondre en protestations, mais
Jacques lui enleva mademoiselle de la Calprenède.

Il lui offrit son bras pour la ramener au salon

et, afin de la rassurer sur la portée de cet empressement, il lui dit aussitôt à demi-voix :

— J'espère, mademoiselle, que ma tante vous a appris qu'elle attend ce soir notre ami. C'est moi qui suis allé l'inviter de sa part, et je vous jure qu'il ne s'est pas fait prier pour accepter.

— Oh! monsieur, murmura la jeune fille avec une émotion que trahissaient sa voix et son visage, comment vous exprimer...

— Ne m'exprimez rien du tout. Je suis ravi d'avoir converti ma tante, et je vous réponds qu'Albert fera sa conquête.

— J'ai bien peur qu'il ne fasse pas celle de mon père.

— Ce sera peut-être plus difficile, mais il y arrivera. J'ai déjà commencé à l'appuyer vigoureusement, et M. de la Calprenède m'a fait l'honneur de m'écouter sans m'interrompre. C'est un progrès.

Seulement, je suis un peu surpris qu'Albert ne soit pas encore arrivé. Il est toujours d'une exactitude royale, et il a ce soir des raisons particulières pour ne pas se faire attendre. Or, il est dix heures, et chez ma tante, le whist ne se prolonge pas jusqu'à l'aurore.

— Je le sais... et je suis presque inquiète. Ce monsieur Matapan a dû garder rancune à vous et à M. Doutrelaise...

II.   10

— Oh ! oui, une rancune corse. C'est comme s'il nous avait déclaré la vendetta. Mais j'ai pris l'affaire à mon compte et je me charge de le mettre à la raison. Ne craignez rien, mademoiselle : dans dix minutes Albert sera ici et tout ira bien.

La marquise interpella les dissidents du cigare dès qu'elle les vit paraître, et il fallut faire cercle autour d'elle.

Arlette, pourtant, se dispensa de s'asseoir, et s'en alla feuilleter des albums de musique, pour cacher son trouble.

Elle avait bien le droit d'être émue, car cette soirée allait décider du bonheur de toute sa vie.

Jacques eut la discrétion de ne pas la suivre et personne ne s'occupa d'elle, les deux vieillards qu'elle ramenait s'étant établis près de madame de Vervins. Son père était tout à son jeu. Le whist, même à dix sous la fiche, est une distraction absorbante, et M. de la Calprenède avait en ce moment pour partner une véritable douairière qui demandait à chaque instant quel était l'atout, et qui lui coupait régulièrement ses cartes maîtresses.

Jacques, accoudé sur le coin de la cheminée, écoutait distraitement la conversation que sa tante venait d'engager avec ses deux contemporains. Il regardait souvent la pendule, et il se tenait prêt à faire accueil au retardataire aussitôt qu'il

paraîtrait, car il sentait bien que le pauvre Doutrelaise allait se trouver quelque peu dépaysé dans ce
salon où il n'avait jamais été reçu en si petit comité.

Entrer au bal n'est rien pour un homme qui a un
peu l'habitude du monde ; mais tomber au milieu
d'un cénacle de gens graves qui vous connaissent
à peine, troubler l'intimité des causeries familières,
sentir qu'on dérange, qu'on est de trop, il y a de
quoi désarçonner un amoureux, surtout quand
celle qu'il aime est là sous la surveillance d'un
père mal disposé.

Et Jacques, résolu à venir en aide à son ami,
regardait aussi à la dérobée mademoiselle de la
Calprenède, qui ne lui avait jamais paru plus charmante. La joie colorait les joues un peu pâles de
la jeune fille, et ses grands yeux brillaient d'un
éclat singulier. Et Jacques pensait plus que jamais
que Doutrelaise était bien heureux.

Le capitaine de vaisseau avait remis sur le tapis
avec la marquise les souvenirs du chevalier de
Malte et l'entretien ne languissait pas. Madame de
Vervins avait quatorze ans à la mort de son grand'
oncle et elle se rappelait parfaitement la figure, le
costume et les manies de ce représentant attardé
d'un siècle disparu. Elle se rappelait même le
rajah, en l'honneur duquel le vieux chevalier avait
donné une fête en 1824. On l'avait présentée à ce

prince de l'Orient, qui avait daigné la comparer à une rose du Bengale.

— Il parlait comme on parle dans le divertissement du *Bourgeois gentilhomme*, dit-elle gaiement ; et je me suis toujours demandé où mon oncle avait connu ce *mamamouchi*.

— Vous oubliez, chère madame, que le chevalier avait servi autrefois dans l'Inde sous le bailli de Suffren, répondit le commandant.

— Bon ! mais ce rajah était tout jeune en 1824.

— C'est vrai ; il n'était même pas très vieux quand les pirates que j'ai pourchassés sans succès l'ont massacré, il y a une vingtaine d'années. Votre oncle avait connu son père à Java ou à Madras, je ne sais plus trop, et il avait eu fort à s'en louer. Aussi fit-il accueil au fils. Ils s'entendaient du reste à merveille, car ils avaient tous deux la passion des pierres précieuses, et le rajah en était cousu. Il me souvient encore d'un certain collier d'opales qu'il portait au cou, et que votre oncle voulait absolument lui acheter. Le rajah n'a jamais voulu le lui vendre, mais il le lui a prêté pour quelques jours, et ce pauvre chevalier se plaisait à l'étaler devant tous ses amis. Je n'étais qu'un enfant, et il me l'a montré. Il a dû vous le montrer aussi.

— Un collier d'opales ! répéta madame de Vervins, que le discours du commandant avait

mise dans un état d'agitation extraordinaire. Oui,
la mémoire me revient... je l'ai vu et touché. Et
vous dites que ce joyau a dû tomber entre les
mains d'un bandit...

— Mon Dieu ! oui, il a été pris par le forban qui
a massacré l'infortuné rajah.

A ce moment, le valet de chambre de la marquise annonça doucement :

— Monsieur Albert Doutrelaise.

Le vieux serviteur se souvenait des recomman-
dations de sa maîtresse. Il avait annoncé Doutrelaise à basse voix, et pourtant ce nom fit tressaillir quelques-uns de ceux qui l'entendirent.

Arlette pâlit et ouvrit un cahier de musique
pour se donner une contenance. Jacques releva la
tête et courut à la rencontre de son ami. M. de la
Calprenède tressauta sur sa chaise et joua une
carte tellement à contre-sens que la douairière
qui lui faisait vis-à-vis s'écria :

— Comment ! vous ne coupez pas ! ah ! cette
fois, mon cher comte, voilà une faute et une
grosse ! avais-je assez raison quand je vous disais
que tout le monde en fait ?

Le comte ne répondit pas. Il regardait alternativement Doutrelaise et madame de Vervins ; il se
demandait ce que son voisin venait chercher dans
ce salon et il espérait bien que la marquise allait
le mettre à la porte.

Adrien de Courtaumer regardait aussi ce témoin qu'il avait assigné et qui ne s'était pas présenté.

Madame de Vervins s'était levée vivement.

— Le reconnaîtriez-vous, si on vous le montrait ? demanda-t-elle au commandant.

— Qui ? le rajah ? Mais, marquise, je viens de vous dire que les forbans l'ont coupé en morceaux. Il y a vingt ans que les requins l'ont mangé.

— Vous ne me comprenez pas, cher ami. Je vous parle du collier.

— Le collier ? Diable ! j'avais bien treize ans quand votre oncle me l'a montré et j'en ai maintenant soixante-neuf. Mes souvenirs ne sont pas très nets. Cependant, il était si beau, qu'il ne doit pas en exister beaucoup qui en approchent. Je me rappelle que les opales me paraissaient grosses comme des œufs de pigeon. Il est vrai que je les voyais alors avec mes yeux d'enfant. Mais, c'est égal, je crois bien que, si on me le présentait, je ne m'y tromperais pas.

— Je retiens cette parole, mon cher commandant, et j'aurai peut-être l'occasion de mettre votre mémoire à l'épreuve.

— Comment ! Est-ce que le brigand qui l'a volé serait venu vous proposer de vous le vendre ? Ah ! votre oncle n'aurait pas manqué une si belle occasion.

— Non. Ce n'est pas tout à fait cela. Nous reprendrons cette conversation plus tard. Il faut que j'aille recevoir un ami de mon neveu... ce jeune homme que François vient d'annoncer.

— Il est fort bien tourné, ma foi ! Est-ce qu'il a servi dans la marine ?

Madame de Vervins ne répondit pas. Elle avait fait trois pas en avant, juste ce qu'il fallait pour accueillir gracieusement le nouveau venu, sans montrer un empressement qui aurait mis le comte en défiance.

Jacques de Courtaumer avait déjà pris possession de Doutrelaise. Il avait couru à lui, les deux mains ouvertes, et il s'était placé de façon à lui masquer les gens qui les regardaient.

— N'aie pas peur, lui dit-il tout bas. Ma tante est admirablement disposée. Déploie avec elle ton amabilité des grands jours. Le père va te faire les gros yeux. N'y prends pas garde, je vais le chambrer.

Et il ajouta vivement :

— Ah ! ça, pourquoi viens-tu si tard ?

— C'est M. Matapan qui en est la cause... j'ai eu avec lui une scène violente, que je te raconterai.

— En effet, je n'avais pas remarqué ton air bouleversé... est-ce que ce gredin ?... mais ce n'est pas le moment de converser... Viens que je te présente à ma tante.

Il était temps de remplir cette formalité, car

madame de Vervins attendait debout, et elle n'avait pas coutume d'attendre.

Jacques prit familièrement son ami par le bras et le conduisit à elle.

— Je ne saurais vous dire, madame, à quel point je suis touché, commença Doutrelaise, d'une invitation qui me comble, et je...

— Permettez-moi, cher monsieur, de couper court à vos compliments, interrompit en souriant madame de Vervins. D'abord, j'ai déjà eu le plaisir de vous recevoir... quand je donnais encore des bals... et puis, vous êtes le plus ancien et le meilleur camarade de mon neveu. Il y a fort longtemps que je lui reproche de ne pas vous amener le mercredi. C'est le jour où j'ai quelques amis... de mon âge, hélas ! Et ce garnement de Jacques me fait souvent faux bond. Vous me le ramènerez... et vous nous rajeunirez un peu... nous en avons besoin.

Ce fut dit assez haut pour que tout le monde entendît, et ce petit discours était évidemment destiné à expliquer au comte de la Calprenède l'entrée d'un invité qu'il n'attendait guère.

Ce gentilhomme écoutait en fronçant le sourcil, et la marquise reprit :

— Je vous mettrai tout à l'heure en relations avec nos intimes... après la partie. Mais le whist est un sacerdoce. Ne troublons pas ceux qui s'y

consacrent, et venez bavarder avec moi, si l'entretien d'une vieille femme ne vous effraie pas.

La vérité était que le whist ne faisait que languir, depuis qu'on avait annoncé Doutrelaise.
Adrien de Courtaumer n'était plus du tout à son
jeu et M. de la Calprenède faisait faute sur faute,
à la grande jubilation des douairières qui avaient
toutes les deux la prétention de jouer beaucoup
mieux que lui.

Madame de Vervins jugea la situation d'un coup
d'œil et prit ses mesures pour ne pas être déran-
gée, pendant qu'elle causerait avec l'amoureux
d'Arlette.

— Jacques, dit-elle, fais-moi donc le plaisir de
préparer la table de tric-trac pour le commandant, qui a une revanche à donner à M. de Boisro-
bert.

Et se tournant vers mademoiselle de la Calprenède qui s'absorbait dans l'examen d'une partition, elle ajouta :

— Ma chère enfant, tu devrais nous faire un
peu de musique. Ces messieurs ne l'aiment guère,
mais tu joueras en sourdine... Je ne tiens pas
beaucoup plus qu'eux aux accords bruyants...
Choisis une mélodie de Schübert... et berce-nous...
Si nous venions à nous endormir, le bruit du tric-
trac nous réveillerait.

Personne ne réclama contre les commande-

10.

ments de la marquise. Les deux vieux soldats ado-
raient le tric-trac et madame de Vervins n'auto-
risait pas souvent chez elle ce jeu tapageur. Quant
à Arlette, elle n'espérait pas qu'Albert osât s'occuper d'elle sous les yeux de M. de la Calprenède et
elle s'estimait heureuse que madame de Vervins
lui eût trouvé une occupation. Le piano est un
instrument fait exprès pour permettre aux jeunes
filles de s'isoler et même d'exprimer ce qu'elles
sentent, sans que personne y puisse trouver à redire.

Arlette se mit à jouer de mémoire le prélude du
Roi des Aulnes, une ballade du maître allemand
que la marquise préférait, un chant mélancolique
et doux, qui était d'accord avec l'état de son âme.

Elle avait fait asseoir Albert tout près d'elle,
cette excellente marquise, et elle entama la conversation en lui disant *ex abrupto* :

— Savez-vous, cher monsieur, qu'en vous invitant j'ai fait un véritable coup d'État ? Je risque
tout bonnement de me brouiller avec mon vieil
ami le comte de la Calprenède. Oh ! ne vous excusez
pas et surtout ne vous confondez pas en actions de
grâces. J'ai agi avec réflexion, après m'être renseignée sur vous, et si j'ai pris votre parti, c'est
que je vous crois très capable de rendre Arlette
heureuse. Je ne vous dirai pas qu'elle vous aime.
Vous le savez mieux que moi. Je trouve même

qu'elle ne s'en cache pas assez et qu'elle s'est un peu compromise en allant vous voir. Je viens de la gronder très fort à propos de cette escapade Mais je pense aussi que le seul moyen de tout réparer c'est de vous marier tous les deux, et j'y tâcherai. Seulement, vous ne trouverez pas mauvais que je vous pose quelques questions.

— Parlez, madame, s'écria Doutrelaise, et, je vous le jure, quoi que vous me demandiez...

— Bon ! ne protestez pas tant. Je sais que vous êtes franc, et je compte que vous serez sincère. Je ne vous demande pas quelle est votre situation de fortune. Je la connais. Vous avez toujours vécu honorablement et vous n'avez pas entamé votre patrimoine. Je voudrais pouvoir en dire autant de mon neveu Jacques. Je suis moins bien informée sur vos parentés et sur vos relations.

— Ma mère est morte en me mettant au monde et j'ai perdu mon père quand j'étais au collège. J'ai été élevé par un oncle maternel... le général Mérignan... qui est mort il y a dix ans. Je ne me connais plus un seul parent. Mes relations... je vais un peu dans le monde... mais je n'ai qu'un seul ami véritable...

— Qui est Jacques de Courtaumer. Vous pouviez plus mal choisir, et il vous aime de tout son cœur.

Ainsi, vous êtes absolument dégagé de toutes les coteries et de toutes les camaraderies... libre par conséquent de voir qui il vous plaira, quand vous serez marié. C'est très bien. Vous n'êtes pas encore tout à fait des nôtres, mais vous en serez. Et votre exemple convertira peut-être mon neveu. La Calprenède a des préventions contre vous, mais il en reviendra. Comment êtes-vous avec son fils ?

— En excellents termes... je le croyais, du moins... Jacques m'a dit cependant qu'il m'en voulait d'avoir été la cause bien involontaire d'une déplorable méprise.

— Vous avez bien racheté ce tort en prenant sur le fait M. Matapan qui est un coquin de la pire espèce et que je me propose de poursuivre jusque dans ses derniers retranchements. Je me charge de vous ramener Julien. Maintenant, cher monsieur, j'aborde un autre sujet. Vous savez que mademoiselle de la Calprenède n'a pas de dot.

— Je serais trop heureux de lui reconnaître par contrat toute ma fortune, dit vivement Doutrelaise, et je vous prie de croire, madame, que...

— Cela suffit, cher monsieur, interrompit madame de Vervins, c'est même trop. Mais je vois la Calprenède qui se lève et qui se propose sans doute d'emmener sa fille. Je vais l'occuper pour le retenir, et vous me gêneriez. Nous reprendrons notre causerie un peu plus tard. Vous jouez le whist, n'est-ce pas ?

— Je le joue... très mal, balbutia Doutrelaise, qui ne s'attendait guère à cette ouverture.

Le pauvre amoureux n'était pas venu pour le whist, et la conversation avec la marquise l'intéressait bien davantage.

— Eh ! bien, faites-moi un sacrifice, dit madame de Vervins. Il ne faut pas que vous vous abouchiez avec M. de la Calprenède avant que j'aie plaidé votre cause auprès de lui. Remplacez-le à la table de jeu. Mes deux amies vous en sauront un gré infini, car la partie cesserait si vous refusiez d'être leur quatrième. Et tous mes invités s'en iraient. Tandis que M. de la Calprenède, vous voyant occupé, n'aura pas l'idée de partir sans causer avec moi. Assurez-moi le temps de parler pour vous.

— Je suis à vos ordres, madame.

— Venez, venez ! ne laissons pas mes bonnes amies se lever. Et ne vous effrayez pas trop de la corvée. Les distractions vous seront permises. Vous avez bien le droit d'écouter mademoiselle de la Calprenède qui va chanter, si je l'en prie, et même de la regarder.

Sur cette réflexion malicieuse, la marquise entraîna Doutrelaise et le présenta aux douairières comme un amateur de whist, qui brûlait du désir d'être leur partner. Elles l'accueillirent avec enthousiasme, et certes, si elles avaient eu voix au

chapitre, elles auraient voté toutes les deux pour
qu'on accordât la main d'Arlette au jeune homme
bien élevé qui se dévouait pour leur être agréable.
Adrien de Courtaumer lui fit bonne mine aussi. Il
n'avait aucun grief contre lui et il n'était pas fâché
de le voir de près.

M. de la Calprenède venait de quitter la place,
après avoir payé douze fiches qu'il avait per-
dues, et il se dirigeait vers le piano dans l'intention évidente d'inviter sa fille à expédier le plus
vite possible la ballade de Schubert. Il lui tardait
de l'emmener et il tenait à manifester, en partant
avant l'heure, que la présence de Doutrelaise lui
déplaisait.

Madame de Vervins, qui prévoyait le coup, l'a-
vait devancé. La présentation faite, elle s'était
hâtée de se rapprocher d'Arlette. Elle avait déjà
eu le temps de lui dire tout bas :

— Ne crains rien, petite, et chante-nous le *Roi
des aulnes*, lentement, très lentement, le plus lentement que tu pourras... du reste, en traînant un
peu, tu seras dans le rhythme allemand.., ton père
ne pourra pas réclamer... et quand tu auras fini,
je te demanderai une sonate de Mozart... la plus
longue de toutes... Pendant que tu l'exécuteras,
je ferai de ton amoureux un éloge si complet que
je convertirai peut-être, séance tenante, mon vieil
ami.

Arlette la remercia d'un regard et commença l'air d'une voix si faible et si tremblante qu'on l'entendait à peine. Mais la marquise n'eut pas besoin de déployer son éloquence avec le père. Jacques avait deviné la situation et, de son côté, il s'était mis en tête d'accaparer le comte afin de l'empêcher de partir. Il vint tout doucement lui couper le chemin, et il débuta par une question bien choisie pour l'intéresser.

— Puis-je vous demander, monsieur, lui dit-il, si ma tante ne s'est pas trompée en m'affirmant l'autre jour que vous aviez un voyage à me proposer ? Elle prétend que je serais en état de vous servir dans une affaire, mais elle ne m'en a pas dit davantage.

— C'est vrai, monsieur, répondit M. de la Calprenède. Je vous aurais déjà parlé de ce projet si je n'avais été tristement occupé depuis quelques jours.

— Et moi, pour la même raison. je n'ai pas trouvé le temps de me présenter chez vous pour me mettre à votre disposition. Mais aujourd'hui que Matapan est dompté et que cette sotte histoire est terminée, je saisis avec empressement l'occasion de vous offrir mon concours, s'il peut vous être utile.

— Il m'est indispensable, dit vivement le père d'Arlette.

— Alors, comptez sur moi, monsieur. De quoi s'agit-il donc ?

— Ce sera un peu long à vous expliquer. Et je crains de vous ennuyer. D'ailleurs, il est tard et je voudrais...

— Ma tante raffole de musique. Et mademoiselle de la Calprenède n'en sera pas quitte ce soir à moins d'une demi-douzaine de morceaux. Vous n'aurez pas la barbarie de nous l'enlever avant qu'elle ait fini. Nous avons donc trois quarts d'heure à nous ; pourquoi ne l'emploieriez-vous pas à m'exposer brièvement l'affaire ? Je vous dirai tout de suite si je me sens capable de m'en occuper, et demain nous reprendrions l'entretien. Vous plaît-il que nous allions nous isoler là-bas sur ce canapé qui est à l'autre bout du salon ?

Le comte hésitait. Il avait très envie d'engager Jacques de Courtaumer dans une entreprise sur laquelle il fondait ses plus chères espérances, de se l'attacher, de le lier à lui en attendant qu'il pût l'unir à sa fille. Mais il voulait aussi prévenir ce soir-là un rapprochement qu'il soupçonnait la marquise de favoriser.

Un rapide examen de ce qui se passait dans le salon le rassura. Arlette vocalisait dans un coin, gardée par madame de Vervins. Les deux anciens lançaient leurs dés avec ardeur et ne s'occupaient que de leur tric-trac. Loin, bien loin du piano,

Doutrelaise, attelé au whist, n'avait pas le droit de bouger, tant que les douairières ne cesseraient pas le jeu, et, si préoccupé qu'il fût, il lui fallait bien répondre aux invites et ramasser les levées. C'est à peine s'il pouvait regarder à la dérobée mademoiselle de la Calprenède pendant qu'on battait les cartes.

— Volontiers, monsieur, dit après un court silence l'ombrageux gentilhomme ; sans traiter à fond le sujet qui m'occupe, je puis vous en donner un aperçu.

— Cela suffira pour commencer, répliqua Jacques en s'acheminant vers le siège qu'il avait choisi.

— Je vous demanderai seulement de me garder le secret, reprit le comte, dès qu'ils furent assis côte à côte.

— Cela va de soi.

— Mais... pardonnez-moi d'insister... j'entends le secret le plus absolu. Ainsi, vous êtes en relations très suivies avec M. Doutrelaise...

— C'est mon plus intime ami.

— Eh ! bien, si vous vous croyiez tenu de le mettre en tiers dans le projet auquel je désire vivement vous associer, je serais obligé d'y renoncer.

— Je ne suis tenu à rien du tout. Nous ne nous faisons de confidences que quand nous le voulons bien. Doutrelaise, qui est la discrétion même, ne m'interrogera pas et je ne m'amuserai pas à éveiller sa curiosité.

— Cela étant, cher monsieur, je vais tout vous dire. Je ne saurais mieux m'adresser qu'à vous, qui venez de rendre l'honneur à moi et aux miens.

— Vous me comblez, monsieur le comte, mais en vérité je n'ai pris qu'une très petite part à l'expédition dirigée contre Matapan, et l'ami dont vous parliez...

— Répugneriez-vous à quitter Paris, interrompit M. de la Calprenède, qui voulait à tout prix écarter de l'entretien le nom de Doutrelaise.

— Quitter Paris ! répéta Courtaumer assez surpris. Comment l'entendez-vous ? Si c'était pour toujours, j'avoue que...

— Ce serait pour quelques mois tout au plus, et avec la facilité d'y revenir toutes les fois que vous en auriez le désir.

— Oh ! dans ces conditions-là, je ne demanderais pas mieux. J'aurais le plaisir de vous être agréable et l'avantage de ne plus jouer pendant un temps. Ce serait tout profit, car l'hiver s'annonce mal. J'ai perdu en une nuit, la semaine dernière, le double de mon revenu d'une année.

— Si nous réussissons dans l'entreprise que je vais vous proposer, vous pourrez perdre quelques milliers de louis sans vous gêner, dit en souriant le père d'Arlette ?

— Diable ! il s'agit donc d'exploiter un *placer* inconnu... en Californie ou en Australie.

— Pas si loin.

— Tant mieux. Je ne suis plus l'homme de longs voyages.

— Connaissez-vous bien les côtes de Bretagne ?

— Mieux que je ne connais les boulevards et les Champs-Elysées.

J'ai été embarqué six mois sur un bateau de l'État qui faisait le service de surveillant des pêches sur nos côtes de l'Ouest, et nous avions à bord un hydrographe qui était en mission pour rectifier les cartes sur certains points. J'étais chargé avec lui des relèvements et des sondages. Il n'y a pas entre Saint-Malo et Nantes une roche que je n'ai pratiquée.

— C'est Dieu qui m'a inspiré l'idée de recourir à vous. Maintenant, je ne doute plus du succès.

— Ni moi non plus, puisque vous me dites cela. Mais je me demande à quoi ma petite expérience de navigateur-côtier pourra vous servir.

— Je vais vous l'apprendre, mon cher Jacques, répondit le comte, qui devenait de plus en plus affectueux. Sachez donc qu'il y a deux ans bientôt, j'étais à Londres. Sur la recommandation d'un Français qui tenait l'hôtel où je logeais, je m'intéressai à un pauvre diable de matelot américain qu'un navire avait recueilli en mer et ramené en

Angleterre. Il avait échappé seul à un naufrage, et on l'avait trouvé à demi-mort de froid et de fatigue, accroché à une cage à poules et ballotté depuis douze heures par les vagues. Je le fis soigner à mes frais, je lui donnai de l'argent. Il avait trop souffert pour se rétablir, et il mourut. Mais il n'emporta pas dans l'autre monde un secret qu'il possédait et qui valait des millions. Il me le confia par reconnaissance.

— Bon ! je devine à peu près. Le bâtiment naufragé était chargé d'or ou d'argent, et le matelot survivant savait où il était. Mais...

Qu'est-ce qu'il y a, François ? demanda Jacques au valet de chambre qui venait d'entrer et qui se tenait debout devant lui ; à qui en as-tu avec ta figure bouleversée ?

— Je désirerais dire un mot à monsieur, murmura le valet de chambre, qui avait vraiment l'air effaré.

— Eh bien ! dis-le, répliqua Jacques de Courtaumer.

— C'est que... je voudrais parler à monsieur en particulier.

— Au diable ! que ne t'adresses-tu à ma tante ?

— Madame la marquise n'est pour rien dans ce que j'ai à apprendre à monsieur.

— François, tu es prodigieux avec tes mystères... et tu me permettras bien de causer encore un instant avec M. de la Calprenède. Fais-moi le plaisir d'aller enlever les tasses vides qui sont sur la table à thé. Et reviens quand tu auras fini ; je t'écouterai.

Le vieux domestique, visiblement troublé, obéit à contre-cœur.

— Le bâtiment portait douze millions, reprit le comte, dès que François se fut éloigné.

— C'est un joli denier, dit en riant Courtaumer, mais ce trésor n'appartenait pas au matelot qui vous l'a signalé. Le navire était assuré, je suppose, et la compagnie qui a remboursé le prix du chargement est propriétaire de l'épave.

— Je savais cela et le matelot le savait aussi, car il venait précisément à Londres pour traiter avec cette Compagnie.

— Hum ! je crois qu'elle l'aurait mal reçu. Il n'avait pas qualité pour négocier, puisque le navire n'était pas à lui.

— Non, mais tout le monde croyait que le navire avait sombré en pleine mer. Lui seul savait que le navire s'était brisé sur un rocher très rapproché de la côte. Le secret était donc à lui, et le secret valait des millions.

— Est-ce que vous le lui avez acheté ? demanda vivement Jacques de Courtaumer.

— Non. Il voulait le vendre à la compagnie, mais à moi qui avais adouci ses derniers moments, il en a fait cadeau.

— Je crains bien que ce cadeau n'ait pas une grande valeur.

— Pourquoi? demanda le comte d'un air surpris et presque fâché.

— Mais parce que ce prétendu secret n'en était pas un, je le parierais. Un navire qui fait côte ne disparaît pas comme une muscade sous un gobelet d'escamoteur. D'autres que votre matelot doivent connaître la place où il a coulé à fond.

— Vous vous trompez, monsieur. Personne au monde ne sait ce que le bâtiment est devenu. J'ai acquis à cet égard une certitude absolue.

— Je ne doute pas de ce que vous m'affirmez, monsieur le comte, dit Courtaumer, qui avait quelque peine à tenir son sérieux. Il est bien difficile d'admettre qu'un naufrage en vue de terre n'ait pas eu de témoins et n'ait pas laisssé de traces ; mais enfin cela peut arriver... tout arrive... l'histoire de Matapan n'est pas plus extraordinaire que cette aventure de millions submergés... et perdus pour tout le monde, excepté pour un seul homme.

Permettez-moi seulement de vous faire observer que cet homme n'avait pas le droit de transmettre, même gratuitement, une propriété qui n'était pas la sienne.

— Vous ne m'apprenez rien, monsieur. Je n'ignorais pas que les assureurs étaient seuls maîtres de ce trésor englouti, et vous me ferez l'honneur de croire que je n'ai pas songé un seul instant à les frustrer.

— Si je le crois ! c'est comme si vous me demandiez si je pense que vous êtes capable de vous emparer du bien d'autrui.

— Je me suis donc mis en règle avec eux, reprit M. de la Calprenède un peu piqué.

— Serai-je indiscret en vous priant de me dire quel arrangement vous avez pris ? Je n'imagine pas comment la Compagnie a pu vous céder les millions à repêcher, au lieu de les repêcher elle-même. Qu'elle eût accordé une prime au matelot survivant pour lui indiquer l'endroit, je le conçois très bien, mais...

— Je me suis bien gardé de procéder ainsi J'ai dit aux assureurs: Vous ignorez où le naufrage a eu lieu, et vous l'ignorerez probablement toujours. Moi, j'ai certaines données qui me permettent d'espérer que je retrouverai l'épave. C'est un marché très aléatoire que je viens vous proposer, mais j'en veux courir la chance. Combien me vendrez-vous le navire et son chargement ?

— Je n'avais pas songé à cela. C'est une transaction régulière. En Angleterre, la corporation des plongeurs n'en fait pas d'autres. Et la Compagnie a accepté ?

— Pas tout d'abord. Elle m'a même éconduit, et j'ai bien compris pourquoi. Elle voulait épuiser tous les moyens d'information, dans l'espoir de découvrir le secret que gardait la mer et de se passer de moi. Elle n'y a pas réussi, car au bout de dix-huit mois, alors que j'avais presque renoncé à cette affaire, elle m'a écrit qu'elle était disposée à s'entendre avec moi. Alors, je suis retourné à Londres et j'ai signé une convention en vertu de laquelle je suis substitué à tous les droits des assureurs...

— Moyennant le paiement d'une somme considérable, je suppose ?

— L'épave et les tonnes d'or m'ont été cédées au prix de cinq mille livres sterling.

— Cent vingt-cinq mille francs ! diable ! et vous avez payé ?

— Comptant. C'était à peu près tout ce qui me restait de ma fortune. Mais je n'ai pas trouvé que ce fût trop cher.

— Le fait est que douze millions pour cent vingt-cinq mille francs c'est donné. Seulement...

— Quoi ?

— Pardon, monsieur le comte ; François rôde autour de nous comme une âme en peine ; voulez-vous me permettre de lui dire un mot pour calmer son impatience ?

Et sur un signe d'acquiescement de M. de la

Calprenède, Jacques appela d'un geste le vieux valet de chambre et lui dit à demi-voix :

— Qu'est-ce qu'il y a ? Parle bas, si tu veux ; mais parle vite.

— Si monsieur voulait seulement sortir avec moi un instant, répondit François d'un ton suppliant.

— Ah ! tu m'ennuies à la fin. Est-ce que quelqu'un me demande ?

— Oui, monsieur... c'est-à-dire, non, pas vous... mais c'est la même chose.

— François, les énigmes du Sphinx étaient claires comme de l'eau de roche en comparaison de tes discours. Mais tu peux dire à la personne lui t'envoie en députation près de moi que je la prie d'attendre quelques minutes. Et maintenant que te voilà nanti d'une réponse satisfaisante, disparais, mon garçon. Tes colloques avec moi finiraient par agacer ma tante, qui nous observe de loin.

François se décida à sortir, non sans avoir lancé au neveu de sa noble maîtresse un regard signifiant évidemment : Je vous en prie, monsieur ne tardez pas trop. Il s'agit d'une chose grave.

Et Jacques de Courtaumer reprit en s'adressant à M. de la Calprenède :

— Je pense bien, monsieur le comte, qu'avant de débourser une somme si ronde, vous vous étiez assuré par vous-même que l'épave était bien à la place indiquée.

— Oui, autant que la chose était en mon pouvoir. Avant de m'aboucher avec les assureurs, j'ai fait une courte excursion en Bretagne, et j'ai reconnu parfaitement l'écueil contre lequel s'est brisé le navire... le matelot naufragé m'avait fourni des indications très précises... les gens du pays n'avaient eu aucune connaissance de l'événement, et je me suis bien gardé d'entreprendre des recherches qui auraient pu éveiller leur attention.

— La précaution était bonne, mais je crains bien qu'elle n'ait été inutile. Vous ne vous êtes pas contenté sans doute de ce premier voyage... vous êtes retourné plus tard sur la côte ?

— Non, et bien m'en a pris, car j'ai su depuis que la Compagnie avait, pendant dix-huit mois, fait surveiller mes démarches par ses agents. Si j'avais eu l'imprudence d'explorer les parages où le sinistre a eu lieu, l'affaire était manquée. Avec les moyens puissants dont la Compagnie dispose, elle aurait fait fouiller la mer jusqu'à ce qu'elle eût trouvé l'épave. C'est parce je me suis tenu coi qu'elle a traité.

Et j'ai appris depuis un détail amusant. Il paraît qu'elle a reçu d'un de ses agents un rapport où on disait que j'avais dépensé tout mon bien en spéculations insensées, que celle de la pêche aux millions m'avait séduit à cause de son étrangeté et que je devais avoir été la dupe d'un faux renseigne-

ment. Les assureurs ont cru être très habi'es
profitant de ce qu'ils ont pris pour le
Français, et ils ont été ravis de
cinq mille livres un trésor in⁺
vous de ces gens-là ?

— Mon Dieu ! répo
une forte envie de v'   ..ur raisonnement et je sc   aient bientôt à regret-
ter le march   ont conclu. Il me semble que
maintenar rien ne vous empêche d'agir. Vous
n'avez plus à vous cacher d'eux, puisque vous êtes
légitime propriétaire des millions.

— Oh ! très légitime. L'acte est parfaitement inat-
taquable, en Angleterre aussi bien qu'en France.
Il ne me reste plus qu'à entrer en possession.

— Et c'est là que commencent les difficultés,
dit en souriant Courtaumer. Si vous voulez bien
me les exposer, je...

Allons ! voici François qui rentre... Ce vieillard
assurément a été piqué ce soir par une tarentule...
il ne tient pas en place.

Ah ! cette fois, c'est à mon ami Doutrelaise qu'il
s'adresse.

Le vieux valet de chambre venait de reparaître
dans le salon et, au lieu de se diriger vers le canapé où M. de la Calprenède et Jacques étaient
assis, il s'était approché de la table de whist et il
parlait à l'oreille d'Albert Doutrelaise.

que François se permît cette familiarité
s invités de madame de Vervins, et
invité qu'il ne connaissait pas, il
nication qu'on l'avait chargé
rence exceptionnelle.

ir à lui dire? se de-
manda Jacques.

Le comte avait inte... confidences à
Jacques pour observer ce qu... sait aux en-
virons de la cheminée.

Le coup d'œil était toujours à peu près le même.
Arlette avait fini de chanter *le Roi des Aulnes* et
exécutait maintenant du Mozart, au grand con-
tentement de madame de Vervins qui marquait la
mesure en branlant la tête. Les deux amateurs de
tric-trac venaient de cesser le jeu après une partie
bien disputée. La maison du Roi avait battu la
marine royale; et le capitaine de vaisseau, vexé
de sa défaite, avait tourné le dos à son vainqueur
et était venu s'établir derrière la chaise d'une des
douairières, dans la louable intention de la conseiller. L'ex-garde du corps s'en était allé rejoindre la marquise au piano.

Le hasard de la partie avait placé Doutrelaise
de telle façon qu'il pouvait regarder à sa gauche
mademoiselle de la Calprenède et à sa droite
son ami Jacques causant avec le père d'Arlette.
Et Dieu sait s'il abusait de la position, car

e whist était bien ce qui l'intéressait le moins.

L'ami Jacques vit avec inquiétude qu'il chan-
geait de visage en écoutant ce que François lui
lisait tout bas, et ne fut pas peu surpris de ce qui
s'ensuivit.

Après un court aparté avec le valet de chambre, Doutrelaise demanda au capitaine de vaisseau s'il voulait avoir l'obligeance de le remplacer
pour un moment, et le marin, qui ne demandait
qu'à prendre sa revanche du tric-trac, accepta
avec empressement. Sur quoi, Doutrelaise, balbu-
tiant quelques excuses à ses partners, se leva et
sortit du salon sans regarder personne.

Dire que les joueuses le regrettèrent, ce serait
avancer le contraire de la vérité, car ses distractions les avaient exaspérées. Il ne faisait que des
fautes, et il en était à sa troisième renonce au
moment où il quitta la place.

Mais Arlette, qui avait été aussi distraite que
lui, à telles enseignes que les fausses notes nais-
saient à tout instant sous ses doigts exercés, Arlette s'émut en le voyant partir. Son instinct de
femme l'avertissait qu'il venait de survenir quelque incident fâcheux.

Ses yeux interrogèrent madame de Vervins,
que la brusque sortie de son protégé avait surprise et même un peu choquée; mais la bonne
marquise lui fit signe de se rassurer et de conti-

11.

nuer sans vergogne à massacrer les sonates
l'immortel auteur de *Don Juan*.

M. de la Calprenède se taisait et s'agitait bea
coup. Jacques devinait sans peine le motif de s
inquiétudes. Évidemment, le comte se disait q
Doutrelaise, en rentrant dans le salon, n'all
pas se remettre au whist, et il craignait qu'il
se rapprochât d'Arlette. La musique est un exc
lent prétexte, et Doutrelaise s'y connaissait.
comte n'avait pas oublié certaine conversati
entre sa fille et Doutrelaise au concert d
Champs-Élysées, et il se défiait de Mozart. De l
se lever pour emmener Arlette, il n'y avait q
l'épaisseur d'un cheveu, et Courtaumer, pour p
rer à ce danger, se hâta de renouer l'entretien i
terrompu par François.

— Je n'ai pas besoin, dit-il, de vous assur
que je suis tout à vous, monsieur le comte; ma
je me demande comment je pourrais vous ê
utile. La pêche aux millions passe ma comp
tence. Elle ne se fera qu'avec des engins dont
n'ai pas la plus légère idée, n'étant point ing
nieur.

— Vous êtes marin, répondit vivement M. de
Calprenède.

— C'est vrai. Je me flatte même de connaît
assez bien mon métier. Mais il ne s'agit pas de n
vigation en cette affaire et je ne vois pas du tout

quoi la pratique de la mer me servira pour exploiter cette mine d'or aquatique.

— Moi, je vous affirme que votre concours m'est indispensable pour exécuter le plan que j'ai conçu, et que je vais vous expliquer... très brièvement, car il est tard et Arlette doit être fatiguée, dit le comte qui regardait alternativement sa fille et la porte du salon.

— Vous ne comptez donc pas former une société pour exploiter le trésor ?

— J'y avais pensé, mais j'ai réfléchi. L'association aurait une foule d'inconvénients. D'abord, il ne me convient pas de me faire le lanceur d'une entreprise de ce genre. J'ai perdu beaucoup d'argent dans des affaires industrielles ; nul n'y peut trouver à redire, mais je ne veux pas qu'on m'accuse de chercher à en faire perdre aux autres. Le public ne croirait pas à l'existence des millions engloutis.

— C'est bien possible. Il ne m'est pas démontré qu'il se présenterait des souscripteurs. A Paris, on est tantôt crédule et tantôt défiant. Ça dépend du vent qui souffle, et depuis les galions de la baie de Vigo, le vent ne pousse pas du tout aux sauvetages miraculeux. On blaguerait les tonnes d'or.

— Je suis tout à fait de votre avis. Et, de plus, en admettant que la souscription réussît, je ne tirerais qu'un bien médiocre profit du secret que je possède, si j'étais obligé de l'exploiter de compte à demi avec un millier d'actionnaires.

— Vous pourriez le leur vendre... s'ils consentaient à l'acheter.

— C'est-à-dire, dans le langage des affaires, que je me réserverais un certain nombre d'actions gratuites qui représenteraient mon apport. Cela me paraît impraticable. Un secret ne constitue pas un apport. Et d'ailleurs, cela ne remplirait pas le but que je poursuis. Je veux tout ou rien. Si je partage, ce sera par moitié, avec un ami que j'aurai choisi et qui m'aidera; avec vous, mon cher Jacques.

— Je vous suis très reconnaissant d'avoir songé à moi, monsieur le comte, mais je ne saurais accepter ce cadeau royal, dit Courtaumer le plus sérieusement qu'il put. Six millions me seraient fort agréables, si je les avais gagnés. Par malheur, je n'ai rien de ce qu'il faut pour les acquérir d'une façon légitime.

— Vous avez tout, au contraire; tout ce qui me manque. Vous savez commander un navire et vous possédez le capital nécessaire pour entreprendre le travail sous-marin qui nous enrichira.

— Mon capital est réduit à fort peu de chose. En vendant tout ce qui me reste de titres, je ne réunirais pas deux cent cinquante mille francs.

Et Dieu sait ce que coûterait l'extraction des caisses aurifères !

— Presque rien. Il ne s'agit que de louer pour un mois ou deux un petit bateau à vapeur comme on en trouve dans tous les ports, de louer ou d'acheter une cloche à plongeurs, d'embaucher une douzaine d'hommes spéciaux et de les payer pendant la durée de nos opérations.

— Comment! vous croyez que c'est aussi simple que ça ? Moi, je m'imaginais qu'il fallait beaucoup de temps, beaucoup de monde et beaucoup d'argent.

— Vous oubliez que le navire a fait naufrage il y a deux ans à peine, qu'il n'est pas encore envasé, d'autant qu'à la place où il a coulé le fond est solide. J'estime que la dépense ne dépassera pas cinquante mille francs. Il est vrai que ces cinquante mille francs.... je ne les ai pas.

— Je les ai, moi, quoique je ne sois pas riche, et je serai trop heureux de les mettre à votre disposition. Ma personne aussi est à vos ordres. Seulement...

— Quoi donc ?

— Je voudrais ne pas partager le profit. Oh ! ne vous récriez pas, monsieur le comte. J'accepterais le remboursement des frais que j'aurais faits. Et j'y gagnerais encore. Songez donc que, selon toute apparence, avant la fin de l'année, le baccarat m'aura coûté plus cher, si je reste à Pari

— Vous êtes trop généreux, mon cher Jacque
et je n'entends pas ainsi la convention que je vou
propose.

— Attendez! il y a une clause supplémentair

— Je l'accepte d'avance, quelle qu'elle soit.

— Alors, je suis votre homme, si vous voul
me permettre de ne formuler mes exigences qu'a
près le succès. Je me hâte d'ajouter que l'argen
n'y sera pour rien. Je vous demanderai une chos
que vous pourrez m'accorder sans bourse délier.

En parlant ainsi, Jacques regardait mademoi
selle de la Calprenède qui venait de fermer s
partition et qui se préparait évidemment à quitte
le piano. Le comte comprit qu'il s'agissait d'ell
et sa figure s'illumina. Marier sa fille à M. d
Courtaumer, c'était son rêve le plus cher, et l
condition que Jacques avait l'air de sous-entendr
lui paraissait douce.

— Je vous prends au mot, s'écria-t-il. Et pou
sceller notre marché, je vais vous confier mo
secret. Le navire a touché sur un rocher qui es
situé...

— Vous m'apprendrez cela demain, si vous vou
lez bien me recevoir dans l'après-midi, interrom
pit l'ex-lieutenant de vaisseau. Nous somme
d'accord, et votre parole me suffit. A quoi bo
entrer ici dans des détails d'exécution que vous

m'expliquerez à notre prochaine entrevue ? Souf-
frez que j'aille rejoindre mon ami Doutrelaise, qui
doit avoir besoin de moi, si je ne me trompe,
puisque ce vieux fou de François s'est adressé
d'abord à votre serviteur. Je veux savoir ce qui se
passe dans l'antichambre où il m'a appelé, et où
Doutrelaise vient de se rendre.

— Allez, mon cher, dit le comte. Aussi bien, il
se fait tard, et je vais prendre congé de votre
tante. Je compte sur votre visite demain.

— Je serai exact, répondit Jacques en se levant
pour gagner, sans bruit, la porte du salon.

Doutrelaise n'avait pas reparu, et Jacques se
disait :

— Il doit y avoir du Matapan là-dessous.

V

Jacques trouva dans l'antichambre François, qui donnait des signes non équivoques d'agitation.

Le vieux valet de chambre se promenait de long en large, en levant les bras au ciel et en marmottant des paroles inintelligibles.

Questionné par le neveu de madame de Vervins, qui lui demanda où était Doutrelaise, il répondit que ce monsieur était parti en compagnie d'un personnage qui l'avait fait appeler, et qu'en partant il avait dit :

— Vous prierez de ma part M. de Courtaumer de venir, dès qu'il le pourra, me rejoindre chez moi, boulevard Haussmann. J'ai absolument besoin de lui. Il s'agit d'une affaire très grave.

Jacques, stupéfait, fit subir à François un interrogatoire, mais il n'en tira que des réponses assez incohérentes. L'homme qui s'était présenté avait donné son nom — un nom que François, dans son trouble, avait déjà presque oublié, car il l'estropiait si bien, en le répétant, que Jacques ne se rappela point l'avoir jamais entendu. Et ce nom avait produit un effet extraordinaire sur Doutrelaise qui s'était empressé de quitter le vhist et de sortir sans prendre congé de personne.

Un colloque très animé s'était engagé dans un coin entre le même Doutrelaise et ce singulier inconnu. Le domestique n'en avait pas entendu un mot, mais il avait cru comprendre que le monsieur affirmait une chose que le jeune homme niait. Le colloque était une discussion, presque une dispute. Telle était du moins l'appréciation de François.

— Un duel, peut-être, murmura Jacques, mais avec qui ?

Le valet de chambre secoua la tête et dit qu'il ne pensait pas qu'il fût question d'une rencontre. Le monsieur n'avait pas du tout l'air d'un témoin. François affirmait qu'il *marquait mal*.

— Qu'entends-tu par ces paroles ? lui demanda M. de Courtaumer.

— J'entends qu'il ressemble plutôt à un huissier qu'à autre chose. Certainement, ce n'est pas un homme du monde. Et... monsieur m'excusera si je me permets une supposition... mais si son ami avait des dettes, je croirais qu'on est venu le chercher pour le conduire à Clichy.

— Tu retardes, mon brave François. La contrainte par corps est abolie depuis trente ans, et d'ailleurs M. Doutrelaise ne doit rien à personne.

Donne-moi mon pardessus, mon chapeau et ma canne.

Et pendant que François l'aidait à endosser son paletot, Jacques ajouta :

— Tu diras à ma tante que M. Doutrelaise a été appelé près d'un de nos camarades qui est malade... et que ce camarade m'a fait appeler aussi... car je suppose que c'est cela... et surtout dispense-toi de parler des idées absurdes qui viennent de te passer par la tête.

Ayant dit, Jacques se précipita dans l'escalier et de là dans la rue.

Un fiacre passa tout à point. Il le héla, sauta dedans et se fit conduire boulevard Haussmann.

Le trajet lui parut long et, avant d'arriver, il eut le temps de faire des conjectures.

— Je veux bien être pendu si je devine ce que signifie ce départ précipité, murmurait-il. Se sauver sans dire un mot.., pas même à mademoiselle de la Calprenède... pas même à moi... c'est à croire que ce garçon est devenu fou. C'était bien la peine vraiment que ma tante l'invitât ! Il avait une occasion unique de montrer ce qu'il vaut, et au lieu d'en profiter, il s'enfuit. J'ai bien peur qu'il n'ait gâté à tout jamais ses affaires.

Après tout, ce n'est pas sa faute, reprit Courtaumer en poursuivant le cours de ses réflexions. Il est clair qu'il est arrivé une catastrophe, ou tout au moins un événement... mais lequel ? Un duel ne s'engage pas de cette façon-là. On ne vient pas relancer un adversaire dans un salon où il passe la soirée ; on ne le prie pas de sortir pour lui demander son heure et ses armes ; et surtout on ne l'emmène pas, comme s'il fallait aller immédiatement sur le terrain. Jamais on n'a vu les gens se battre à onze heures du soir.

Et pourtant... je me souviens qu'en arrivant il m'a dit qu'il venait d'avoir une discussion violente avec Matapan... c'est peut-être la suite de la querelle... ce vieux forban ne fait rien comme les autres. Il est capable de lui proposer un combat dans son appartement... au poignard ou à la hache d'abordage. Mais Doutrelaise l'aura envoyé à tous les diables... et si par hasard il avait commis l'extravagance d'accepter, je m'interposerais. A nous deux, nous aurions raison de ce somnambule enragé.

C'est égal, conclut Jacques, il est temps que je m'en mêle, et il me tarde de savoir à quoi m'en tenir.

Le boulevard Haussmann n'est pas court ; la maison du baron était située presque au bout de cette grande voie qui va toujours en montant, et le cheval qui traînait Jacques n'avait pas de jambes. Il mit vingt-cinq minutes à faire le voyage.

Jacques trépignait d'impatience, et, quand le fiacre s'arrêta, il ne fit qu'un bond du marchepied à la sonnette.

On lui tira le cordon sans le faire attendre et, lorsqu'il eût franchi la porte, il trouva le vestibule éclairé comme pour un bal.

Cette illumination le surprit d'autant plus que d'habitude on éteignait le gaz à onze heures du soir, dans l'intérieur de l'immeuble dont le baron Matapan était l'heureux propriétaire.

Autre surprise : le portier Marchefroid, qu'on apercevait d'ordinaire assis devant son foyer, au fond de sa loge, et lisant avec solennité un journal opportuniste, Marchefroid, le majestueux Marchefroid était debout sur le pas de sa porte, dans l'attitude d'un soldat en faction.

— M. Doutrelaise vient de rentrer, n'est-ce pas ? lui demanda Courtaumer.

— Oui, monsieur, mais il n'est pas chez lui.

Cette réponse bizarre fut faite d'un ton goguenard qui déplut à Courtaumer, mal disposé déjà pour le concierge du baron.

— Qu'est-ce que ça signifie ? dit-il avec colère. Est-ce que vous vous moquez de moi ?

— Croyez, monsieur, que j'en suis incapable, répliqua Marchefroid avec une politesse ironique.

— Je n'ai que faire de vos excuses. M. Doutrelaise est-il rentré, oui ou non ?

— Il est rentré depuis trois quarts d'heure, peut-être un peu plus... pas seul, par exemple.

— Je sais... on est venu le chercher... alors, je monte...

— Si j'ai un conseil à vous donner, c'est de ne pas vous fatiguer les jambes à grimper jusqu'au quatrième.

— Encore ! ah ça ! drôle, allez-vous finir vos facéties stupides ? où est M. Doutrelaise ?

— Au premier étage.

— Comment ! chez votre baron ?

— Dans l'appartement de M. le baron Matapan. Oui, monsieur. Seulement, je ne vous réponds pas que vous pourrez le voir.

— Quelle est cette plaisanterie ? Matapan n'a pas la prétention de le séquestrer chez lui, je suppose ? Et s'il s'avisait de vouloir m'empêcher d'entrer, il aurait affaire à moi.

— Ni à vous ni à personne, vous le savez bien. Mais je pense qu'on vous recevra là-haut, et pour vous éviter des difficultés à la porte, un de ces messieurs va prendre la peine de vous accompagner.

À ce mot : ces messieurs, Courtaumer vit poindre derrière Marchefroid deux individus d'assez piètre mine, qui s'étaient tenus jusqu'alors dans le coin le plus obscur de la loge.

Cette étrange apparition le surprit au dernier point. Ces gens ressemblaient à des recors, et François aurait trouvé sans doute qu'ils marquaient encore plus mal que le monsieur qui était venu chercher Doutrelaise chez madame de Vervins.

— Je n'ai pas besoin qu'on m'accompagne, dit Courtaumer en tournant le dos au portier. Et tout à l'heure en descendant, je vous apprendrai à ne plus faire l'insolent, maître Marchefroid.

Il courut à l'escalier et il enjambait déjà les marches quatre à quatre, lorsqu'il s'aperçut que l'un des deux hommes qu'il venait de voir le suivait.

Ce nouvel incident lui donna à réfléchir. Que faisaient là ces estafiers qui paraissaient garder la maison Matapan et surveiller les visiteurs ? Les choses ne se passent pas autrement quand un crime a été commis ! On laisse entrer les gens qui se présentent, et quelquefois on ne les laisse plus sortir. C'est ce qu'on appelle en langage de police : tendre une souricière.

— Est-ce que ce gredin de Matapan aurait tué quelqu'un ? se demandait Courtaumer. Je n'en serais, parbleu ! pas fâché. La justice nous débarrasserait de lui.

Arrivé sur le palier, il sonna, non sans une certaine émotion.

La porte s'ouvrit, mais personne ne se montra pour le recevoir. L'homme qui montait n'était pas loin. Courtaumer entra sans l'honorer d'un regard, et la porte se referma comme elle s'était ouverte, c'est-à-dire comme par enchantement.

Jacques de Courtaumer n'avait jamais mis les pieds chez Matapan, et cette façon d'ouvrir et de refermer les portes ne l'étonna pas trop, car ce baron suspect pouvait bien avoir fait établir dans son appartement des mécanismes invisibles destinés à remplacer les domestiques.

Mais l'illusion ne dura qu'une seconde. Jacques en se retournant se trouva en présence d'un individu qui paraissait appartenir à la même catégorie que les deux gardes du corps de Marchefroid.

Ce préposé à l'entrée de l'appartement du premier étage avait une redingote assez râpée, du linge douteux, des sourcils en broussailles et des moustaches taillées en brosse.

Un vrai type d'agent de la sûreté.

Au moment où Jacques allait l'interpeller, on

frappa du dehors trois coups discrets, et le portier improvisé s'empressa d'ouvrir à son camarade, qu'il avait sans doute reconnu à ce signal convenu.

Ce camarade se glissa dans l'antichambre et l'huis fut refermé encore une fois.

— Vous demandez M. Matapan ? dit le premier estafier.

— Non, répondit Courtaumer ; je veux parler à un de mes amis qui est ici, à ce que prétend le concierge.

— Comment s'appelle-t-il votre ami ?

— Doutrelaise. Il demeure dans cette maison, au quatrième, et je ne devine pas pourquoi il est entré chez M. Matapan.

— On vous dira ça tout à l'heure. Votre nom ?

— Nous n'avez pas besoin de le savoir. Je vous demande si M. Doutrelaise est là.

— Oui.

— Eh bien ! allez l'appeler. Je veux le voir.

— Pas possible pour le moment : il est occupé.

— Je vous dis qu'il m'attend.

L'homme haussa les épaules, et ce mouvement signifiait clairement : Que voulez-vous que j'y fasse ?

— Ah ! ça, mais qui êtes-vous donc, vous ? s'écria Courtaumer. Et de quoi vous mêlez-vous ? Est-ce que vous êtes au service de M. Matapan !

— Moi ! domestique ? Ah ! mais non, dit l'homme en riant.

— Il est certain que vous n'en avez pas l'air... votre camarade non plus... mais finissons-en et apprenez-moi à qui j'ai affaire.

— Attendez. Mon camarade va vous annoncer, et peut-être qu'on vous fera demander,

— Allez vous promener, tous tant que vous êtes! Je ne suis pas aux ordres de votre Matapan, et je ne poserai pas dans son antichambre.

Avant que les deux individus qui avaient l'air de le garder à vue pussent s'y opposer, Courtaumer poussa jusqu'à une porte placée en face de lui, l'ouvrit brusquement et cria à pleine voix :

— Doutrelaise ! es-tu là ?

La pièce où donnait cette porte était brillamment éclairée, mais il n'y avait personne.

Courtaumer y entra sans hésiter. Les deux hommes l'y suivirent, et l'un d'eux se plaça de façon à l'empêcher d'aller plus loin.

— Vous ne passerez pas ! cria l'autre.

Courtaumer, agacé, allait se fâcher et en venir aux voies de fait ; mais un personnage survint, et la scène changea de face, un personnage que Jacques reconnut tout de suite.

C'était le brave commissaire qu'il était allé chercher quelques jours auparavant, pour le prier de venir constater les promenades nocturnes du ba-

12.

ron et qui avait fait preuve de tant de sagacité en démêlant ce singulier *imbroglio*.

— Comment, monsieur, lui dit Jacques, c'est donc vous qui avez emmené mon ami ? que se passe-t-il ici, bon Dieu ! pour que votre intervention soit devenue encore une fois nécessaire ? Est-ce que Matapan, dans un accès de somnambulisme, aurait mis le feu à la maison ?

— Non, ce n'est pas cela... malheureusement, murmura le commissaire.

— Malheureusement ! diable ! que peut-il avoir fait de pis?

— Nous allons causer, si vous le voulez bien. Je pensais que vous viendriez... j'avais même prié le domestique de madame de Vervins de vous faire passer mon nom..

— L'imbécile l'a oublié. Mais... je vous prie de me débarrasser d'abord de ces messieurs, demanda Jacques en désignant les deux individus qui montaient la garde autour de sa personne.

D'un geste, le commissaire les renvoya, et il prit le soin d'aller fermer la porte par laquelle Courtaumer était entré.

— Ce sont des agents, je suppose ? dit Jacques.

— Oui, mais ne vous effrayez pas. Je ne les ai amenés que pour la forme... parce que c'est l'usage en pareil cas.

— Quel cas? Est-ce qu'on a commis un crime ici?

— J'espère que non.

— Vous espérez, dites-vous. Alors, vous n'êtes pas sûr. Je vous avoue, mon cher monsieur, que je ne comprends rien à tous ces mystères, et je vous serais infiniment obligé de vous énoncer plus clairement... et surtout de m'apprendre pourquoi vous êtes venu chercher mon ami Doutrelaise.

— En deux mots, voici la situation : M. Matapan a disparu.

— Disparu ! depuis quand ? Doutrelaise m'a dit tout à l'heure qu'aujourd'hui même il avait eu avec ce coquin une violente discussion.

— M. Doutrelaise m'a dit la même chose, et c'est précisément ce qui fait que j'ai dû tenir compte d'une lettre que le domestique de M. Matapan a remise au parquet.

— Une lettre ! de qui est cette lettre ?

— De M. Matapan. La voici, et je vous prie d'en prendre connaissance, dit le commissaire en tirant de son portefeuille un papier plié en quatre.

Courtaumer, moins renseigné que jamais, ouvrit le pli et lut ce qui suit :

« J'ai l'honneur de prévenir les autorités judiciaires que j'ai été menacé de mort par le sieur Doutrelaise, mon locataire, à la suite d'une querelle qui s'est élevée entre lui et moi, à propos de faits tout récents. Il m'a proposé un duel sans

témoins, dans la maison que je possède à Neuilly,
sur le bord de la Seine ; il a insisté pour que ce
duel eût lieu sur-le-champ, et j'y ai consenti,
parce que cet homme m'avait gravement offensé.
Je pars pour aller me battre ; mais comme j'ai des
raisons de croire que M. Doutrelaise a l'intention de
m'assassiner, j'ai écrit à un de mes amis, qui se
trouvera sur le lieu de la rencontre et qui veillera
à ce que tout se passe loyalement. Cependant, comme
cet ami sur lequel je compte pourrait ne pas arriver
à temps, je charge Ali, mon valet de chambre, de
remettre la présente lettre au parquet de M. le
procureur de la République, si je ne suis pas
rentré à neuf heures ce soir, dans mon appartement du boulevard Haussmann. Et, dans ce cas, je
demande qu'une perquisition soit faite immédiatement dans ma villa du boulevard d'Argenson, à
Neuilly. Ali, mon domestique, sait où elle est et il
en a les clefs.

» J'aurais pu recourir à la police pour me protéger
contre un furieux qui en veut à ma vie, mais il est
des outrages qu'un galant homme ne peut tolérer
et qu'il a le devoir de venger lui-même. Je succom-
berai peut-être dans un combat devenu inévitable.
Si ce sort m'est réservé, je veux du moins qu'on
connaisse les faits qui ont précédé la rencontre,
et que, s'il y a eu crime, ce crime ne reste pas
impuni. »

C'était tout. Courtaumer rendit la lettre au commissaire et dit, en haussant les épaules.

— Cette élucubration n'a pas le sens commun. A qui le Matapan espère-t-il persuader que Doutrelaise l'a attiré dans un guet-apens pour le tuer ?

— Je ne crois pas cela... jusqu'à preuve du contraire. Il n'en est pas moins vrai que j'ai reçu, ce soir, l'ordre d'ouvrir une enquête, sans perdre de temps... et je n'en ai pas perdu. J'ai été désigné pour remplir cette mission, parce que j'avais déjà dirigé une première affaire à laquelle M. Matapan a été mêlé... celle de M. Julien de la Calprenède. Le chef du parquet a pensé que l'une se rattachait peut-être à l'autre. Et j'ai accepté avec plaisir dans l'espoir d'aider votre ami à prouver qu'il n'a rien à se reprocher dans cette nouvelle et bizarre aventure.

— Mais l'invention de ce Matapan est absurde. En quel temps vivons-nous pour qu'un magistrat, chef de parquet, prenne au sérieux de pareilles billevesées !

— On tient toujours compte d'une dénonciation... on en tient compte dans une certaine mesure... et mes instructions me prescrivent d'agir avec beaucoup de prudence. J'y étais personnellement très disposé. Aussi, ai-je tenu à commencer par avertir M. Doutrelaise. Je suis venu chez lui en sortant du

parquet. Son valet de chambre m'a dit qu'il était
parti à cinq heures et qu'il devait passer la soirée
chez madame la marquise de Vervins, rue de Castiglione. J'y ai couru.

Je savais que madame de Vervins est votre
tante, et que vous aviez dîné chez elle ainsi que
monsieur votre frère. J'avais pensé d'abord à
vous faire appeler, mais j'ai cru qu'il valait mieux
m'adresser directement à M. Doutrelaise. Il s'est
empressé de me suivre et je l'ai ramené ici, afin de
le mettre à même de contredire certaines asser-
tions du domestique de M. Matapan.

Ils sont en présence l'un de l'autre, et afin de
vous montrer que je suis bien disposé pour votre
ami, je ne m'oppose pas à ce que vous assistiez à
cette confrontation.

— Une confrontation ! s'écria Courtaumer ; des
agents de police partout ! J'en ai trouvé deux dans
la loge du portier et un ici... Il me semble, monsieur, que mon ami est traité comme un accusé.

— Vous vous trompez, monsieur, dit le commissaire. Il faut que j'aie des agents sous la main,
puisque je dois faire une perquisition dans la maison indiquée par M. Matapan.

— Comment ! vous ajoutez foi à cette histoire
de duel sans témoins... et vous allez vous trans-
porter à Neuilly pour voir si vous y trouverez le
cadavre de ce baron de contrebande !

— J'ai des ordres formels et précis. Il se pourrait même qu'au parquet on eût délégué un autre commissaire pour visiter la villa du boulevard d'Argenson, pendant que je poursuis l'enquête à Paris ; on tient à agir très vite. Dans ce cas, je serais informé ici, ce soir même, du résultat de la perquisition, car j'ai expliqué au chef du parquet comment je comptais procéder. Je lui ai dit, et il m'a approuvé, que je commencerais par interroger M. Doutrelaise et le valet de chambre.

— Alors, commencez tout de suite, car Doutrelaise ne doit pas être très flatté de rester en tête-à-tête avec ce laquais de Matapan. Et, puisque vous voulez bien me permettre d'assister à l'interrogatoire, je suis tout à vos ordres. Disposez de moi en tout et pour tout. Avez-vous besoin de moi pour faire des courses ? Je serai votre commissionnaire.

— A Dieu ne plaise que j'use de votre obligeance, répondit en riant le commissaire. On ne manquerait pas de dire que j'ai encore pris le parti de votre ami. On m'a déjà reproché d'avoir procédé en dehors des règles administratives dans la première affaire.

— Ah ! c'est un peu fort... et je voudrais bien savoir comment nous aurions prouvé que l'accusation portée contre Julien de la Calprenède était absurde, si vous ne nous aviez pas aidés à constater le somnambulisme de Matapan.

— Vous avez raison, cher monsieur, mille fois raison... mais il y a la routine...

— Qui dame le pion au bon sens. C'est vrai, et je m'incline devant cette puissance bête.

— Oh ! il y a moyen de tout concilier. Je puis prendre sous ma responsabilité bien des choses, sans manquer à mes devoirs. Et j'ai toujours eu tant de respect et d'estime pour monsieur votre frère que je me compromettrais volontiers, s'il le fallait, pour empêcher que votre ami fût victime d'une injustice.

— A propos de mon frère, vous savez qu'il n'a pas retiré sa démission ?

— On m'a dit cela, et j'en suis désolé. Tous ceux qui ont eu affaire à lui regrettent son départ. Mais M. Doutrelaise sait que vous êtes là. Il a reconnu votre voix, et il doit attendre mon retour avec impatience. Ne le faisons pas languir, dit le commissaire en ouvrant la porte qui communiquait avec le fumoir du baron, ce fumoir où il recevait Giromon et où ils devisaient ensemble des souvenirs du passé et des chances de l'avenir.

Courtaumer fut assez surpris à l'aspect de ce réduit meublé à l'orientale et brillamment éclairé.

Les coussins empilés sur les divans, les pipes turques et les narghilés, la petite table basse incrustée d'ivoire et chargée de flacons ; les lanternes suspendues au plafond et garnies d'œufs d'au-

truche ; toutes ces turqueries rappelaient à l'ex-
lieutenant de vaisseau les intérieurs des maisons
de pachas qu'il avait visitées à Constantinople et
au Caire.

Et tout cela avait servi récemment. Les lanternes étaient allumées, les flacons étaient à moitié
vides, et on respirait une odeur de benjoin, d'en-
cens et de tabac d'Orient.

On aurait juré que le maître venait de sortir.

Doutrelaise, en tenue de soirée, et Ali, en livrée
rouge et or, faisaient au milieu de ces étrangetés
l'effet le plus bizarre.

Ils étaient debout, Doutrelaise près de la fenêtre, Ali au fond, tout contre la porte qui donnait sur le corridor, et ils échangeaient des regards
peu amicaux.

Cet Ali était un grand gaillard, dont la peau
avait la couleur du bronze florentin, et qui semblait avoir été créé et habillé tout exprès pour
battre la grosse caisse, perché sur le haut de la
voiture d'un charlatan.

Il avait, d'ailleurs, l'air d'être un rusé compère,
et il s'exprimait en français avec une facilité re-
marquable.

Ce Malais transplanté était devenu aussi Parisien
que n'importe quel naturel de Montmartre.

— Enfin, te voilà ! dit Doutrelaise en voyant
paraître Jacques. Je savais bien que tu vien-

drais, mais j'espérais que tu viendrais plus tôt.

— Je suis venu aussi vite que j'ai pu, répondit Courtaumer. J'avais bien compris qu'il était arrivé un événement et que tu aurais sans doute besoin de moi, mais je ne pouvais pas quitter trop brusquement M. de la Calprenède, qui me disait des choses intéressantes... des choses que je te raconterai.

Ah ! ça, Matapan a donc encore fait des siennes ! Qu'est-ce que c'est que cette histoire de duel ? Tu sais qu'il prétend que tu as conçu le joli projet de l'attirer dans un coupe-gorge, à seule fin de l'assassiner.

— Tout à l'heure, quand nous avons entendu ta voix dans la première pièce, monsieur venait de me lire la lettre que cet homme a adressée au parquet.

— Et j'allais vous demander de me raconter ce qui s'est passé aujourd'hui entre vous et le baron Matapan, dit le commissaire. J'ai attendu, pour vous interroger, que vous fussiez en présence de son domestique, parce que son domestique affirme certains faits qui se trouveront peut-être en contradiction avec votre récit.

— Mon récit sera simple et court : A quatre heures, M. Matapan s'est présenté chez moi, à mon grand étonnement. Je l'ai reçu, et je lui ai demandé ce qu'il me voulait ; il m'a interpellé de

la façon la plus inconvenante, à propos de la part
que j'avais prise à l'affaire de l'autre nuit. Je l'ai
relevé comme il méritait de l'être, et je l'ai invité à sortir de chez moi à l'instant. Alors, il a
tenu des propos si grossiers et si blessants, que la
colère m'a pris. S'il n'avait fait que m'injurier,
peut-être aurais-je pu me contenir, mais il a parlé
d'une autre personne dans de tels termes, que la
patience m'a échappé... vous n'exigez pas, sans
doute, que je vous répète ce qu'il a dit, ni que je
nomme la personne qu'il insultait !...

— C'est inutile. Je devine, interrompit le brave
commissaire. J'étais présent l'autre nuit, quand
M. Matapan s'est permis une insinuation indigne.
Veuillez continuer.

— Je n'ai pas été maître d'un premier mouvement... auquel je regrette d'avoir cédé... j'ai levé
la main sur lui.

— Et tu l'as souffleté ! s'écria Courtaumer. Tu
as bien fait.

— Le soufflet... j'ai eu l'intention de le donner,
mais M. Matapan ne l'a pas reçu. Il s'est détourné
à temps. Ma main a seulement effleuré son visage.
Je m'attendais à des voies de fait de sa part, et j'ai
sauté sur un revolver qui se trouvait à ma portée.
Mais M. Matapan n'a pas cherché à user de sa
force physique.

— Parbleu ! il avait peur de recevoir une balle.

— Je ne sais pas s'il a eu peur, mais j'ai été très surpris de la conduite qu'il a tenue. Il n'a pas bougé, et il m'a dit avec un sang-froid extraordinaire : Vous me devez une réparation, et je l'exige immédiatement. C'est à croire qu'il était venu me braver avec intention et qu'il n'attendait qu'un geste de moi pour me proposer un duel.

— Ainsi, vous affirmez que la proposition est venue de lui ?

— Je l'affirme, quoiqu'il prétende le contraire dans le ridicule écrit que vous venez de me montrer. Elle m'a paru, du reste, toute naturelle, cette proposition. Je lui devais une réparation par les armes, et je ne demandais pas mieux que de la lui accorder. Je lui ai répondu que ses témoins pourraient s'adresser demain matin à M. Jacques de Courtaumer, qui serait le mien.

— Avec plaisir, dit Jacques entre ses dents.

— C'est alors que M. Matapan a élevé la prétention extravagante de se rencontrer avec moi ce soir, dans une maison de campagne qu'il possède, paraît-il, à Neuilly, boulevard d'Argenson. Il m'a déclaré qu'il ne voulait pas dormir sur un soufflet, et autres insanités déclamatoires. Je lui ai répondu qu'on ne se battait pas la nuit, et que je n'étais nullement disposé à faire le voyage de Neuilly pour lui être agréable. Il a insisté. Je lui ai ri au nez, et finalement il est parti, en me signifiant qu'il allait de ce pas m'attendre dans sa villa du bord de l'eau... il a eu soin de me donner l'adresse exacte... il a ajouté que je l'y trouverais jusqu'à huit heures, en compagnie de ses témoins; que je n'avais qu'à amener les miens, que si à huit heures je n'avais pas paru, il me tiendrait pour un lâche, et qu'il ne se gênerait pas pour publier que j'avais reculé devant une rencontre.

— Il est plus gredin encore que je ne le pensais, murmura Courtaumer.

— Votre explication dément la lettre d'un bout à l'autre, dit le commissaire. Veuillez m'apprendre ce que vous avez fait après avoir renvoyé M. Matapan.

— M. Matapan est sorti de chez moi à quatre heures un quart, répondit Doutrelaise. Notre entrevue n'a pas duré dix minutes. J'étais hors de moi et j'éprouvais le besoin de raconter à un ami cette étrange algarade. Je me suis habillé en toute hâte et je me suis mis à la recherche de Jacques de Courtaumer, ici présent. J'étais invité à passer la soirée chez sa tante, mais je voulais le voir ailleurs que dans le salon de madame de Vervins, et je n'étais pas certain de le rencontrer. Je me suis donc mis en tenue de soirée, prévoyant que j'aurais quelque peine à trouver Jacques et que je n'aurais peut-être pas le temps de rentrer chez moi.

Bien m'en a pris, car j'ai été dérangé par une foule d'incidents imprévus. C'est ce qui arrive toujours en pareil cas.

— Le fait est que ma tante et moi nous nous demandions ce qui te retenait. Il était plus de dix heures quand tu t'es présenté. Et Dieu sait si on t'attendait avec impatience, dit Jacques.

— D'abord, je suis allé te demander rue de Castiglione ; tu n'y étais pas. De là, je suis allé au cercle. On ne t'y avait pas vu. Ne sachant plus où te prendre, je me suis décidé à dîner et je suis entré au Café Anglais. J'y ai trouvé un garçon que tu connais bien, Cordier, notre ancien camarade de collège.

— Je croyais qu'il s'était fixé aux États-Unis.

— En effet, il habite San Francisco depuis cinq ans... Il y a même fait une grosse fortune... et il y retourne... après avoir passé quinze jours à Paris pour ses affaires... Il s'embarque ce matin au Havre. Il m'a sauté au cou, il a pris possession de ma personne, et j'ai eu beau m'en défendre, il a fallu dîner avec lui. Je n'avais d'ailleurs rien de mieux à faire, puisque je n'avais pas pu te découvrir. A huit heures et demie, nous avions fini et je pensais en être quitte. Mais il s'est emparé de moi et il m'a littéralement forcé de l'accompagner jusqu'à son hôtel, où il allait boucler sa malle pour prendre le chemin de fer à neuf heures quarante-cinq. Il était alors trop tôt pour me présenter chez madame de Vervins. Cordier logeait à l'hôtel du Louvre : c'était mon chemin, je me suis laissé emmener.

— Parions que tu l'as conduit jusqu'à la gare?

— J'ai eu cette faiblesse.

— Oh ! je te reconnais bien là ! Pour ne pas désobliger un ami, tu manquerais ta fortune.

— Je l'ai peut-être manquée ce soir, murmura Doutrelaise.

— Ainsi, monsieur, dit le commissaire, qui avait écouté ce récit avec une attention soutenue, vous êtes en mesure de prouver que votre soirée a bien été employée comme vous venez de le dire ?

— Oui... jusqu'à huit heures et demie. Le maître d'hôtel qui nous a servis au Café Anglais me connaît parfaitement, et il se rappellera qu'il m'a vu. Ensuite... ah ! ensuite nous sommes montés en fiacre sur le boulevard, et je ne suis pas entré à l'hôtel du Louvre. J'ai attendu Cordier en bas dans la voiture. A la gare Saint-Lazare, où nous sommes arrivés beaucoup trop tôt, je me suis promené avec lui dans la salle des Pas-Perdus. Il s'était accroché à moi, et il ne m'a lâché qu'au moment où on appelait les voyageurs pour le train.

Et encore, ajouta Doutrelaise en s'adressant à Courtaumer, il a couru après moi pour me recom-

mander de te faires ses amitiés et pour m'excuser
de ne pas s'être informé de toi pendant son séjour...
il ignorait que tu étais à Paris.

— Bon ! je ne lui en veux pas, répondit Jacques, mais franchement tu as eu bien tort de lui
permettre de t'accaparer de la sorte. Je sais bien
que tu ne pouvais pas prévoir l'invention scélérate
de M. Matapan... mais tu aurais dû te préoccuper
un peu plus d'une autre personne...

— A quelle heure ce monsieur Cordier s'embar-
que-t-il au Havre ? demanda le commissaire de
police en regardant Droutrelaise.

— Le paquebot transatlantique partira, je crois,
à la marée du soir.

— Votre ami recevrait donc un télégramme qu'on
lui expédierait ce matin.

— Oui, sans doute. Seulement, j'ai oublié de lui
demander où il comptait descendre.

— N'importe. On le trouverait, si je télégra-
phiais à mon collègue du Havre.

Cette réflexion fit bondir Courtaumer, qui s'é-
cria :

— Comment, monsieur ! vous comptez donc
donner suite à cette sotte affaire, puisque vous
pensez avoir besoin du témoignage de ce Californien, qui est venu si mal à propos occuper mon ami
toute la soirée ?

— Je suis obligé de tout prévoir, répondit assez

froidement le commissaire, et si je recevais un ordre, je serais bien obligé de l'exécuter.

— Il ne se trouvera jamais un juge assez bête pour admettre que Doutrelaise a traîtreusement égorgé Matapan. D'ailleurs, si on l'avait tué, ce vieux forban, on trouverait sa carcasse, et je vous réponds que le drôle se porte encore très bien à l'heure qu'il est.

Courtaumer assurément n'était pas diplomate et son langage n'était pas fait pour plaire au bienveillant magistrat qui remplissait la désagréable mission d'interroger le locataire du quatrième.

— Vous me permettrez bien d'entendre maintenant le domestique de M. Matapan, dit ce brave homme sans relever les expressions peu convenables dont l'impétueux Jacques s'était servi.

Ali, qu'il désignait, n'avait pas bougé pendant que Doutrelaise parlait. Il écoutait, les bras croisés, la tête haute, le sourire aux lèvres, un sourire railleur qui en disait très long sur ses intentions à l'encontre de l'adversaire de son maître.

— Que savez-vous? lui demanda le commissaire.

— Monsieur, répondit-il sans hésiter, il faut d'abord que je vous apprenne ce que pensait M. le baron depuis trois jours. Il pensait que M. Doutrelaise lui ferait un mauvais parti, pour se venger d'un mot qu'il avait dit. Il m'a répété plus de dix

fois : S'il m'arrivait quelque chose, ce serait certainement du fait de ce monsieur-là.

— Passez ces propos et arrivez au fait. Qu'y a-
t-il eu aujourd'hui ?

— Cette après-midi, un peu avant quatre heures
M. le baron m'a annoncé qu'il allait monter au
quatrième... chez monsieur, qui le faisait demander...

— C'est un grossier mensonge. Je n'ai pas
adressé la parole à M. Matapan, depuis la scène
de l'autre nuit, et je ne lui ai pas écrit. A qui per-
suadera-t-on d'ailleurs que M. Matapan se serait
rendu à une invitation de moi, qu'il traitait en
ennemi ? Si j'avais eu l'idée ridicule de le prier de
monter, il m'aurait répondu en me priant de descendre.

— Parbleu ! s'écria Courtaumer.

— Continuez, dit le commissaire au valet de
chambre, qui n'avait pas sourcillé à la réponse de
Doutrelaise.

— Monsieur le baron est revenu au bout de
vingt minutes. Il était très ému, très agité. Il m'a
dit : Je viens d'être insulté et je me bats ce soir à
Neuilly. Je vais sortir, parce qu'il faut que je
trouve un témoin. Je ne veux pas me rencontrer
seul avec M. Doutrelaise. Il me l'a proposé, mais
je n'ai pas confiance dans sa loyauté, et je crains
qu'il ne me tende un piège.

— C'est lui qui t'en aurait tendu un, mon cher Albert, si tu avais été assez naïf pour accepter le joli rendez-vous qu'il te donnait, grommela Courtaumer.

— Alors, reprit Ali, M. le baron a écrit une lettre et puis il s'est habillé... tout en noir... avec un chapeau rond... il m'a recommandé de prendre ses épées de combat, de les mettre dans une boîte faite exprès, et de les porter dans un fiacre qu'il m'avait envoyé chercher. Avant de partir, il m'a remis la lettre en m'ordonnant de la porter au Palais de justice à neuf heures précises... s'il n'était pas rentré.

— Et vous ne l'avez pas revu ?

— Hélas ! non, monsieur... et... bien sûr, il est mort. Car depuis que je suis à son service, monsieur le baron n'a pas découché une seule fois.

— Il se promenait toute la nuit... il était partout excepté dans son lit... tu n'appelles pas ça découcher, toi, mauricaud ? s'écria Courtaumer.

— Vous, je ne vous parle pas, répondit Ali sans se déferrer.

— Comment se fait-il que vous n'ayez pas accompagné votre maître à Neuilly, lui demanda sérieusement le commissaire. Vous lui étiez très attaché à ce que je vois et vous saviez qu'il allait courir un danger.

— Je l'ai prié et supplié de me laisser aller avec

lui. Il m'a défendu de le suivre. Je ne pouvais pas faire autrement que d'obéir. Et puis, je savais qu'il n'avait confiance qu'en moi pour remettre la lettre. J'ai fait mon devoir.

— Votre devoir était d'avertir le commissaire de votre quartier. Mais vous pouvez du moins me dire le nom de la personne qui a servi de témoin à M. Matapan.

— Malheureusement, je ne le sais pas. M. le baron n'avait pas l'habitude de me raconter ses affaires.

— Soit ! Mais vous connaissiez ses amis.

— Non, monsieur, car ils ne venaient pas ici.

— Oh ! il en venait au moins un, riposta Courtaumer. J'ai rencontré en bas, causant avec le portier, il n'y a pas quatre jours, une espèce de pirate en retraite que j'ai sauvé jadis de la corde, et qui se vantait d'être l'intime du soi-disant baron Matapan.

— Je n'ai jamais vu cet homme-là. Mon maître ne recevait pas. Quand il se présentait des gens pour lui parler, j'avais l'ordre de répondre qu'il était sorti.

Courtaumer allait se récrier, mais avant qu'il eût lancé un démenti au valet de chambre, un des agents qui veillaient à la porte de l'appartement entra et vint dire à voix basse quelques mots au commissaire.

— Messieurs, dit le commissaire après avoir renvoyé l'agent, mon collègue qui revient de Neuilly est là. Je vais savoir le résultat de la perquisition qu'il a faite dans la villa de M. Matapan. Veuillez m'attendre ici. Ce ne sera pas long. Et quand je vous aurai adressé quelques questions, l'enquête sera close... pour cette nuit. Je compte que, pendant mon absence, il ne s'élèvera ici aucune altercation, ajouta-t-il en regardant le valet de chambre.

Après avoir formulé cet avertissement, qui n'était peut être pas inutile, cet honnête magistrat passa dans la pièce voisine, et les deux amis restèrent en tête-à-tête avec Ali, qui affecta de leur tourner le dos en regagnant la place qu'il avait choisie près de la porte du corridor.

Ils ne tenaient pas, du reste, à engager un colloque avec ce métis, et, d'un commun accord, ils se retirèrent dans l'embrasure de la fenêtre.

— Pourrais-tu m'expliquer, demanda Doutrelaise à son ami, où veut en venir ce misérable Matapan, avec le pitoyable *scenario* qu'il a imaginé ?

— A te susciter une méchante affaire, parbleu ! répondit Jacques.

— Il est impossible qu'elle ait des suites. Personne ne croira que je l'ai assassiné.

— Les juges, non. Mais le public, c'est autre

13.

chose. Une calomnie n'est jamais perdue. On dira tout bas ce qu'il a dû dire tout haut : que tu lui en voulais parce qu'il t'avait surpris caché dans l'appartement de M. de la Calprenède et que tu l'as tué pour l'empêcher de parler.

— Mais c'est absurde !

— Absurde tant que tu voudras. Le monde n'admet jamais comme vraies que les choses invraisemblables.

— Enfin, quel est son but final, à ce misérable ?

— D'abord, il n'est pas fâché de te causer du désagrément. Et il y a déjà réussi. Nous sommes tombés heureusement sur un brave homme de commissaire, qui ne se laissera pas prendre aux apparences et qui remettra les choses à leur place. Mais c'est déjà bien ennuyeux que le parquet ait cru aux stupides allégations de Matapan. L'enquête est ouverte, la police marche. Dieu sait ce qu'aura produit la perquisition à Neuilly et, dans tous les cas, la maison est pleine d'agents de la sûreté. Il y en avait deux dans la loge du portier quand je suis arrivé. Marchefroid jubile, Marchefroid triomphe et demain toute la tribu des Bourleroy prendra part à sa joie. Tu auras tout le monde contre toi, même M. de la Calprenède, qui sera furieux de ce scandale.

— Même son fils, dit tristement Doutrelaise.

Julien est très monté contre moi, et il sortira de prison demain.

— Je le chapitrerai, et puis... Mademoiselle Arlette te reste. Tu me demandes à quoi tendent les méchantes inventions de Matapan. A t'empêcher d'épouser mademoiselle de la Calprenède, mon cher. On la lui a refusée. Il ne veut pas qu'elle soit à un autre. Et il n'a joué cette comédie que pour te perdre dans l'esprit du père... et même dans l'esprit de la fille.

— C'est probable... et je crains bien qu'il n'y soit parvenu. Mais, pour que cette comédie pût être prise au sérieux, il faudrait que Matapan ne reparût pas.

— Eh bien, je ne serais pas étonné que ce vieil écumeur de mers n'eût en effet le projet de disparaître pour toujours. Il a retrouvé un coquin qui a dû pirater avec lui autrefois, et ils ont peut-être comploté ensemble de reprendre leur ancien métier.

— Tu n'y penses pas ! Matapan est propriétaire de cette maison.

— Rien ne l'empêche de la faire administrer par un gérant, et d'en toucher les revenus, quand même il serait en Chine.

— Et les trésors qu'il y a cachés ! crois-tu donc qu'il est homme à les abandonner ?

— La question est de savoir si, depuis trois

jours, il ne les a pas enlevés. M. de la Calprenède m'a dit hier qu'il lui avait fait remettre, dès le lendemain de la promenade nocturne, les objets précieux qui avaient été transportés dans le mur du cabinet de Julien. J'ai su par mon frère que ce somnambule scélérat était venu réclamer au greffe le fameux collier d'opales, et qu'on le lui avait restitué.

— Et moi, je lui ai renvoyé immédiatement le morceau qui m'était resté dans la main.

— Eh bien! mon cher, cet empressement à rentrer dans ses valeurs sent le départ prochain. Le corsaire *Le Matapan* se prépare à lever l'ancre et complète, en toute hâte, ses approvisionnements.

Je parierais ma tête qu'il n'y a plus rien derrière cette boiserie, conclut Jacques en frappant du poing contre la muraille de l'embrasure de la fenêtre, à la place qui correspondait à la cachette découverte dans l'appartement du comte.

C'est une idée que j'ai, une idée très arrêtée, et tout à l'heure j'en toucherai deux mots au commissaire.

Courtaumer avait à peine achevé que ce magistrat rentra, toujours grave et même un peu plus froid qu'avant de s'être abouché avec son collègue.

— On n'a rien trouvé, n'est-ce pas? demanda sans cérémonie l'ex-lieutenant de vaisseau.

— Vous vous trompez, monsieur, répondit froidement le commissaire, on a trouvé la preuve du passage de M. Matapan par sa villa de Neuilly : tout le rez-de-chaussée était encore éclairé. Les épées ont été jetées sur le parquet de la salle à manger, qui est taché de sang.

— Je le savais bien ! mon pauvre maître est mort ! gémit Ali en gesticulant pour mieux exprimer son désespoir.

— Allons donc ! il aura saigné du nez tout au plus. Je suis bien sûr qu'on n'a pas ramassé de cadavre sur le terrain de ce prétendu combat.

— Non, dit le commissaire. On a remarqué seulement, dans le jardin des traces de pas qui aboutissent à une petite porte donnant sur le chemin de halage. La maison est tout près de la rivière.

— Bon ! s'écria Courtaumer en éclatant de rire, je vois ce que c'est. Mon ami Doutrelaise, après avoir perforé l'infortuné Matapan, a chargé le corps sur ses épaules et est allé le jeter dans la Seine. Doutrelaise est très fort... et très adroit, car, voyez !.., il est en grande tenue de soirée, habit noir et cravate blanche, et, après tant d'exploits, il a encore l'air de sortir d'une boîte : pas un pli à ses vêtements, pas une tache de boue à ses bottines vernies.

A cette sortie, le commissaire eut quelque peine à tenir son sérieux. Il y opposa pourtant un visage impassible, et Jacques devina tout de suite

que cet excellent homme se croyait obligé d'avoi
l'air de prendre en considération les ordres venu
du parquet, quoique sa conviction fût faite.

— Messieurs, dit-il, j'ai prié mon collègue d
rédiger son rapport sur la perquisition et de m
laisser compléter l'enquête. Je la compléterai de
main, et je n'ai plus rien à faire ici. Veuillez m
suivre.

— Ne pensez-vous pas, monsieur, lui demand
Courtaumer, qu'il serait bon de savoir ce que l
baron a fait des trésors qu'il cachait dans c
mur? Son fidèle serviteur pourrait vous rensei
gner.

— Si vous voulez parler du placard où M. l
baron serrait quelquefois des objets précieux
s'écria le doux Ali, qui répondait avant d'être in
terrogé, je puis montrer à M. le commissaire qu
le placard est vide. Depuis trois jours M. le baro
ne se croyait plus en sûreté ici. Il a déposé toute
ses valeurs à la Banque.

— Ou ailleurs, grommela Jacques.

— C'est bien, dit le commissaire en s'adressan
au valet de chambre; demain vous serez interrogé
Vous voudrez bien ne pas vous absenter de cett
maison jusqu'à ce qu'on vous appelle.

Venez, messieurs, ajouta-t-il en passant dan
la première pièce.

Ali n'osa ni répliquer, ni bouger, et dès que l

commissaire, après avoir fermé la porte, se trouva
seul avec les deux amis, il reprit :

— Je ne doute pas que tout cela ne soit le résultat d'un plan combiné par M. Matapan pour
nuire à M. Doutrelaise. La trame en est grossière
et elle sera bientôt percée à jour. Mais j'ai le devoir d'examiner les faits et, jusqu'à ce que le mystère soit tout à fait éclairci, je vous recommande
la prudence. Abstenez-vous de toute démarche
relative à cette affaire et ne répondez pas si on
vous interroge. Attendez que j'aie vu mes chefs et
que je leur aie communiqué certains renseignements qui m'ont été adressés sur M. Matapan. Je
crois comme vous qu'il n'est pas mort et qu'il re-
paraîtra, ne fût-ce que pour emporter ses trésors.
C'est alors seulement que tout s'expliquera, et
j'y ferai mon possible.

— La cause de Doutrelaise est en bonnes mains,
puisque vous voulez bien vous en charger, s'écria
Courtaumer. Et maintenant, n'est-ce pas, vous
n'avez plus besoin de nous ?

— Non, messieurs, je vais me retirer et ren-
voyer mes agents. Je ne vous retiens plus.

— Nous ne partirons pas sans vous avoir serré
la main.

Le commissaire leur tendit les deux, et l'étreinte
fut cordiale de part et d'autre.

Quand Doutrelaise se retrouva sur l'escalier

avec son ami, Courtaumer lui dit joyeusement :

— Montons chez toi. J'ai à te parler. Tout va bien.

— Tout va mal, au contraire, murmura Doutrelaise ; après ce qui vient de se passer ici, je n'ai plus rien à espérer. Matapan a fait de moi un mari impossible.

— Bah ! dit Courtaumer, tout chemin mène à Rome, et les abominables ruses de Matapan aboutiront peut-être à te faire épouser mademoiselle de la Calprenède. Ce sera bien contre le gré de ce coquin, et tu ne lui devras assurément aucune reconnaissance. Tout sera donc pour le mieux.

— Je crains fort que tu ne t'abuses, murmura Doutrelaise. Le scandale a été complet. Regarde. L'escalier est encore éclairé, et j'entends d'ici la voix de Marchefroid qui pérore dans le vestibule. Évidemment, ce drôle attend que je passe devant sa loge entre deux agents de la sûreté. Et je ne serais pas surpris qu'il eût averti tous les gens de la maison en les invitant à s'offrir cet agréable spectacle. Quand on a arrêté Julien, on l'a du moins arrêté sans éclat. Je suis plus mal traité que lui.

— Avec cette différence pourtant que Julien est allé coucher en prison ; à telles enseignes qu'il y est encore et que tu rentres tranquillement chez toi, où tu vas me donner l'hospitalité de nuit.

— Oh! très volontiers. Seulement je n'ai qu'un canapé à t'offrir.

— J'y serai toujours mieux que dans la cabine où j'ai couché pendant trois ans à bord de la *Junon*. Et je suis très décidé à ne pas défiler ce soir sous les yeux malveillants du portier et des estafiers qui lui font compagnie. J'ai la tête montée ; s'il lâchait un mot qui sonnât mal à mes oreilles, je serais capable de lui sauter à la gorge, et je me ferais mettre au poste. Ça me serait bien égal ; mais quoique, Dieu merci ! Adrien ne soit plus magistrat, je lui dois des égards, et il serait médiocrement flatté d'apprendre que son frère a été coffré pour rixe et tapage nocturne.

— Tu as raison. Seulement, la question est de savoir si tu seras plus calme demain matin.

— Oui, oui ; la nuit porte conseil. Montons chez toi.

Doutrelaise ne demandait pas mieux que d'héberger son ami. Doutrelaise était dans une de ces situations d'esprit où on éprouve le besoin impérieux de confier ses chagrins à un camarade, de recevoir ses consolations et d'écouter ses avis.

Ils s'acheminèrent donc côte à côte vers le quatrième.

Pour exécuter cette ascension, il leur fallait passer devant la porte de M. de la Calprenède et devant celle de M. Bourleroy.

II.   14

La première était close. Le comte et sa fille devaient être rentrés, et Doutrelaise pensa douloureusement qu'ils avaient dû passer sous le feu des ricanements et peut-être des quolibets du concierge.

Mais au troisième tout le monde était sur pied. Par l'entre-bâillement de la porte on entendait des piétinements et des voix. L'aigre fausset de mademoiselle Herminie alternait avec l'organe nasillard de son respectable père. Et on pouvait conjecturer, sans craindre de se tromper, que Marchefroid les avait mis au courant. A n'en pas douter, toute la famille savait que la police était dans la maison et se réjouissait de penser qu'un voisin qu'ils n'aimaient guère allait avoir maille à partir avec elle.

Courtaumer aperçut en passant le nez prud'hommesque du père qui pointait entre les deux battants de l'huis entr'ouvert.

— Rentrez donc, vieux roquentin, dit entre haut et bas l'ex-lieutenant de vaisseau Si votre femme vous voyait dans cette posture, elle croirait que vous guettez votre adorée, la grosse Lélia, la fille à Marchefroid.

Bourleroy, pris en flagrant délit d'espionnage, retira prestement son nez et ferma la porte sans bruit.

— L'as-tu vu disparaître? demanda Jacques à

Doutrelaise en arrivant sur le palier du quatrième. L'autre nuit, nous avons fait coup double en démasquant le somnambulisme de Matapan et en surprenant les escapades de ce bourgeois vicieux. M'est avis que maintenant nous n'avons plus à craindre les propos des Bourleroy. S'ils s'avisaient de gloser sur mes amis, j'ai de quoi leur fermer le bec.

Doutrelaise n'était pas d'humeur à plaisanter. Il ne répondit pas et il mena son camarade dans le fumoir, où il y avait bon feu, comme toujours, et tout ce qu'il faut pour passer agréablement une soirée de garçons.

— On dort chez M. de la Calprenède, dit Jacques en s'approchant de la fenêtre. Non... il y a encore de la lumière dans la chambre du fond, mais si peu... si peu... une veilleuse probablement... l'éclairage d'une jeune fille qui a du chagrin et que le sommeil fuit.

Eh bien ! mon cher, dans deux ou trois mois, tout l'appartement sera illuminé ; on soupera et on dansera sur les parquets de Matapan, pour célébrer tes noces avec la plus charmante personne que je connaisse.

— Tu es fou ! s'écria Doutrelaise.

— Pas fou du tout. Écoute-moi. Tu te figures que tout est perdu, que le père est buté contre toi, que le fils va se liguer avec le père, et que

cette coalition de famille l'emportera sur le sentiment qui remplit le cœur de mademoiselle Arlette.
Tu oublies, mon cher, que tu as en ma personne
un allié.

— Je le sais, mais que peux-tu contre mes ennemis ?

— Je peux beaucoup, car je suis dans leur
camp... depuis deux ou trois heures.

— Explique-toi clairement, si tu veux que je
comprenne.

— Voici, cher ami. Tu m'as vu chez ma tante
en conversation suivie avec le comte, et tu crois
peut-être que j'ai perdu mon temps. Point. Il n'a
pas été question de toi, mais ce brave gentilhomme
m'a proposé un traité, que je signerai demain.

— Un traité ?

— Mon Dieu, oui. Il s'agit tout simplement de
repêcher une douzaine de millions qui lui appartiennent, attendu qu'il les a achetés, mais qui, pour
le moment, dorment sous quelques brasses d'eau.
Je n'essayerai pas de te démontrer que moi seul
suis en mesure d'exécuter ce travail aussi difficile
que lucratif. Sache seulement que je suis décidé à
l'entreprendre, et que, si je le mène à bonne fin,
j'aurai le droit de poser des conditions à M. de la
Calprenède. Il m'en coûtera quelque peine et pas
mal d'argent, car c'est moi qui commanderai l'expédition et qui ferai les avances. Mais je ne regret-

terai ni mes soins, ni mes fonds, si je réussis, attendu que c'est toi qui toucheras le prix de la vic-
toire.

— Tu deviens de plus en plus obscur et je devine de moins en moins.

— Il est tout à fait inutile que tu devines. Con-
tente-toi de répondre aux questions que je vais te
poser.

D'abord, que comptes-tu faire, étant donnée la
nouvelle situation que les calomnies de l'aimable
Matapan viennent de te créer ?

— Attendre qu'il reparaisse, et dès qu'il se
montrera, le traiter selon ses mérites. Il a parlé
d'un duel; il l'aura.

— Je te servirai volontiers de témoin contre ce
chenapan; mais ce n'est pas de cela qu'il s'agit. Je
te demande quelle ligne de conduite tu vas suivre avec les la Calprenède.

— Je ne puis que me tenir à l'écart, et je suppose qu'ils ne viendront pas me chercher.

— C'est probable, et je doute que ma tante se
prête à recommencer la tentative de conciliation
de ce soir. Dieu sait ce qu'on va lui raconter sur
ton compte ! Quant à mademoiselle Arlette, elle
ne se laissera certainement pas influencer par de
mauvais propos. Elle a du caractère et de la con-
stance. Elle l'a bien prouvé, puisque son attachement
pour toi a résisté aux efforts contraires de tous

ceux qui l'entourent. Tu n'as donc rien à craindre de ce côté-là.

— Qu'en sais-tu ? Et où veux-tu en venir ?

— A te demander si tu trouves en ce moment le séjour de Paris très agréable ?

— Oh ! non. Ma vie n'était déjà pas gaie. Elle va devenir intolérable.

— D'autant que tu dois t'attendre à être un peu tracassé par cet excellent commissaire. Tu seras encore interrogé. On fouillera ton passé pour savoir si tu n'as pas quelque affaire de jeunesse sur le dos. Je ne serais même pas surpris qu'on te fît un peu surveiller dans les premiers temps. Les agents te *fileront*.

— Tout cela est possible, et je m'enfuirais à mille lieues pour éviter ces désagréments.

— Il est inutile d'aller si loin ; tu n'as qu'à venir avec moi.

— Où ?

— A bord d'un joli bateau que je vais louer — je sais où il y en a un qui me convient — un bateau dont je prendrai le commandement et qui nous promènera sur la côte de Bretagne.

— Ce serait charmant, mais...

— Mais, quoi ? Tu n'as pas le mal de mer... Nous avons fait ensemble deux fois la traversée d'Alger, et ta place n'est jamais restée vide à la table des officiers. Je me flatte qu'avec moi tu es à peu près sûr de ne pas t'ennuyer. Je te raconterai des histoires et je t'apprendrai la manœuvre ; dans trois semaines tu sauras tenir la barre et prendre un ris.

Est-ce convenu ? Non ? Qui te retient ? Bon ! je vois ce que c'est : tu as peur que mademoiselle de la Calprenède ne te sache mauvais gré de ce brusque départ. Et le fait est que tu ne pourras guère aller lui faire tes adieux. Mais je me charge de lui dire tout ce que tu lui dirais, si son père consentait à te recevoir, et quand elle connaîtra le but de ce voyage, elle t'approuvera de l'entreprendre, je t'en réponds.

— Je n'espère plus rien, dit tristement Doutrelaise, et je ne compte plus que sur ton amitié. Paris m'est odieux ; la vie m'est à charge. J'irai où tu iras.

— A la bonne heure ! s'écria Courtaumer. Demain, je verrai ce cher comte, et je saurai définitivement si le projet dont je viens de te toucher deux mots est exécutable. Je commence à l'espérer. Je n'y croyais guère, mais la foi m'est venue, à la réflexion. Ne me demande pas de détails d'ici à demain soir. Nous dînerons ensemble et nous prendrons une décision.

En attendant, donne-moi un de tes Partagas et du rhum pour me faire un grog... de celui que je t'ai rapporté de la Jamaïque, s'il en reste.

VI

— Marche-t-il ? hein ! marche-t-il, ce petit ba-
teau-là ? disait Jacques de Courtaumer à Albert
Doutrelaise, par une jolie journée de janvier, si
tant est qu'une journée de janvier puisse être jolie
sur la côte de Bretagne.

— Il marche si bien que nous dansons comme
des chèvres qui auraient bu du café, murmura
Doutrelaise en s'accrochant des deux mains aux
barres de la passerelle où Jacques l'avait à peu
près forcé à grimper avec lui.

— Bah ! tu n'es pas malade ; c'est tout ce qu'il
faut. Et au train dont nous filons, nous serons arrivés dans une heure. Tu pourras descendre à
terre, si tu éprouves le besoin de reprendre pied
sur le plancher des vaches. Je t'y conduirai, mais

je coucherai à bord, car je veux surveiller cette nuit la première exploration.

— J'ai bien peur que demain notre voyage ne soit terminé.

— Bon ! je sais que tu ne crois pas aux tonnes d'or. Moi, j'y crois. Mais quand je me tromperais, tu n'en aurais pas moins fait une charmante excursion.

— Tu trouves ? moi je ne suis pas de ton avis. Voilà trois semaines que nous sommes partis, un vilain soir, par l'express, et que je m'ennuie à Brest dans une auberge de la rue de Siam. Mon unique distraction consistait à me promener sur le cours d'Ajot et à admirer la rade en fumant d'innombrables cigares.

— Et en pensant à mademoiselle de la Calprenède. Parions que tu croyais reconnaître son profil dans tous les nuages qui passaient... et Dieu sait s'il en passe dans ce pays-ci !

— Tu ris de tout, toi. Mais je n'ai pas sujet de rire.

— Tu n'as pas non plus sujet de pleurer. Veux-tu me dire ce que tu ferais si tu étais à Paris ? M. de la Calprenède est animé à ton endroit de sentiments qui n'ont rien de bienveillant. Son toqué de fils n'est pas beaucoup mieux disposé. Le jour où il est sorti de prison, j'ai eu toutes les peines du monde à l'empêcher d'aller te chercher noise, et

14.

il a radicalement refusé de te voir. Heureusement qu'il va s'engager bientôt. Il te reste mademoiselle Arlette et, si tu n'avais pas quitté ton appartement du quatrième, tu aurais tous les soirs l'avantage de contempler la fenêtre de sa chambre, plus ou moins éclairée. Maigre régal, après tout. Tandis qu'ici tu travailles à ton mariage.

— Voilà bien la centième fois que tu me répètes la même chose. Et quand je te prie de t'expliquer plus clairement, tu me réponds des calembredaines. Aussi je ne me berce pas de folles espérances. Je t'ai suivi parce que je n'avais rien de mieux à faire, et parce que je sentais que ma cause était perdue.

— Pas si perdue que ça, cher ami. Si mademoiselle de la Calprenède t'entendait, elle dirait que tu es un homme de peu de foi, et elle aurait raison. As-tu donc oublié certaine entrevue qu'elle a bien voulu t'accorder, la veille de ton départ, sur la petite place qui précède l'église Saint-Augustin, non loin d'un bassin rond qui est toujours à sec ? Il me semble que là on t'a encouragé à m'accompagner, en te jurant de ne jamais changer.

— Tout change, mon ami ! dit tristement Albert.

— C'est la volonté du père qui changera, quand nous aurons réussi.

— Tu dis : nous, comme si je pouvais être bon à quelque chose dans cette entreprise folle.

— Ne t'inquiète de rien. Je t'utiliserai.

— Encore si je savais à quoi tu veux m'employer !

— Tu le sauras bientôt. Remarque d'abord que jusqu'à présent tout a été à souhait. Nous sommes arrivés à Brest un peu à l'aventure. On m'avait dit que j'y trouverais un vapeur à louer, mais je n'en étais pas certain. Du premier coup, je tombe sur un yacht qu'un Russe a laissé en gage ici l'année dernière et qui fait admirablement mon affaire. Il est aménagé pour un voyage de lune de miel, il tient la mer par les plus gros temps, il file comme un goéland, et il cale si peu d'eau qu'il peut passer partout. On me le loue très bon marché et, quand il me plaira de l'acheter, je l'aurai pour un morceau de pain.

Et dire que nous devons cette aubaine à une demoiselle à chignon jaune qui a ruiné à blanc le Moscovite en question ! Elle ne se doute guère, à cette heure, qu'elle va contribuer au bonheur d'un brave garçon et d'une honnête jeune fille.

— Jacques, tu m'agaces, avec tes discours pleins de promesses.

— Des promesses qui seront tenues, j'en suis sûr maintenant. J'ai pris mes renseignements depuis que je suis dans le pays. Et je sais, à n'en pas douter, qu'un grand navire a sombré pas loin d'ici, il y a deux ans, du 10 au 15 janvier 1879. Le

matelot américain n'a pas menti. M. de la Calprenède vient de notifier à la Compagnie anglaise
qu'il allait commencer les travaux, et la susdite
Compagnie ne peut pas s'y opposer, puisqu'elle lui
a vendu l'épave. De mon côté, je me suis mis en
règle avec les autorités françaises. Nous avons le
champ libre.

Et j'ai engagé à Brest les quatre meilleurs scaphandriers de l'arsenal. J'ai même pris des leçons
d'eux, et je manœuvre maintenant avec vingt
brasses d'eau sur la tête, comme si je me promenais sur le boulevard des Italiens. C'est très-
simple, et il ne tient qu'à toi d'en faire autant
quand tu voudras. Je te montrerai comment on
s'y prend. Que te faut-il de plus ? tu vas m'aider
à redorer le blason des la Calprenède qui en a
grand besoin. Et tu crois qu'on ne t'en tiendra pas
compte ! Le comte voulait venir et opérer lui-
même. C'est moi qui l'en ai empêché. J'ai pensé à
tout. Je veux qu'il soit ton obligé.

— Il ne sait même pas que je suis avec toi !

— Non, parbleu ! J'ai ménagé mes effets, afin
que tu bénéficies de la surprise agréable que lui
procurera la nouvelle d'un succès auquel tu auras
largement contribué. On croit que tu es allé dans
le Midi pour ta santé. C'est ce que je voulais. Ma
tante et le brave commissaire sont seuls dans la
confidence, et ils font des vœux pour toi. On cher-

che toujours Matapan pour la forme ; mais personne ne t'accuse plus de l'avoir tué, et tout le monde pense qu'il a filé aux grandes Indes en emportant son magot. Ali fait encore semblant de l'attendre, et je soupçonne qu'il ira le rejoindre un de ces jours. On le surveille.

A propos, t'ai-je dit que ma chère tante a découvert que le fameux collier d'opales a appartenu jadis à un rajah que ce Matapan a massacré dans le canal de Singapour ? Il a été pirate, cet excellent baron.

— Je n'en ai jamais douté.

— Ni moi non plus, et j'espère que nous ne le reverrons de notre vie. Il sera allé s'établir dans des contrées lointaines, à moins qu'il n'ait repris son ancien métier, auquel cas nous pouvons espérer qu'il sera pendu un jour ou l'autre. Quoi qu'il en soit, nous apprendrons bientôt que sa maison est en vente.

Hé ! timonnier, cria tout à coup Jacques au matelot qui tenait la roue du gouvernail, mollis un peu la barre. La mer est dure et le navire fatigue beaucoup.

La mer était dure en effet, et une brise très ronde qui venait de l'Ouest prenait le bateau par le travers.

Le ciel était gris, la terre se voilait de brume, et de tous côtés d'innombrables rochers montraient leurs pointes noires au-dessus de l'écume des vagues.

C'était bien l'Atlantique, immense et sombre, et la côte de la vieille Armorique, défendue par une triple ceinture d'écueils.

— Enfin, s'écria Doutrelaise, où sommes-nous et où allons-nous ? Tu as jugé à propos de garder jusqu'au bout ton secret que, du reste, je ne te demandais pas ; mais il est temps, ce me semble, de me dire le nom du rocher où tu veux t'établir pour pêcher des millions.

— Parfaitement, cher ami. Prête-moi une oreille attentive. Je vais te faire un cours abrégé de géographie bretonne.

Tu as vu que nous venons de sortir du goulet qui sert de vestibule à la rade de Brest, et tu as remarqué, je suppose, que nous avons tourné à droite. Je m'exprime comme un commissionnaire parisien qui renseigne un passant.

— Oh ! tu peux te servir des termes techniques. J'ai lu autrefois des romans maritimes, et je comprendrai. D'ailleurs, je connais un peu la côte, et je sais que nous avons doublé la pointe Saint-Mathieu.

— En laissant à bâbord les *Pierres Noires*, Beniguet, Molène, Ouessant, et un tas d'autres cailloux des plus dangereux. Ce qu'il s'est perdu de navires là-dessus, tu ne peux pas t'en faire une idée. Un de mes meilleurs camarades y est resté. Il était sur la *Gorgone*, qui s'est brisée sur les Pierres Noires. Pas un homme n'a échappé, et on n'a jamais su au juste où la corvette avait sombré. Étonne-toi donc après ça qu'un américain chargé d'or ait disparu.

— Pas ici, puisque nous marchons toujours.

— Plus au nord, cher ami, mais pas très loin. Le chenal que nous avons suivi s'appelle le Four, et les bâtiments de guerre ne s'y aventurent que par des temps très sûrs. Nous avons doublé, après Saint-Mathieu, la pointe de Kermorvan et la pointe de Corsen. Nous avons passé Porspoder, un joli port de mer où les langoustes coûtent dix sous, l'île d'Yock et quelques autres rochers qui ont des noms à faire aboyer les chiens.

— J'en vois encore devant nous.

— Le plus gros, c'est l'île Verte... un autre qui a un petit air traître, c'est Bosseven... le chenal qui les sépare de la côte a nom le chenal du Relec... et sur la côte à tribord s'ouvre l'anse de Porsall.

— Tes énumérations ne m'apprennent pas grand'chose.

— Avant huit jours, tu connaîtras toutes ces vilaines pierres comme tu connais le boulevard Haussmann, car c'est dans leur voisinage que nous allons nous établir.

— Quel séjour enchanteur ! et que nous serons bien là pour philosopher ! Tu pêcheras des tonnes d'or; moi je pêcherai des crabes.

— Ne plaisante pas, cette existence aurait des charmes; mais nous ne sommes pas venus pour notre agrément, et il s'agit de réussir le plus promptement possible. Voici comment je compte opérer.

D'ici à une demi-heure, nous serons arrivés à destination. Il se fera temps, car le jour baisse, et je ne me soucierais pas de naviguer la nuit dans ces parages hérissés d'écueils. Nous allons jeter l'ancre entre l'île Verte, que je viens de te montrer, et l'île de Greem, cette terre plus plate que j'aperçois, un peu à gauche de l'île Verte. Il y a là un bon mouillage, où notre bateau pourra tenir, même par un gros temps. Bien entendu, nous resterons à bord.

— Et où se trouve le navire coulé?

— D'après les renseignements qui ont été fournis à M. de la Calprenède par l'Américain naufragé, le bâtiment a dû se briser sur une des pierres qui montrent leurs têtes noires en avant de nous, sur bâbord. Je soupçonne que ce fut sur celle qu'on appelle *Bosseven aval*, pour la distinguer d'une autre Bosseven qui se trouve un peu plus loin.

Bosseven doit vouloir dire quelque chose en breton, mais j'ai négligé d'apprendre cette langue.

Je suppose d'ailleurs qu'il t'importe peu de connaître le sens du mot, pourvu que les millions ne manquent pas à l'appel.

— En vérité, je t'admire. Tu en parles comme si tu les avais vus. Mais pourquoi ne mouillerions-nous pas près de ce rocher même, près de ce Bosseven, puisque Bosseven il y a ?

— Parce que ce serait dangereux. Nous ne serions abrités d'aucun côté, et en cette saison il faut se défier des vents de l'ouest, depuis le Noroît jusqu'au Suroît. Tandis qu'entre les deux îlots nous serons aussi en sûreté que l'est ma tante quand elle s'embosse dans une des encoignures de son fameux paravent chinois. Sans compter que sur Greem il y a des lapins que nous nous amuserons à tirer le matin avant d'aller au travail. Tu pourras même les tirer toute la journée, si tu ne tiens pas à voir opérer nos scaphandriers.

— Enfin, ce qui me paraît clair, c'est que tu ne sais même pas au juste où est l'épave.

— Demain, à pareille heure, je le saurai, cher ami. Dès le lever de l'aurore, je partirai avec la chaloupe, et mes plongeurs exploreront le fond de la mer autour de toutes ces bienheureuses pointes sur l'une desquelles s'est crevé, une belle nuit, le navire dont le chargement va enrichir une adorable jeune personne de ta connaissance.

La vie est bizarre. Il paraît que ces douze millions appartenaient à un Californien, chercheur d'or, qui avait mis vingt ans à les ramasser, et qui ne se doutait guère qu'il travaillait pour un gentilhomme français très ruiné. Décidément, le hasard a quelquefois de l'esprit.

— Garde tes sentences pour le jour où tu auras réussi. Et rappelle-toi la fable de la Fontaine. Attends que tu aies tué l'ours avant de vendre sa peau.

— Tais-toi. Tu n'es qu'un pessimiste et un oiseau de mauvaise augure.

Je ne t'emmènerai pas à Bosseven. Tu ne ferais que me gêner et décourager mes hommes.

— Très bien ! Alors, à quoi passerai-je mon temps ?

— A penser à mademoiselle de la Calprenède. Est-ce que cela ne te suffit pas ? Tu serais un amoureux singulièrement bâti si tu ne te contentais pas d'espérer... en attendant mieux. Rien ne te distraira de tes rêveries, puisque tu ne verras que le ciel et l'eau.

— Tu te moques de moi. Ce n'est pas charitable.

— Crois-tu donc que je me permettrais de rire de tes inquiétudes, si je n'étais certain de les calmer avant peu ? Mais parlons sérieusement. Je n'aurai pas besoin de toi les premiers jours, et je ne veux pas que tu t'ennuies. Le canot te conduira

à terre dès le matin, et tu seras libre de ne rentrer
que le soir.

— A terre ! Et qu'y ferai-je, bon Dieu !

— Porsal est un vilain trou, mais le pays est
charmant. C'est le Léonais, la Bretagne breton-
nante. Tu pourras te rassasier de la vue des landes
couvertes de bruyères et d'ajoncs, des rivières
ombragées, des clochers à jour. Rien ne t'empê-
chera de pousser jusqu'à Saint-Pol-de-Léon, une
ville dont tu ne te fais pas la plus légère idée.
L'herbe y pousse dans les rues comme dans un pré,
et on y compte presque autant d'ossuaires que de
maisons.

— Voilà une description engageante. Si je ne
m'amuse pas dans cette heureuse contrée, c'est
que j'y mettrai de la mauvaise volonté.

— Tu n'es pas forcé de la parcourir. Sans t'é-
loigner de Porsal, qui sera notre port d'attache,
comme on dit dans la marine militaire, tu pourras
visiter les ruines du château de Trémazan, qui
dominent la baie... tiens ! on voit d'ici le donjon...
un échantillon très bien conservé de l'architecture
militaire du treizième siècle.

— Je n'ai pas plus de goût pour les ruines que
pour les ossuaires.

— C'est dommage. Je te croyais un peu archéo-
logue. Eh bien ! tu feras connaissance avec les
naturels du havre de Porsal... de braves gens et

de rudes marins. Il est bon d'ailleurs que l'un de nous prenne langue à terre, car on va s'occuper de nos travaux. Et nous avons tout intérêt à ne pas nous faire d'ennemis. Nous régalerons les habitants, chaque fois que l'occasion se présentera de leur offrir à boire, et nous leur promettrons de faire rebâtir à nos frais leur église, que les vents du large ont fort ébranlée. Je veux que toute la population souhaite le succès de notre sauvetage.

Mais nous voici par le travers de Bosseven, nous allons entrer dans le chenal, et, quoique notre timonnier sache bien son métier, je vais veiller à ce qu'il n'accroche pas en route. Ce serait trop bête d'être venus ici pour finir comme feu le propriétaire des tonnes d'or.

Reste sur la passerelle, si le cœur t'en dit. Le soleil va se coucher dans la mer. C'est un spectacle que tu ne pourrais pas t'offrir à Paris et qui vaut bien la peine d'être contemplé.

Courtaumer s'en alla au gouvernail, et Doutrelaise ne s'avisa point de l'y suivre. Il n'entendait rien à la manœuvre; mais, tout Parisien qu'il était, il sentait la poésie des grandes scènes de la nature et il était encore capable de les admirer.

Le tableau qu'il avait sous les yeux était étrange et grandiose. A sa droite, la falaise dentelée, déchiquetée, commençait à s'estomper de brume;

autour de lui, les vagues se brisaient sur d'innombrables écueils et retombaient en cascades d'é-
cume blanche ; à sa gauche, à perte de vue, la
mer, et encore la mer, immense, infinie ; et tout
à l'horizon, perçant à peine les nuages accumulés,
le soleil, un soleil sans rayons, s'éteignait lentement comme un globe de fer rouge qui s'assombrit
en se refroidissant.

Doutrelaise fut ému et se laissa aller un instant
au charme de cette contemplation mélancolique ;
puis, sa pensée s'envola de nouveau vers une maison du boulevard Haussmann où son cœur était
resté, et il fut obliger de s'avouer que les splen-
deurs sauvages de l'Atlantique le touchaient moins
qu'un seul regard d'Arlette et que la lueur discrète
de sa lampe valait tous les soleils du monde.

Courtaumer, pris d'une belle ardeur nautique,
avait relevé le timonnier, et prouvait qu'il aurait
pu en remontrer aux plus habiles pilotes de la
côte. Il conduisait le yacht à travers les rochers
avec autant d'aisance que s'il avait mené un phaé-
ton sur une route droite, et il enfila le chenal avec
une précision qui fut récompensée par les mur-
mures approbateurs d'un équipage composé de
marins d'élite, dont quelques-uns avaient servi
autrefois sous ses ordres.

Trois quarts d'heure après avoir doublé la pointe
sud de l'île Verte, le joli bateau, bien affourché

sur ses ancres et protégé par l'île de Greem contre
la houle du large, se balançait doucement à quelques encâblures d'une terre rocailleuse et dé-
serte.

Courtaumer n'était pas homme à dédaigner les
satisfactions matérielles, et il y avait largement
pourvu. Les vivres abondaient, et des vivres de
choix, sans parler des vins, qui étaient excellents.
Un ancien cuisinier des Transatlantiques, recruté
à Brest et engagé pour toute la durée de l'expédition, savait confectionner des repas exquis, et pour
son début, il se surpassa.

A dix heures et demie, les deux amis étaient
encore à table, et Doutrelaise avait fini par se dé-
rider aux saillies de l'intarissable Jacques, qui
complotait de le griser et qui n'y réussit point,
Albert n'étant pas de ces amoureux qui boivent
pour oublier leurs peines.

Vers onze heures, ils montèrent sur le pont, dans
la louable intention de fumer un cigare avant de
se coucher.

Les matelots, comblés de distributions extraordinaires et de rations supplémentaires d'eau-de-
vie, dormaient déjà, sauf deux hommes de quart,
Courtaumer ayant réglé le service comme sur un
navire en campagne.

La nuit était sombre et le ciel sans étoiles, mais
le vent tournait au nord-est.

— C'est du beau temps pour demain, dit joyeusement Jacques. Nous pourrons travailler tout à notre aise.

— Quel est donc ce feu que je vois là-bas? demanda Doutrelaise en montrant un point lumineux qui brillait dans les ténèbres. Il me semble que la terre n'est pas de ce côté-là.

— La terre? non, parbleu, dit Courtaumer. L'île Verte est tribord à nous et nous masque l'entrée de l'anse de Porsal. Ce feu-là brille à un demi-mille de notre arrière.

— Un bateau pêcheur, peut-être, murmura Doutrelaise.

— Non pas. D'abord, les pêcheurs qui sortent la nuit se dispensent de s'éclairer... ce n'est pas comme les fiacres dans les rues de Paris, et il n'y a personne ici pour les mettre à l'amende. Et puis, le feu est immobile. S'il était sur un bateau, il danserait.

— Je croyais cependant que, de ce côté, il n'y avait que des rochers isolés. Si je ne me trompe, c'est par là que nous avons passé pour entrer dans le chenal.

— Tu ne te trompes pas, cher ami, et je constate avec plaisir que tu as déjà le coup d'œil marin.

— Bon! mais je reviens à ma question. Qu'est-ce que c'est que cette lumière?

— Nous allons demander ça à un des hommes
de quart, qui connaît tous ces cailloux-là comme
sa poche.

Hé ? Ploarec ?

Le matelot, qui fumait sa pipe accoudé sur le
plat-bord, se retourna et vint à l'appel.

— Tu vois cette clarté ? lui demanda Courtaumer.

— Oui, mon commandant, répondit l'homme en
portant la main à son bonnet. C'est un falot.

— Sur quoi est-il ?

— Sur Bosseven aval, mon commandant.

— Bah ! vraiment ?

— Oui, mon commandant ; j'en suis sûr.

— Et que diable fait là celui qui le porte ?

— Il vient mouiller des casiers.

— Tiens ! c'est vrai. La place doit être bonne.
Je n'y pensais pas, et ça m'étonnait de voir une
lanterne en haut d'une roche nue comme la main.
Nous l'avons rangé de près, Bosseven... et l'homme
qui est là n'y avait pas encore amarré sa barque
quand nous sommes passés.

— Il aura attendu la marée pour sortir.

— D'où vient-il ?

— De Porsal, mon commandant. Il va rentrer,
et il reviendra lever ses casiers demain.

— Bon ! il ne sera pas fâché de me vendre sa
pêche. Merci, Ploarec.

— J'ai écouté, mais je ne suis pas beaucoup mieux renseigné, dit Doutrelaise quand le matelot eut tourné les talons. Mouiller des casiers, qu'est-ce que c'est que ça?

— Ça veut dire placer au fond de l'eau des espèces de paniers d'osier où viennent se prendre les langoustes. Nous pourrons manger demain du homard à l'américaine.

— Ah! très bien! J'avais cru... Il m'était passé par la tête une autre idée. N'est-ce pas près de ce rocher que le navire chargé d'or a coulé?

— Parions que tu t'es figuré que la lanterne était tenue par un chercheur de millions qui venait nous couper l'or sous le pied!

— Est-ce donc impossible?

— C'est au moins improbable. On ne pêche pas des lingots d'or aussi facilement que des crustacés, et de plus, si quelqu'un s'avisait de toucher à une épave qui est la propriété de M. de la Calprenède, je mettrais promptement ordre à ses incursions illégitimes sur les domaines du comte.

Ainsi, ne te mets pas martel en tête, et allons nous coucher, afin d'être à la besogne de bon matin.

Doutrelaise n'éleva pas d'objection contre ce programme et n'insista point sur le soupçon qu'avait fait naître dans son esprit l'apparition d'un feu sur un écueil. Il ne demandait qu'à être

II   15

seul pour rêver à une absente, et d'ailleurs il
n'était pas fâché de se reposer sur un bon lit, car
le voyage l'avait fatigué. On a beau ne pas avoir
le mal de mer, ces navigations là éprouvent toujours un peu ceux qui n'en ont pas l'habitude.

Et il arriva qu'en dépit de ses préoccupations
amoureuses, il dormit fort bien jusqu'à l'aube.

Jacques vint le réveiller et lui annoncer que le
temps était à souhait pour commencer les travaux.
La chaloupe était prête, les appareils et les hommes
embarqués. On n'attendait plus pour partir que
l'ami du commandant.

Il fut convenu qu'on emmènerait le canot, et
que Doutrelaise, après avoir visité avec son ami le
roc de Bosseven, s'en irait passer la journée à terre.
qu'il déjeunerait des provisions embarquées comme
en-cas et qu'il reviendrait dîner à bord.

Avant dix heures, les embarcations accostaient
Bosseven, qui est un gros écueil, de forme à peu
près ronde, avec une surface très inégale, plat
d'un côté et s'élevant de l'autre en pointes irré-
gulières. Cet entassement de pierres déchirées et
rugueuses devait s'étendre sous l'eau vers l'ouest,
et c'était probablement sur cette digue invisible
que le navire américain avait touché. Mais elle
était fort étroite, et la mer était très profonde en
deçà et au delà.

La nature a disposé ainsi, pour la perdition des

marins, presque tous les récifs qui encombrent les abords de la côte bretonne. L'île d'Ouessant et l'île de Sein ont des chaussées, c'est-à-dire des prolongements dans la direction du large. Et quand on vient du nord ou du sud, il faut faire un grand détour pour enfiler le canal de l'Iroise, qui conduit au goulet de la rade de Brest.

Courtaumer, le premier, mit le pied sur ce rocher, et peu s'en fallut qu'il n'y plantât un pavillon tricolore, ainsi qu'il est d'usage lorsqu'on prend possession d'une île inconnue. Doutrelaise l'y suivit et les hommes se mirent en devoir de préparer les appareils d'exploitation sous-marine.

— Je serai très bien là pour travailler, dit Jacques. Cette roche porterait beaucoup plus de monde que n'en pourrait abriter la maison de l'illustre Matapan. Mes scaphandriers et mes matelots y tiendront à l'aise, et quand nous aurons extrait le dernier lingot, nous pourrons y donner un bal aux dames de Porsal, de Porspoder, de Lampaul, et même de Ploudalmezeau, qui est la capitale du pays, autrement dit le chef-lieu du canton. Ce serait une fête dont tout le département parlerait encore dans cinquante ans.

— Toujours la peau de l'ours ! murmura Doutrelaise.

— On tuera l'ours... ou plutôt on le pêchera.

Tiens ! vois-tu cette place où la mer a une belle teinte verte... sans aucun mélange de ces tons bruns ou rouges qui indiquent l'existence de rochers qu'on ne voit pas... eh bien ! c'est là qu'est l'épave, par vingt ou trente brasses de fond.

Je me figure le naufrage comme si je m'y étais trouvé. L'américain venant de Vera-Cruz faisait route au nord-est pour tâcher d'attraper le canal Saint-Georges... il allait à Liverpool. Une tempête de l'ouest l'a fait *dérouter* en sortant du golfe de Gascogne et l'a jeté vers la Manche. Il aura voulu *emmancher*, c'est-à-dire, y entrer, mais il n'avait pas de pilote, et il n'aura vu ni le feu d'Ouessant, ni ceux de la côte... ça arrive par les nuits de brume... et il aura couru droit sur les roches de Porsal... elles sont en nombre... il y en a assez pour mettre en miettes toutes les flottes de l'univers... si l'américain n'avait pas touché sur Bosseven, il aurait touché sur une autre pierre.

— Ou sur la côte... il en était tout près... je m'étonne même qu'on ait recueilli au large le matelot qui a donné son secret à M. de la Calprenède. Il aurait pu, ce me semble, gagner la terre à la nage.

— Est-ce assez Parisien ce que tu dis là ! Le malheureux n'avait pas le choix. Il s'était accroché par miracle à une cage à poules et il allait où le courant le poussait. On l'a ramassé, si j'ai bien compris le récit du comte, en dehors du chenal du Relec. Ah ! si une lame l'avait jeté sur Bosseven, au moment où le navire a coulé à pic, il y serait resté jusqu'à ce qu'on vînt le chercher de terre à la première *embellie*, et il est probable que tout le pays aurait connu l'histoire des millions naufragés. Donc, tout a été pour le mieux, même la mort de ce pauvre diable, qui aurait peut-être fini par bavarder.

— Tu as beau dire, je ne peux pas me figurer que le trésor, s'il existe, n'ait pas encore été découvert, et en voyant ce feu, hier soir...

— Tu as cru qu'un chercheur d'or nous avait devancés. Eh bien ! il ne tient qu'à toi de constater maintenant que Ploarec ne se trompait pas quand il t'a donné l'explication du phénomène. Vois-tu ces gros lièges plats qui flottent au bout d'une ficelle ? ils indiquent la place où sont les casiers de notre pêcheur de homards, et je suis sûr qu'il doit en prendre beaucoup, car l'épave doit fournir à ces bêtes voraces une ample nourriture. Elles mangent de tout, mais de préférence des noyés, mon cher.

— Merci du renseignement. Je ne l'oublierai pas quand on me servira une mayonnaise. Mais... d'où provient donc ce débris ? demanda tout à coup Doutrelaise, en se baissant pour ramasser une

15.

bouteille cassée qui gisait dans un creux du rocher.

— Tiens ! c'était du rhum, dit Courtaumer après avoir flairé le goulot. Eh bien ! mais, ils ne détestent pas cette liqueur-là, les pêcheurs de homards. C'est un gars de Porsal qui a séché la fiole et qui l'a jetée quand elle a été vide.

— Tu n'as donc pas lu l'étiquette ?

— Non. Voyons un peu... Tiens, ça vient de chez Cuvillier... le grand magasin de la rue de la Paix ! Les naturels de ce pays-ci ne se fournissent assurément pas là. Cette bouteille m'intrigue.

— Et moi elle m'inquiète, dit Doutrelaise.

— Bon ! encore tes craintes chimériques ! s'écria Courtaumer. Tu as trop d'imagination, cher ami.

— Mais enfin, dit Doutrelaise, cette bouteille n'est pas venue là toute seule, et comme elle a été achetée à Paris...

— Eh ! bien, c'est un Parisien qui l'a apportée.

— Sur Bosseven ? c'est invraisemblable.

— Je conviens que Bosseven n'est point un lieu de plaisance. Mais, pendant l'été, la côte voisine est fréquentée par les touristes, voire même par des baigneurs. De Paimpol à Lorient, il n'est pas un méchant village qui n'ait la prétention de s'ériger en *watering place*, comme disent les Anglais. Toutes les plages ont des amateurs. Pourquoi des gens de Paris ne feraient-ils pas une saison de bains de mer à Porsal ? J'ai bien connu une famille élégante qui abandonnait tous les ans son hôtel de l'avenue d'Eylau pour s'installer, du mois de juillet au mois de septembre, à Douarnenez, où tout sent la sardine, même l'eau qu'on boit.

— Tu as réponse à tout. Mais j'ai des doutes.

— Eh bien ! qui t'empêche de te renseigner ? Le canot va te conduire à Porsal. Cause avec les gens. Informe toi si on a vu des étrangers dans ces cantons. S'il en est venu, ils n'auront pas pu passer inaperçus.

— Surtout s'ils sont venus récemment, car, au mois de janvier, les voyageurs doivent être rares. C'est ici le bout du monde.

— Oh ! tu seras vite renseigné... et tu as toute la journée à toi. Ce soir, en rentrant, tu me conteras ce que tu auras appris, et moi j'aurai peut-être de bonnes nouvelles à te donner.

Tes canotiers t'attendent. Tu ne veux pas casser une croûte avant de partir ? J'ai déjà faim, et je te tiendrais volontiers compagnie.

— Non, je déjeunerai en route.

— Tu n'auras guère le temps. Le vent et la marée vont vous porter à terre en moins de vingt minutes.

— Eh bien ! je déjeunerai sur l'herbe... ou au cabaret.

Ayant dit, Doutrelaise sauta dans le canot, où deux vigoureux matelots attendaient, l'aviron en main.

D'autres débarquaient déjà les appareils sur le rocher et Jacques avait de quoi s'occuper en dirigeant les plongeurs, car cette première exploration devait être conduite avec soin et avec intelligence, si on voulait qu'elle donnât des résultats utiles.

Mais Doutrelaise n'y pouvait rien et n'aspirait qu'à promener ses rêveries à travers les chemins creux et les landes fleuries.

L'isolement est cher aux amoureux.

Comme l'avait prévu Courtaumer, le trajet fut court. La mer était calme, et le canot semblait voler sur les vagues. Les rameurs le dirigeaient vers l'entrée du havre de Porsal, en laissant l'île Verte à gauche. Une ceinture d'écume blanche frangeait les rochers qui hérissent la côte de Trémazan Bosseven n'apparaissait plus que comme un point noir, et la chaloupe collée à ses flancs ressemblait de loin à un cachalot échoué. On ne voyait pas le yacht, caché dans le chenal.

Un quart d'heure après le départ, la frêle embarcation doublait une pointe escarpée et entrait dans une anse assez vaste, bizarrement découpée au milieu des terres et formant comme deux bassins de grandeur inégale.

Le flot qui montait commençait à remplir ce

golfe en miniature qui n'est que l'embouchure d'une toute petite petite rivière.

En Bretagne, tout cours d'eau s'élargit en approchant de la mer et finit presque toujours par former un port de refuge. Les arbres, sous ce climat doux et humide, croissent tout près du rivage ; la verdure touche au sable de la grève, et les ruisseaux coulent sous une voûte de feuillée.

Ce paysage un peu triste était à l'unisson des pensées de Doutrelaise, et il eut plaisir à prendre pied sur la plage vaseuse que bordent les chaumières des habitants du hameau maritime où il débarquait pour la première fois.

Une douzaine de barques couchées sur le flanc attendait que la marée les relevât ; des femmes filaient au fuseau sur le pas de leurs portes, entourées d'enfants qui se roulaient dans des tas de paille de sarrasin. Des marins, la pipe à la bouche, raccommodaient leurs filets.

Ils ne parurent pas très surpris de voir un monsieur à la mode de Paris. Évidemment, le yacht avait déjà été signalé, et on savait qu'il amenait des étrangers. Il est plus difficile de garder l'incognito sur mer que dans une ville, grande ou petite.

Doutrelaise dit à ses deux rameurs de se restaurer à leur guise avec les provisions solides et liquides dont le canot était bondé, ne se réservant

pour lui qu'une terrine de perdreaux et une bouteille de vieux Bourgogne qu'il comptait attaquer
après avoir fait une bonne course pour gagner de
l'appétit. Cet arrangement leur convenait, et Doutrelaise les aurait fort contrariés s'il les avait priés
de l'escorter en terre ferme.

Il préféra s'adresser à un vieux matelot qui
flânait sur une façon de débarcadère construit
avec de grosses pierres empilées au hasard. Ce
bonhomme avait une physionomie ouverte et ave-
nante, et il ôta poliment son chapeau ciré quand
il vit s'approcher Doutrelaise, qui lui demanda
tout d'abord s'il y avait une auberge dans le village.

— On vend à boire dans toutes les maisons, répondit le marin, mais vous ne trouverez que de
l'eau-de-vie et du cidre... et vous ne devez pas
aimer ces boissons-là.

— Pas beaucoup, dit en souriant Doutrelaise ;
mais j'ai du vin dans mon canot, et vous me permettrez bien de vous en offrir une bouteille. Je
voulais simplement savoir si les voyageurs trouvent
à se loger ici.

— Tout de même. Les lits clos ne manquent
pas. Seulement, ils ne conviennent pas à tout le
monde. Le mylord prétend que c'est comme si on
couchait dans une armoire.

— Quel mylord ?

— Un Anglais qui vient ici tous les ans pour pêcher.

— Pendant la belle saison, je suppose.

— Oh ! ça lui est égal. Il se moque du mauvais temps. Il sort par des coups de suroît où pas un bateau de chez nous n'oserait seulement passer la pointe de Trémazan. Tenez ! l'autre semaine, il ventait à décorner les bœufs, et dans le chenal la mer n'était pas tenable. Eh ! bien, il est parti à la marée du soir et il n'est rentré que le lendemain matin.

— Il est donc ici en ce moment ?

— Bien sûr qu'il y est, et qu'il n'a pas envie de s'en aller. Il a amené cette fois un de ses amis, qui est aussi enragé que lui et ils ont loué la grande maison que vous voyez là-bas.

— Est-ce qu'il est Anglais aussi, son ami ?

— Il n'en a pas l'air. Je croirais plutôt qu'il est Espagnol. Mais faut qu'il ait navigué comme l'autre, car il manie rudement un aviron et il file une écoute comme un matelot fini. Ils viennent pourtant de Paris.

— La bouteille de rhum achetée chez Cuvillier s'explique, pensa Doutrelaise.

Et il demanda :

— Savez-vous si ces messieurs vont pêcher quelquefois sur un rocher qu'on appelle Bosseven ?

— Sur Bosseven, sur Men-Gouziane, sur Leach

Braz... sur tous les cailloux où on a chance d'attraper des langoustes.

— Le jour, ou la nuit ?

— Oh ! la nuit surtout. Le jour, ils dorment.

— Maintenant, je suis fixé sur le feu que nous avons vu hier soir, murmura Doutrelaise.

— Si vous avez envie de faire leur connaissance, faudra venir à la tombée de la nuit. Ils descendent de là-haut pour fumer une pipe avec nous, et ils paient un pot d'eau-de-vie quand ils sont de bonne humeur... mais ça n'arrive pas souvent.

Dites donc, sans vous commander, est-ce que vous êtes l'ingénieur qu'on a envoyé de Brest pour faire des sondages dans le Relec ?

— Non ; je l'accompagne pour mon plaisir et je suis descendu à terre pour me promener. Qu'est-ce qu'il y a à voir ici ?

— Pas grand'chose, quand on a vu la capitale. Il n'y a que les ruines du château. Les étrangers trouvent ça curieux. La tour carrée est quasi aussi haute que le grand mât d'une frégate.

— Alors, je vais aller la visiter. La maison qu'habitent ces messieurs est à côté, n'est-ce pas ?

— Celle qui a des volets verts. C'est un armateur de Morlaix qui l'avait fait bàtir dans le temps, et elle a encore de la mine, quand on la regarde de loin, mais elle n'est pas en bien meilleur état que le château.

— Merci, mon brave ; nous nous reverrons tantôt, et j'espère que vous me ferez le plaisir de trinquer avec moi.

— Ce ne sera pas de refus, dit le matelot.

Il n'offrit pas à Doutrelaise de lui servir de guide, et Doutrelaise aimait autant aller seul au château.

Ces étrangers dont l'habitant de Porsal venait de signaler la présence le préoccupaient un peu, et il n'aurait pas été fâché de les rencontrer pour voir à qui Courtaumer et lui allaient avoir affaire, pendant leur séjour sur cette côte, car ces pêcheurs si déterminés devaient forcément se montrer un jour ou l'autre dans les eaux du yacht.

Il s'achemina lentement vers les ruines qui couvraient une éminence dominant le fond du havre et, en levant les yeux, il aperçut un homme qui sortait de la maison aux volets verts.

Elle était située à mi-côte, cette maison où les deux amateurs de pêche avaient élu domicile, un peu au-dessous des ruines, et elle paraissait inhabitée. Toutes les fenêtres étaient closes par des volets délabrés et l'unique porte qui se trouvait au milieu de la façade n'avait pas l'air de s'ouvrir souvent.

L'homme qui venait d'en sortir était vêtu comme un matelot, autant que Doutrelaise en pouvait juger à distance. Il portait une vareuse et un chapeau ciré, il marchait courbé sous le poids d'un sac jeté sur son épaule, un sac qui contenait probablement des engins à l'usage des pêcheurs, et il écartait les jambes en marchant : l'allure des gens de mer.

Il monta la colline sans se retourner et quand il fut arrivé aux ruines, il disparut sous la voûte du portail percé dans l'enceinte extérieure. Évidemment, il n'avait pas aperçu Doutrelaise qui cheminait le long de la grève et qui ne tarda pas à prendre un sentier tracé au flanc du coteau.

L'ascension n'était ni longue, ni difficile. Doutrelaise s'arrêta un instant devant la maison et vit que le matelot qui venait de le renseigner n'avait pas tort de dire qu'elle était presque en aussi mauvais état que le château. Les murs avaient des lézardes et le toit s'effondrait par places.

— Voilà une demeure peu confortable, pensa l'ami de Jacques, et il faut vraiment que cet Anglais ait le diable au corps pour venir s'installer en plein hiver dans une pareille masure. Quelques-uns de ses compatriotes louent, dit-on, des rivières en Norwège, et même en Laponie, pour y pêcher le saumon ; mais ils ne se livrent à ce *sport* que pendant l'été. Je suis curieux de voir l'original qui vient habiter Porsal au mois de janvier... et je finirai bien par le rencontrer, puisque le rocher de Bosseven est le quartier général des langoustes.

Tout en réfléchissant ainsi, Doutrelaise continuait à grimper et il arriva bientôt devant le vieux château.

C'était un échantillon assez bien conservé de l'architecture militaire du moyen âge. Devant le portail, on reconnaissait les restes d'un ouvrage avancé, flanqué de deux tours rondes, reliées entre elles par une courtine couronnée comme les tours d'un parapet en saillie et de machicoulis que le temps avait respectés.

Doutrelaise franchit la porte où il avait vu entrer un instant auparavant l'homme sorti de la maison aux volets verts, et se trouva dans une cour intérieure au fond de laquelle se dressait un donjon de forme carrée, haut d'une trentaine de mètres et fort dégradé.

Cette tour avait dû soutenir des sièges. Le feu avait noirci les pierres; la partie supérieure menaçait ruine.

Doutrelaise eut la curiosité d'y pénétrer par une petite porte ogivale, et vit qu'un escalier pratiqué dans l'épaisseur du mur devait conduire à la plate-forme. Il s'y engagea sans trop savoir pourquoi, car il n'avait aucun goût pour l'archéologie, et il alla jusqu'au bout. Le donjon était divisé en quatre étages, accessibles par cet escalier tournant, et se terminait par une aire couverte en grosses dalles de granit et complètement dépourvue de garde-fous.

On découvrait de là un horizon assez étendu : du côté de la terre, des arbres, des bruyères et des clochers; du côté de la mer, des îles, des écueils et des voiles blanches qui se détachaient sur le fond sombre de l'océan sans fin.

Doutrelaise reconnut très bien Bosseven, il vit même grouiller sur ce rocher des points noirs — les travailleurs commandés par Jacques de Courtaumer, — et il se prit à douter plus que jamais du succès de l'entreprise sur laquelle son ami fondait tant d'espérances.

— Et quand il réussirait, se disait-il, quand cette mer rendrait des tonnes d'or à M. de la Calprenède, en quoi ma situation serait-elle meilleure ? Le comte riche à millions, me donnerait-il sa fille, qu'il m'a refusée alors qu'elle était pauvre ? Non, car je n'aurai même pas le mérite d'avoir aidé Jacques à repêcher les lingots. Jacques aura tout fait et je me demande en vérité pourquoi il m'a amené.

Le vent d'ouest, qui chantait sa chanson mélancolique, souffla à l'amoureux Albert une mauvaise pensée.

— Qui sait si ce n'est pas pour lui-même qu'il travaille ? murmura-t-il.

Mais il chassa bien vite ce soupçon, indigne de lui et de la fraternelle amitié qui l'unissait à Courtaumer, et il se demanda ce qu'était devenu l'homme qu'il avait vu de loin entrer dans l'enceinte du château et que des peines de cœur lui avaient fait oublier.

Du faîte où il était perché, Doutrelaise voyait à ses pieds la cour intérieure et en montant l'escalier il avait inspecté d'un coup d'œil les cinq salles voûtées — cinq en y comprenant celle du rez-de-chaussée — qui avaient abrité jadis les défenseurs du donjon.

L'homme au chapeau ciré ne s'était montré nulle part ; l'homme était devenu invisible.

Et cependant il venait sans doute au château pour y déposer les engins contenus dans le sac qu'il portait sur son dos, car, à son costume et à ses allures, on ne pouvait pas le prendre pour un antiquaire en tournée.

Cette disparition soudaine était bizarre ; mais Doutrelaise, qui n'y attachait pas grande importance, se dit qu'il avait bien pu aller d'un côté pendant que l'homme se trouvait de l'autre. La cour était pleine de recoins, réduits, logettes et guérites de pierre à l'usage des archers d'autrefois, très propres à cacher un pêcheur et à lui servir de magasin pour y serrer les ustensiles de son métier.

Et Doutrelaise, que l'appétit commençait à talonner, se décida à descendre de son observatoire pour regagner son canot, où l'attendaient de succulentes provisions de bouche.

Au moment où il mettait le pied sur la dernière marche de l'escalier, il ne fut pas peu surpris de voir apparaître au fond de la salle du rez-de-chaussée l'homme à la vareuse, tenant à la main un sac vide, le sac sous le poids duquel il pliait en montant la côte.

Et cet homme fut encore plus ébahi que Doutrelaise en se trouvant presque nez-à-nez avec un monsieur habillé en touriste élégant. Il recula jusqu'à la muraille et, sans cet obstacle, il aurait probablement détalé en toute hâte, car la rencontre ne paraissait pas lui être agréable. Mais la salle n'avait qu'une issue, et cette issue se trouvait justement au bas de l'escalier.

— Bonjour, mon brave, lui dit Doutrelaise. Je vous ai vu entrer tout à l'heure, et en passant par ici pour grimper là-haut, je ne vous ai pas rencontré. Où diable étiez-vous donc ?

— Derrière la tour, probablement, répondit l'homme d'une voix enrouée.

— Alors, tout s'explique. Venez donc dehors : au grand air, nous serons mieux pour causer, reprit Doutrelaise en s'avançant dans la cour.

L'homme, qui sans doute n'était pas fâché de quitter la place, le suivit sans se faire prier.

Il avait l'apparence et la figure d'un matelot, et pourtant Doutrelaise éprouva en le regardant de près une impression singulière. D'abord, la

physionomie de cet homme avait quelque chose
de louche. Il ne ressemblait pas du tout aux marins qui fumaient leur pipe sur la grève de Porsal, quoiqu'il eût comme eux de gros traits et un
teint basané.

Et son visage osseux éveilla chez l'ami de Jacques un souvenir confus. Doutrelaise était presque tenté de croire qu'il l'avait déjà vu ailleurs.

— Vous sortiez de la maison de l'Anglais, demanda-t-il. Est-ce que vous êtes à son service ?

L'homme hésita un peu, mais il finit par répondre, en grimaçant un sourire :

— C'est moi qui suis l'Anglais.

— Quoi, c'est vous qui êtes venu vous établir
ici pour pêcher ! s'écria Doutrelaise, stupéfait.

— Mon Dieu, oui ! ça n'est pas défendu d'aimer
la pêche.

— Non, certes, et je vous prie de m'excuser si
je vous ai pris pour ce que vous n'étiez pas. Vous
avez si peu l'air d'un Anglais !...

— L'air n'y fait rien. Je suis né en Angleterre,
mais j'ai été élevé aux Indes, et je suis plus souvent sur le continent que dans mon pays.

— Vous étiez à Paris dernièrement ?

— Oui... et c'est drôle... il me semble que je
vous y ai rencontré.

— C'est probable, car il me semble que votre
figure ne m'est pas inconnue.

— Après ça, reprit l'homme, on se fait quelquefois des idées... Est-ce que vous venez aussi à Porsal pour pêcher ?

— Pas précisément. J'accompagne un de mes amis qui a des travaux à exécuter dans ces parages.

— Alors, vous êtes sur le yacht qui a pris hier soir son mouillage en dedans de l'île Verte?

— Oui, et ce matin, j'ai voulu visiter ces ruines... la seule curiosité de l'endroit.

— Est-il indiscret de vous demander le nom de l'officier qui commande votre bateau ?

— Pas du tout. Il s'appelle M. de Courtaumer.

— Courtaumer! celui qui a été lieutenant de vaisseau ! s'écria l'homme au chapeau ciré.

— Parfaitement ! répondit Doutrelaise ; Jacques de Courtaumer, lieutenant de vaisseau démissionnaire. Est-ce que vous le connaissez ?

— Non, non, balbutia l'homme, qui avait changé de visage tout à coup. Je ne le connais pas, mais j'ai entendu parler de lui.

— Si vous désirez le connaître, ce sera très facile. Vous sortez souvent du port pour pêcher. Rien ne vous empêche d'accoster le yacht. Nous serons enchantés de vous y recevoir.

— Merci... je suis un peu sauvage... je n'aime que la pêche, et je préfère ne voir personne.

— Et votre ami est sans doute dans les mêmes

idées... car vous êtes ici avec un ami, à ce que m'ont dit tout à l'heure les braves gens de Porsal.

— Ah !... ils vous ont dit ça ?... eh ! bien, ils n'en savent rien. Nous sommes deux, c'est vrai, parce qu'il faut être deux pour manœuvrer une barque de pêche ; mais ces brutes ignorent si je suis avec un ami ou avec un domestique.

— Je vous déclare que cela m'est fort indifférent, dit sèchement Doutrelaise, vexé du ton qu'affectait ce personnage. Et vous êtes bien libre de ne pas venir à notre bord ; seulement je vous avertis qu'il y a des chances pour que nous nous rencontrions quelquefois.

— A Porsal, oui... si vous y venez.

— Et autre part aussi. On m'a dit que vous alliez toutes les nuits placer vos casiers sur Bosseven.

— Bosseven ! répéta l'homme en reculant de deux pas. Vous savez où est Bosseven ?

— Parfaitement. C'est aux alentours de ce rocher que M. de Courtaumer, mon camarade, va faire des sondages.

— Des sondages ! Dans quel but ?

— Il vous le dira lui-même, si vous voulez bien prendre la peine de le lui demander.

— Ah ! je comprends.., il est chargé d'une mission... pour le service hydrographique.

— Il a une mission, en effet, et il la remplira, je

16.

vous en réponds. C'est un homme qui fait toujours son devoir jusqu'au bout.

— Je n'en doute pas.

— Est-ce que cela vous contrarie qu'il travaille à Bosseven ?

— Non... c'est-à-dire, ça me gênera un peu... parce que c'est la meilleure place pour pêcher. Les sondages effaroucheront les homards. Mais j'en serai quitte pour aller plus loin.

— Pourquoi donc ? Vous tendez vos engins le soir, n'est-ce pas ?

— Oui, c'est le bon moment.

— Et vous les levez de grand matin ?

— De très grand matin.

— Eh bien ! les travaux que dirigera mon ami se feront le jour.

— Vous en êtes sûr ?

— Il me l'a dit tout à l'heure quand je l'ai quitté. Je l'ai laissé sur le rocher. J'irai l'y reprendre ce soir. Nous rentrerons à bord du yacht, et il ne reviendra à Bosseven que demain ; vous comprenez qu'il aime mieux coucher dans une bonne cabine bien chaude que sur cette pierre nue. Il faut être un sportsman enragé pour aller s'y promener toutes les nuits comme vous le faites.

— Oh ! je ne vais pas que là, et je crois bien que je n'y retournerai plus... parce que, voyez-vous, les homards sont très susceptibles... un rien les dérange... et ils vont déserter Bosseven.

— Ce serait dommage. Moi qui comptais m'en régaler !

— Vos matelots en trouveront ailleurs. Vous avez beaucoup de monde à bord ?

— Une vingtaine d'hommes.

La figure de l'Anglais s'allongea encore, et après un silence, il dit d'un air dégagé :

— Ces gaillards-là vont tout rafler autour des rochers. Je vous remercie du renseignement. Je vais renoncer à mes casiers et j'irai pêcher au large... jusqu'à ce que les travaux soient finis. Est-ce qu'ils dureront longtemps, les travaux ?

— Je n'en sais rien. Je ne suis pas du métier. Peut-être un mois, peut-être deux. Courtaumer vous renseignera mieux que moi à ce sujet.

— Je m'en rapporte à vous, et il est probable que je n'attendrai pas que votre ami ait terminé. Je retournerai en Angleterre, et j'y resterai jusqu'au printemps.

— Désolé de déranger vos projets. Mais vous ne partirez pas demain, je suppose ?

— Demain, non, certainement... ni cette semaine. Il faut que j'écrive à Londres, pour que mon yacht vienne me chercher. Je déteste voyager par terre.

— Ah ! vous avez un yacht. Tous mes compliments, monsieur. Je suis sûr qu'il est plus luxueusement aménagé que le nôtre. Cependant, je vous le répète, s'il vous plaisait de monter chez nous un de ces jours, nous vous ferions volontiers les honneurs de notre barque.

Mais je vous retiens ici, et vous êtes sans doute pressé de regagner votre maison... à moins cependant que vous n'ayez du goût pour l'archéologie... c'est un autre genre de *sport*... et dans ce cas, les ruines de ce château vous intéresseraient. Pourriez-vous me dire de quelle époque il date ?

— Moi ! je n'en sais rien du tout... et ça m'est fort indifférent.

— Excusez-moi. Je pensais, vous ayant vu entrer ici avec un sac sur le dos, que vous veniez lever un plan... ou prendre une photographie.

— Un sac... mais non, balbutia l'homme.

— Comment, non ! vous le tenez encore à la main.

— Tiens ! c'est vrai... je n'y pensais plus... c'est un sac qui me sert à mettre mes lignes de fond.

— Et vous venez les emmagasiner dans le donjon. Je comprends. Il ne me reste plus, monsieur, qu'à vous saluer.

Ayant dit, Doutrelaise s'inclina légèrement et s'achemina vers le portail par lequel il était entré.

L'Anglais n'essaya point de prolonger l'entretien, et il suivit de loin, en marchant à pas comptés.

— Voilà une singulière rencontre et un étrange personnage, se disait Doutrelaise en descendant la colline. Jacques sera bien étonné quand je lui raconterai ma conversation avec cet original. Ces Anglais sont extraordinaires... Mais, au fait, est-il Anglais ? J'aurais dû pour m'en assurer lui parler sa langue... je ne suis pas très fort sur l'idiome de Shakespeare, mais j'en sais assez pour savoir s'il le prononce correctement. Bah ! que m'importe, après tout, sa nationalité ? Nous n'avons que faire de lui, et je ne suis pas fâché qu'il s'en aille. Il aurait pu nous gêner.

C'est égal ! on ne m'ôtera pas de la tête que je l'ai déjà rencontré quelque part.

Au bas du coteau, Doutrelaise vit l'étranger rentrer dans sa maison, dont la porte se referma aussitôt. Porsal n'était pas loin et il y arriva en quelques minutes. Le vieux marin qui l'avait renseigné était là et lui demanda s'il avait été content de sa promenade.

— Je n'ai pas perdu mon temps, répondit en riant Doutrelaise. J'ai causé avec le mylord.

— Oui, j'ai vu. Vous l'avez rencontré dans la tour.

— Justement. Que venait-il y faire ?

— Il y va tous les jours. C'est une manie qu'il a.

— Comme celle de la pêche aux langoustes. Mais je n'ai pas rencontré son camarade.

— L'Espagnol... il n'y a pas de danger. Il ne sort que le soir. Vous êtes sûr de le voir, si vous voulez rester avec nous jusqu'à demain matin.

Doutrelaise n'y tenait pas du tout. Pour le moment, il ne tenait qu'à déjeuner, car il avait grand' faim, et il invita son donneur de renseignements à lui tenir compagnie dans le canot où le pâté l'attendait. Mais le marin n'accepta qu'un verre de vin et une bouteille d'eau-de-vie qu'il emporta.

En échange de ce cadeau précieux, il donna au Parisien un bon conseil, celui de partir le plus tôt possible. Le vent fraîchissait, et comme il venait du sud-ouest, il était absolument contraire pour aborder Bosseven : mieux valait ne pas attendre un grain qui menaçait. Les deux canotiers furent de cet avis, et Doutrelaise, qui en avait assez de Porsal, donna l'ordre de lever le grappin.

Bien lui en prit, car à peine l'embarcation eût-elle doublé la pointe qui abrite le havre contre les grandes brises du large, qu'un courant violent et une mer très rude la prirent par le travers et la contraignirent à filer le long de la côte, par le chenal du Relec.

Ce n'était pas le chemin pour revenir à Bosseven, mais on n'avait pas le choix. Il fallut fuir devant le temps et passer au nord de l'île Verte.

On mit trois heures à atteindre le yacht, après avoir fait un détour énorme. Les deux matelots n'en pouvaient plus, et Doutrelaise craignit un instant d'aller aborder de l'autre côté de la Manche.

On accosta pourtant. Courtaumer venait de rentrer avec beaucoup moins de peine, car la chaloupe tenait mieux la mer que le canot. Il accueillit son camarade par ces mots :

— Tu as joliment bien fait de te dépêcher. Si tu avais retardé ton appareillage d'une demi-heure tu n'aurais jamais pu arriver. J'ai de grosses nouvelles à t'apprendre.

— Si grosses que soient tes nouvelles, tu me permettras bien de me sécher avant de les entendre, dit Doutrelaise, que cette navigation accidentée avait mis d'assez mauvaise humeur. Je suis trempé comme si j'étais tombé à la mer.

— Entre nous, répliqua Courtaumer, ce qui m'étonne, c'est que tu n'y sois pas tombé. Tu viens de braver sans t'en douter de vrais dangers. Par une brise carabinée comme celle qui s'est levée vers midi, le chenal n'est pas tenable, et si tu n'avais pas eu deux canotiers solides, tu serais allé te casser le nez sur la pierre de Ro'ch-Du ou sur la pointe de Men-Louet. Je n'aurais jamais osé rentrer à Paris, même avec les millions, car je connais une personne qui m'aurait mal reçu. Mais je bavarde et tu grelottes... va te changer des pieds à la tête, pendant que je vais dire à mon quartier-maître de faire distribuer double ration de vin à tous nos hommes. Ils l'ont bien gagnée, je t'en réponds.

Doutrelaise, à demi-mort de froid, courut à sa cabine et procéda à un renouvellement de toilette, précédé de massages énergiques.

Vingt minutes après, la circulation du sang était rétablie, et il goûtait le charme de se retrouver dans des vêtements chauds.

Courtaumer l'attendait dans le salon d'arrière, garni de divans confortables et d'une foule d'autres accessoires de luxe. Il y avait une bibliothèque pleine de livres bien choisis et un excellent piano.

— Eh ! bien, ça va mieux, hein ? demanda l'ex-lieutenant de vaisseau ; je t'ai préparé un grog pour te réchauffer à l'intérieur : avale-le, allume un cigare ou une pipe et prête-moi toute ton attention. Il y a du nouveau, te dis-je.

— Je devine ce que tu as à m'apprendre, murmura Doutrelaise, après avoir bu le cordial énergique confectionné par son ami ; tes scaphandriers n'ont pas trouvé l'épave.

— Tu te trompes absolument. Les indications du matelot américain étaient d'une exactitude parfaite, et mes suppositions étaient justes. Le navire a touché sur la chaussée de Bosseven, une chaîne étroite de rochers qu'on ne voit pas, puisqu'ils ne découvrent jamais, même par les plus basses mers, mais qui sont taillés en dents de scie et hérissés de pointes comme une herse. Il a crevé son avant sur cet obstacle, et il a coulé à pic par un fond de vingt à vingt-cinq brasses. Et comme ce fond est de sable très dur, la coque ne s'est pas envasée. Elle est couchée sur le côté bâbord, et il y a une brèche où dix hommes passeraient de front.

— Eh bien ! mais voilà une heureuse découverte. Et les caisses pleines d'or ?

— Elles y sont.

— Vraiment ? s'écria Doutrelaise. J'avoue que je n'y croyais guère.

— Tu peux y croire maintenant. Mes hommes les ont vues et comptées. Il y en a douze.

— Autant que de millions alors ?

— Mon Dieu, oui.

— Il faudrait vérifier si elles contiennent réellement des lingots.

— C'est fait. Elles sont pleines d'or.

— Alors, ta nouvelle est une bonne nouvelle.

— Oui, mais... il y a un mais...

— Quoi donc ?

— On a touché aux millions.

— Comment cela ?

— Mon cher, sur les douze caisses, onze sont intactes. La douzième a été ouverte.

— La mer l'aura brisée sans doute.

— Non pas. Le couvercle a été fracassé à coups de pic, les ferrures ont été arrachées avec des pinces.

— Et les lingots qu'elle renfermait ont été enlevés ?

— Pas tous, mais presque tous. Mes plongeurs m'en ont rapporté un. Tu le verras. Il est dans ma cabine.

— C'est étrange.

— Mais non, pas trop. Ça prouve que nous avons été devancés. Le cas était à prévoir.

— Devancés !... pas de beaucoup, puisqu'on n'a pas même eu le temps de vider une des caisses.

— Une, c'est déjà trop.

— Mais qui a fait cela ?

— Je ne m'en doute pas. Il est impossible que ce soient les gens du pays. Pour descendre à cette profondeur, il faut des appareils qu'ils ne possèdent pas. Des marins dans une barque mouillée au-dessus de l'épave auraient beau draguer, ils ne parviendraient jamais à défoncer une caisse en fer et surtout à ramener à leur bord des barres d'or très lourdes. Celle que mes hommes ont retirée aujourd'hui pèse environ trente livres, et il y en a de plus grosses.

D'ailleurs, ils ont trouvé dans la cale des outils à l'usage des plongeurs.

— On aurait donc commencé des travaux, en employant des gens du métier ?

— Des travaux comme les nôtres, cela ne se peut pas. Tout le monde l'aurait su à dix lieues à la ronde. Une expédition de ce genre ne passe pas inaperçue. Il faut un navire assez grand, pourvu de plusieurs embarcations et monté par quinze ou vingt hommes au moins.

— Alors, comment expliques-tu ?...

— Il est évident que le coup a été fait par trois ou quatre individus... peut-être deux ou trois seulement... de hardis compagnons qui auront eu vent du naufrage, qui sont venus ici incognito, qui ont découvert le trésor et qui se proposent de l'exploiter pour eux seuls... en plongeant.

— Est-ce que c'est praticable dans ces conditions-là.

— La preuve que oui, c'est que les coquins ont déjà extrait quelques centaines de mille francs.

A la rigueur, on peut opérer à deux.

— A deux, répéta Doutrelaise, qui réfléchissait.

— Oui, et certainement ils ne sont pas en nombre, car ils ne vont pas vite en besogne, puisqu'ils n'ont pas encore enlevé un malheureux million. Outillés comme nous le sommes, nous en retirerons un par jour, à peu près. J'en réponds, maintenant que je sais à quel point l'accès de l'épave est facile.

— Il se peut aussi que ces concurrents de M. de la Calprenède ne se soient mis à la besogne que depuis peu de temps.

— Dis donc ces voleurs, car ils s'emparent bel et bien de la propriété d'autrui. D'où viennent-ils et qui sont-ils ? c'est ce que je ne devine pas encore, mais je le saurai.

— Que comptes-tu faire ?

— Travailler comme si de rien n'était, parbleu ! Ces drôles n'auraient pas beau jeu, s'ils essayaient de nous disputer la possession de l'épave, et ils ne s'en aviseront pas. Mais je tiens à les pincer, et pour cela j'ai mon plan. Il est probable qu'ils n'opèrent pas le jour. Eh ! bien, j'établirai un poste permanent sur Bosseven. Quatre de nos matelots, à tour de rôle, y monteront la garde de nuit.

J'aurais organisé cette surveillance dès ce soir, si le temps était plus sûr. Mais par une mer comme celle-là, nos pilleurs d'or ne se risqueront pas à sortir.

— Tu crois donc que cette tempête va durer.

— D'abord, ce n'est pas une tempête, c'est un simple grain. Et il y a tout à parier qu'il fera demain un temps maniable. Le baromètre monte. Donc, nous pourrons travailler, et à partir de demain soir, Bosseven sera surveillé nuit et jour.

— Si je te disais que j'ai peut-être rencontré à Porsal le chef de cette expédition dirigée contre les millions que tu veux repêcher ?

— Bah ! qui est-ce donc ?

— Un Anglais fort laid et fort commun, qui s'est établi depuis un mois dans une maison qu'il a louée tout près des ruines du château.

— Un Anglais ! ce n'est pas très étonnant. Je te le disais hier soir ; on en trouve partout.

— Oui, mais celui-là a, paraît-il, de singulières habitudes. Il s'embarque toutes les nuits pour aller pêcher des homards.

— Tout seul ?

— Non, avec un compagnon que je n'ai pas vu et qui, dit-on, n'a pas l'air d'un Anglais. Le marin qui m'a donné ces renseignements prétend que ce sont ces deux individus qui ont mouillé cette nuit des casiers sur la roche de Bosseven.

— Alors, ce serait leur fallot que nous avons aperçu hier soir. En effet, cela mérite attention. Il se pourrait que ces gaillards-là eussent reçu à Londres des confidences de feu le matelot américain.

— Ce qu'il y a de plus extraordinaire, c'est que la figure de celui que j'ai rencontré ne m'est pas inconnue.

— Bah ! tu n'en es pas sûr. Au surplus, j'irai demain faire un tour à Porsal pour dévisager ces

messieurs. J'irai, si j'ai le temps, car demain j'o-
père moi-même. Tu me verras descendre en costume de scaphandrier dans les profondeurs de
l'Atlantique. Je veux examiner l'épave et toucher
les lingots.

En attendant, nous allons dîner et nous coucher
de bonne heure, afin d'être à la besogne au lever
du soleil.

Ainsi firent les deux amis. Le dîner était bon et
la nuit fut calme. Le vent était tombé, la mer s'é-
tait calmée. Et le marin qui veillait au bossoir
n'eut pas le moindre incident à signaler.

Aucun feu ne brilla sur Bosseven. L'Anglais
était sans doute allé pêcher ailleurs.

VII

Le baromètre joue quelquefois de mauvais tours aux bourgeois de Paris, qui sortent sans parapluie parce qu'ils l'ont vu monter le matin, et qui reçoivent l'après-midi une bonne averse ; mais il ne trompe guère les marins, parce qu'ils savent calculer la portée de ses pronostics, lesquels varient souvent d'heure en heure.

Jacques de Courtaumer avait annoncé le beau temps, et le lendemain, il fit un temps superbe.

Le vent avait tourné au nord-est vers la fin de la nuit, la mer était tombée et le ciel n'avait pas un nuage.

Sur la côte de Bretagne, c'est un événement qu'une claire journée d'hiver, et quand le soleil brille, la nature est en fête.

Bosseven lui-même, le sombre Bosseven, avait

pris un air riant; sa chevelure de varechs ondoyait sous les vagues en longues tresses couleur d'or; les mouettes, blanches comme des flocons de neige effleuraient les flots bleus, et les marins du yacht, répandus sur la roche aux millions, semblaient y être venus en partie de plaisir.

Ils achevaient de déjeuner gaiement, comme ils auraient déjeuné sur l'herbe au pardon de Plougastel, et tout le monde se préparait pour la nouvelle exploration, où le commandant devait payer de sa personne.

Jacques, le vaillant Jacques, était déjà revêtu du costume imperméable, sauf le casque dont il ne s'était pas encore coiffé, et Doutrelaise, qui n'était pas en état de l'accompagner au fond de l'eau, assistait en riant aux derniers préparatifs du voyage sous-marin.

— Si ta tante te voyait dans cet accoutrement, elle croirait que tu es devenu fou, dit-il à son camarade.

— Elle le croit déjà, répéta Courtaumer. Moi, je me trouve très bien ainsi; les souliers à semelle de plomb sont un peu lourds, mais les habits en caoutchouc sont très commodes, et tout à l'heure, quand je serai casqué, je ressemblerai à un chevalier du moyen âge partant pour la croisade. Je suis sûr que j'aurais du succès au bal de l'Opéra, et si je me promenais la nuit dans cet appareil par les escaliers du baron Matapan, l'aimable portier Marchefroid mourrait de peur en me voyant apparaître.

Par exemple, je ne te conseillerais pas de t'habiller de la sorte pour aller demander la main de mademoiselle de la Calprenède.

— Hélas ! son père me la refuserait, alors même que je me présenterais en habit noir et en cravate blanche.

— Tu mettras une simple redingote, et il te l'accordera.

— Lui as-tu télégraphié la grande nouvelle ?

— Non. D'abord, il n'y a pas de télégraphe à Porsal. Il faudrait envoyer au Conquet, et j'ai besoin de tous mes hommes aujourd'hui. Du reste, je me propose de ne rien annoncer avant d'avoir obtenu un succès complet. Je ménage mes effets.

— Et tu crois que M. de la Calprenède s'accommodera de ce régime ?

— Il m'écrivait tous les jours quand nous étions à Brest, et je tâchais de lui faire prendre patience sans trop y réussir. Je ne répondrais pas qu'un de ces jours il n'arrivât ici sans crier gare.

— Seul ? demanda vivement Doutrelaise.

— Eh ! non. Il ne peut pas laisser sa fille sous la garde d'une simple femme de chambre, dans une maison où il n'a que des ennemis. Il y aurait bien le frère, mais on ne peut guère compter sur lui.

II.   17

D'ailleurs, il a dû signer ces jours-ci un engagement aux chasseurs d'Afrique.

— Mais, d'un autre côté, comment le comte pourrait-il amener mademoiselle Arlette dans une bourgade où il ne trouverait pas même un logement convenable ?

— Tu oublies que nous avons sur notre yacht des appartements somptueux.

— Et tu oublies, toi, que M. de la Calprenède serait désagréablement surpris de m'y trouver, car enfin il ignore que je t'ai accompagné.

— Mademoiselle de la Calprenède le sait.

— N'importe ! s'ils venaient, je n'aurais plus qu'à partir.

— Bah ! bah ! nous arrangerions cela. Et même à ne te rien céler, je ne serais pas fâché que le père se trouvât ici. Le voisinage des millions contribuerait à accélérer le dénouement de ton roman.

Mais je bavarde, et mon brave scaphandrier n'attend plus que moi pour descendre.

— Il descend avec toi, j'espère !

— Oui ; je connais mon affaire, mais je ne suis pas encore de force à me risquer seul. Et, en cas d'accident, il vaut mieux être deux.

— Explique-moi comment on s'y prend, car je ne m'en fais pas la plus légère idée.

— C'est on ne peut plus simple. Ce costume,

comme tu le vois, est absolument inaccessible à l'eau. Je serai là-dedans beaucoup plus en sûreté qu'une tortue dans sa carapace.

Ce tuyau en caoutchouc qui est adapté au casque est le fil qui me rattachera à l'existence. C'est par ce tube qu'on m'enverra l'air dont j'ai besoin pour respirer dans le royaume des poissons.

Cette corde, qui est attachée à ma ceinture, servira à nos hommes à me remonter quand je leur donnerai le signal en tirant cette autre corde qui correspond à une sonnerie placée dans la chaloupe.

Je n'emporte pas d'outils, n'ayant pas le projet de travailler ; mais quand mes scaphandriers se mettront à la besogne, ils accrocheront à leur casaque de cuir, haches, pinces, pioches, scies, tout ce qu'il faut pour défoncer des caisses, plus deux sacs pour y mettre des lingots. Moi, je vais tout bonnement me promener ; j'inspecterai les millions, et je n'aurai pas grand mérite. Un enfant ferait ce que je vais faire.

— On dirait, à t'entendre, qu'il n'y a pas le moindre danger.

— Il y en a deux. Le masque en verre qui forme la partie antérieure du casque peut se briser. Le tuyau peut être coupé ou, ce qui est plus fréquent, s'enrouler autour d'un obstacle, se nouer de telle sorte que l'air n'arrive plus au plongeur. Dans les deux cas, c'est la mort.

— Et quelle mort !

— Bah ! on a quelquefois le temps de sonner, et si on vous remonte avant que l'asphyxie soit complète, on s'en tire.

Il y a encore quelques inconvénients, auxquels on s'habitue. Par exemple, la douleur que les gens du métier appellent *le mal de dents des oreilles*. Ce sont des bourdonnements de tête assez désagréables. Il faut aussi apprendre à garder la position verticale, et ce n'est pas très facile. A de grandes profondeurs, l'équilibre est instable et on a une grande propension à tomber sur le nez. Il faut s'accoutumer à distinguer les objets à la lumière douteuse qui vous arrive à travers la couche d'eau qui vous sépare du jour. Il faut savoir se diriger dans les *ténèbres claires*, comme disent les vieux plongeurs.

— Et il se trouve des hommes qui choisissent un état pareil !

— Comment ! s'il s'en trouve ? Il y a en Angleterre, au bord de la Tamise, un village qui n'est habité que par ces gaillards-là, et presque tous font fortune. Le plus riche d'entre-eux, un certain John Gann, y a bâti toute une rue avec ses bénéfices, une rue qu'on nomme la rue des dollars, en mémoire des pièces d'or qu'il a retirées de la mer. Et cette industrie ne date pas d'hier : le marquis de Normanby, qui siège à la chambre des lords,

descend d'un fameux plongeur appelé Phipps, lequel, sous le règne de Charles II, retira sept millions de la cale d'un galion d'Espagne naufragé sur
la côte d'Irlande. Mais c'est-à-dire que si on savait
cela en France, la profession serait excessivement
recherchée. On se ferait scaphandrier comme on
se fait avocat.

— Dis tout de suite que les écoliers appren-
draient leurs leçons sous une cloche à plongeurs.

— Oh ! la cloche, le *diving-bell*, en anglais, est
une vieille invention, aujourd'hui démodée. Elle
est d'un usage assez difficile ; mais quand on peut
s'en servir, on y est absolument comme chez soi et
on s'y amuse énormément.

— Je serais curieux de savoir à quoi.

— Les Anglais y organisent des courses de crabes.
Chacun choisit son crabe et lui colle un numéro
sur le dos pour le reconnaître. Et on se passionne
pour se derby aquatique. On y joue des sommes
folles. Seulement, il est inutile de crier hurrah !
pour le gagnant. On n'entendrait rien. Sous la cloche, la voix n'a pas de son.

— Tais-toi, tu me ferais devenir fou avec tes
histoires excentriques, et parlons sérieusement.
Quelle nécessité y a-t-il à ce que tu descendes dans
des abîmes où on risque sa vie ?

— Mon cher, un capitaine qui resterait au bi-
vouac pendant que ses hommes vont au feu n'au-

17.

rait que de bien mauvais soldats. Et puis, je ne peux tabler sur le rapport d'un subalterne. Il faut que je voie de mes propres yeux.

Ainsi, n'essaie pas de me persuader de rester ici. Si ma grandeur m'attachait au rivage, mes scaphandriers se moqueraient de moi.

Toi, je te charge de veiller à ce que nos pompiers m'envoient régulièrement ma provision d'air. Tu n'auras pas le temps de t'ennuyer. Mon voyage ne sera pas long.

Et sur ce, cher ami, la discussion est close.

Ploarec, mon casque !

Le maître plongeur avait déjà revêtu son appareil. On casqua Courtaumer qui, après avoir serré la main de Doutrelaise, entra dans la chaloupe, mit le pied sur une échelle appliquée au flanc de l'embarcation et descendit lentement dans la mer.

Le scaphandrier qui devait lui servir de guide l'y avait précédé.

Doutrelaise vit avec un serrement de cœur son ami disparaître et la vague se refermer sur lui.

Jacques de Courtaumer était un intrépide, et il ne s'était pas vanté en disant qu'un voyage à quatre-vingts pieds sous l'eau ne lui faisait pas peur.

Il éprouva cependant une certaine émotion pendant ce trajet perpendiculaire qui ne devait se terminer qu'au fond de la mer. Entraîné par le poids de ses chaussures plombées et des plaques de plomb qui cuirassaient sa poitrine, il s'enfonçait rapidement, et plus il descendait, plus il éprouvait cette sensation indéfinissable que connaissent seuls les scaphandriers de profession.

C'est d'abord un malaise, puis une oppression, puis un étouffement. Le sang afflue à la tête, les artères battent à coups précipités, les oreilles bourdonnent, la vue se trouble. On dirait qu'un cercle de fer étreint les tempes.

Peu à peu cependant le submergé s'habitue à respirer ce mince souffle d'air que lui envoient de loin les hommes qui tiennent sa vie entre leurs mains. Ses yeux s'accoutument à voir à travers la glace de son casque. Il retrouve la liberté de ses mouvements, paralysés d'abord par la pression de l'eau.

Jacques, lorsqu'il prit pied sur le sable du fond, était déjà maître de lui; il reconnut fort bien son chef d'équipe qui l'avait devancé de quelques secondes et qui lui tendait la main pour soutenir et guider sa marche.

C'était un étrange spectacle que celui de ces deux grands fantômes noirs, immobiles et silencieux; mais il n'y avait là pour le contempler que les poissons, qui fuyaient, troublés par cette invasion imprévue.

Courtaumer accepta l'appui que lui offrait son

compagnon plus expérimenté que lui, et tous deux s'avancèrent, en se tenant par la main, vers l'épave qui s'élevait devant eux comme une montagne sous-marine.

Les mesures avaient été bien prises, et ils étaient descendus précisément au bon endroit.

Le navire était couché sur le flanc et sa coque ouverte par une large blessure présentait un trou béant qui permettait de pénétrer facilement dans la cale.

L'avant, qui avait touché l'écueil, était démembré, et la violence du choc avait fendu le bâtiment vers le milieu, depuis le pont jusqu'à la quille.

Le maître plongeur, qui l'avait examiné la veille, savait le chemin pour arriver aux caisses pleines d'or et guida très habilement son commandant à travers le dédale dangereux qu'il fallait traverser.

Ils marchaient avec des précautions infinies, baissant la tête pour éviter les chocs qui auraient pu rompre les verres de leurs casques, une main sur le tuyau à air afin d'éviter qu'il s'accrochât, l'autre main sur la corde de vie pour être prêts à donner le signal de les remonter.

Tout allait bien. Courtaumer marchait droit, sans faire un faux pas. Courtaumer n'avait pas peur.

Mais une épreuve lui était réservée sur laquelle

il n'avait pas compté, une épreuve faite pour glacer les courages les mieux trempés.

Les caisses étaient là, rangées symétriquement. Elles étaient si lourdes que la mer ne les avait ni brisées, ni dispersées. Courtaumer les voyait si distinctement qu'il pouvait les compter, car par le soleil qui brillait au ciel, le clair obscur des grandes profondeurs était plus clair qu'obscur.

Mais, à la lueur blafarde qui filtrait à travers vingt brasses d'eau, Courtaumer voyait aussi se balancer des masses sans forme, presque sans consistance, qui tournoyaient lentement, soulevées par les ondulations insensibles de la mer.

Elles passaient comme des ombres indécises devant la glace de son casque, il les frôlait, et parfois des lambeaux de vêtements s'enroulaient comme des algues autour de ses bras.

Il comprit enfin, et il trébucha pour la première fois; si son guide ne l'eût pas soutenu, il serait tombé, car le cœur lui manquait.

Le trésor était gardé par des cadavres.

Le navire avait coulé si brusquement que ceux des matelots qui n'étaient pas sur le pont, au moment de la catastrophe, avaient été noyés dans la chambre d'avant. La mort les y avait surpris et ils y étaient restés.

Ces pauvres corps, ballottés depuis deux ans par les vagues, n'étaient plus que des objets sans nom; ils flottaient comme des âmes dans les limbes, et Jacques frissonnait d'horreur au contact de ces restes humains.

Le scaphandrier, plus aguerri que lui, l'entraîna jusqu'à la dernière caisse, celle qui avait été ouverte.

Elle se trouvait dans un creux, où la secousse du naufrage l'avait jetée, à une place où le bordage du navire n'avait pas été défoncé et où, par conséquent, le demi-jour ne pénétrait presque pas.

Là, les objets n'apparaissaient plus qu'à travers un brouillard opaque, et le toucher était plus utile que la vue.

Courtaumer imita son compagnon, qui venait de se mettre à genoux devant la caisse, dont le couvercle avait disparu; il y plongea ses mains et eut la satisfaction de palper au fond, tout au fond, quelques lingots que les plongeurs inconnus qui allaient sur ses brisées n'avaient pas encore enlevés.

Il se donna même le plaisir d'en prendre un, pour le rapporter à Doutrelaise.

Ce butin lui suffisait pour le moment et il se relevait, lorsque son autre main qu'il avançait pour faire contrepoids, saisit un corps rond et long, quelque chose comme une colonne.

Il crut d'abord que c'était un de ces piliers de

fer qui soutiennent le plancher du pont, une épontille, en langage technique.

Mais, en le serrant, il s'aperçut que ce corps était élastique.

Etonné de cette singulière découverte, il se remit debout et il se trouva face à face avec une masse qui oscillait lentement, comme une bouteille à demi-pleine qu'on a immergée dans la position verticale.

Cela avait forme d'homme, et il vit luire dans l'ombre une sorte de reflet métallique.

Il s'approcha et son front heurta une plaque de verre, ses bras étreignirent un corps flasque et visqueux.

Alors, il reconnut à qui il avait affaire. Le fantôme qui se dressait devant lui, c'était un plongeur, armé du casque et de la cuirasse des scaphandriers.

Courtaumer eut le courage de regarder à travers la plaque de verre, et il crut apercevoir une face livide, la face d'un noyé.

Le malheureux qui s'était aventuré sur le domaine du comte de la Calprenède était mort, par accident sans doute.

Probablement, le tuyau à air s'était rompu ; mais comment les camarades de ce scaphandrier infortuné n'avaient-ils pas enlevé son cadavre ?

Un soupçon vint à Jacques.

Il saisit le tube qui flottait au-dessus de la tête de l'homme, et il lui fallut du temps pour le ramener à lui, car il était très long.

Quand il tint le bout, il vit que le tuyau avait été tranché d'un seul coup. La section était nette et ne pouvait avoir été produite que par un instrument très affilé, manié par une main adroite et vigoureuse.

Il n'y avait plus de doute possible. Le plongeur avait été assassiné par son compagnon resté dans la barque pour lui envoyer de l'air.

Non-seulement le tube avait été coupé, mais on l'avait noué.

Courtaumer ne perdit pas la tête. Il revint à son guide, qui était occupé à remplir de lingots le sac pendu à sa ceinture, et il l'entraîna jusqu'à lui faire toucher l'enveloppe de cuir qui servait de suaire à ce cadavre.

Ils ne pouvaient pas échanger leurs impressions, mais ils se comprirent, et tous deux en même temps ils donnèrent le signal pour qu'on les remontât. Une minute après, ils émergeaient comme deux monstres marins, tout près de la chaloupe et Doutrelaise, qui attendait avec anxiété cette apparition, poussa un cri de joie en voyant poindre le casque de son ami.

Courtaumer passa le premier par l'échelle et se mit entre les mains des deux scaphandriers préposés à la pompe, pour qu'ils le débouclassent.

— Ouf! souffla-t-il dès qu'on l'eut débarrassé de l'armet qui lui couvrait la tête. Je ne suis pas fâché de revoir le soleil. Décidément, c'est très joli le ciel bleu.

Donnez-moi un verre d'eau-de-vie, mes gars. J'ai besoin de me réchauffer. Il fait très humide là-bas.

— Te voilà, Dieu merci! dit Doutrelaise. J'espère que tu ne recommenceras plus. Qu'as-tu vu au fond de l'eau ?

— De très vilaines choses, mon ami.

— Bon! je devine. Les caisses sont vides.

— Pas du tout. Les caisses sont pleines, excepté une, et M. de la Calprenède, à dater de ce jour, est onze fois millionnaire. Son trésor a été un peu écorné, mais personne ne lui disputera ce qu'il en reste.

— Qu'en sais-tu ?

— Je viens de voir le cadavre d'un des voleurs d'or, et comme vraisemblablement ils n'étaient que deux, l'autre ne pourra pas opérer seul.

— Le cadavre!

— Oui, parmi beaucoup d'autres. Dans les flancs de ce navire, il y a un cimetière flottant. Les noyés du naufrage y sont restés. Mais notre voleur est mort en costume de plongeur, et tout indique que c'est son camarade qui lui a coupé la respiration. Aussi nous n'allons pas le laisser au fond de l'eau. Je veux voir sa figure.

— Voilà une aventure bien extraordinaire!

— Pas plus extraordinaire que la rencontre qui assure à M. de la Calprenède une immense fortune. Je m'y attendais presque, surtout depuis hier... depuis que nous avons constaté qu'on a attaqué les caisses.

Mais il faut savoir qui était cet inventeur du vol au scaphandre ?

— Et comment le sauras-tu ? Sa figure ne t'apprendra pas son nom. Il est plus que probable que tu ne l'as jamais vu.

— D'accord. Mais ce plongeur n'est pas tombé du ciel au fond de la mer. Il habitait évidemment Porsal ou quelque autre trou sur la côte. Les gens du pays le reconnaîtront.

— Dis donc, Jacques ? si c'était...

— Qui ?

— L'Anglais qui aime tant à pêcher les homards ?

— Hé! hé! c'est une idée, ça. Je n'ai pas cru plus que toi à sa passion pour les crustacés... les homards n'étaient qu'un prétexte... Mais, j'y pense... c'est hier que tu l'as rencontré à terre... il faudrait donc supposer que le coup a été fait cette nuit... et, ma foi! c'est très possible...

— C'est même certain, car en explorant l'épave, hier, le maître plongeur n'a pas trouvé ce cadavre enfermé dans un appareil.

— Non. Il me l'aurait signalé. Du reste, il est en train de se décasquer, et dès qu'il aura fini, je l'interrogerai.

— Plus j'y réfléchis, plus je me persuade que je ne me trompe pas. Je me rappelle maintenant qu'en causant avec cet Anglais, dans les ruines du château, je lui ai dit qu'on ne travaillerait pas cette nuit au sauvetage. Il savait donc qu'il ne rencontrerait personne sur le rocher. Je me souviens aussi qu'il m'a déclaré que son séjour à Porsal tirait à sa fin, et qu'il allait retourner en Angleterre.

— C'est cela. Il aura filé ce matin.

— Ce n'était pas son intention. Il m'a dit que son yacht devait venir le chercher et qu'il attendrait pour partir que ce yacht fût arrivé.

— Il t'a dit ce qu'il a voulu te dire. Mais je parierais gros qu'il a déjà décampé. Il nous sera, d'ailleurs, facile de nous en assurer, Porsal n'est pas loin.

— Alors, ce serait donc l'autre... son ami ou son associé,... qui se serait noyé... ou plutôt qu'on aurait noyé...

— A moins que ce ne soit, au contraire, l'autre qui a noyé l'Anglais. Ce qu'il y a de certain,

c'est que l'un des deux s'est défait de son camarade.

— Pourquoi ?

— Eh! parbleu, pour ne pas être obligé de partager avec lui. Ces Anglais, ou soi-disant tels
étaient venus ici pour repêcher des millions qu
ne leur appartenaient pas. Nous les avons déran-
gés au moment où ils commençaient leurs opérations. Ta conversation avec l'un d'eux ne leur a
laissé aucun doute sur nos projets, et ils ont compris qu'ils n'étaient pas de force à lutter contr
nous. C'est à peine s'ils avaient eu le temps de retirer quelques centaines de mille francs. Pour de:
gens qui rêvent de s'approprier douze millions
c'était maigre.

Alors, le plus coquin des deux s'est dit : Je veux
garder les lingots pour moi tout seul.

— Et pour se les approprier, il s'est défait d(
son ami, le misérable. Si c'est l'homme que j'ai vu
hier, il a bien une figure de bandit. Mais je m'é-
tonne que l'autre, qui ne devait pas valoir mieux
que lui, se soit laissé faire.

— Moi, je devine comment les choses se sont
passées. L'Anglais aura proposé à son associé de
profiter de leur dernière nuit pour achever de
vider la caisse qu'ils avaient ouverte, et l'associé
aura eu la naïveté d'accepter. Il était probablement convenu entre eux qu'ils plongeraient à tour

de rôle. L'un descendait sous l'eau, pendant que l'autre, resté sur le rocher, lui envoyait de l'air. L'Anglais a dû descendre le premier et remplir ses poches. Il est remonté ; le camarade est descendu, et au moment où il était occupé à garnir son sac, l'Anglais a coupé le tuyau à un mètre au-dessous du niveau de la mer. Le plongeur a été asphyxié instantanément.

— Et l'assassin s'est sauvé aussitôt ?

— N'en doute pas. Il est rentré à Porsal. Les douaniers qui le voyaient naviguer toutes les nuits, ne s'amusaient pas à visiter son embarcation. Il a regagné son domicile ; il a emballé les lingots volés...

— Il les avait peut-être emmagasinés dans quelque souterrain du vieux château. Je l'ai surpris dans le donjon, et il avait l'air de sortir des entrailles de la terre.

— Qu'ils fussent là où ailleurs, sois sûr qu'il les a emportés. Il avait probablement frété à l'avance une carriole qui l'aura mené à Brest. Il y a loin, mais le chemin par St-Renan est superbe. Il arrivera pour prendre le train de onze heures trente-cinq, et il sera demain matin à Paris, gare Montparnasse.

— Quel dommage que Porsal n'ait pas de bureau de télégraphe !

— Bah ! une dépêche ne t'avancerait à rien.

A qui l'enverrais-tu ? Et comment désignerais-tu cet Anglais coupeur de tubes ? Tu ne sais pas son nom, et tu ne pourrais pas donner son signalement exact.

D'ailleurs, pourquoi nous mêlerions-nous de cette vilaine affaire ? Nous avons déjà eu assez de rapports avec les juges et les commissaires. Laissons agir la justice.

— Encore faudrait-il l'avertir, M. de la Calprenède t'en saura gré.

— Pour les trois quarts d'un méchant million que ce drôle lui a pris ! Moi, à sa place, j'en ferais volontiers le sacrifice. Au surplus, je vais expédier à terre le cadavre casqué. Le juge de paix de Ploudalmezeau s'en arrangera.

— Il faudrait d'abord le retirer.

— C'est à quoi nous allons procéder. Laisse-moi d'abord tenir conseil avec mon scaphandrier. Il est décoiffé maintenant, nous pouvons causer.

Le plongeur, débarrassé de la partie supérieure de son costume, vint à l'appel de Courtaumer, et n'attendit pas d'être interrogé.

— Mon commandant, dit-il, vos hommes viennent de repêcher sur l'arrière de l'embarcation un bout de filin, qui me fait l'effet de tenir par l'autre bout à la ceinture du malchanceux que nous venons de voir au fond de l'eau... Faut que ses camarades soient tout de même de fameuses canailles, pour l'avoir laissé là après lui avoir coupé le sifflet.

— Nous allons le retirer, mon garçon. Ça ne le ressuscitera pas, mais au moins nous saurons de quelle paroisse il était.

— J'ai peur que cette paroisse-là n'ait le diable pour patron, mon commandant, car c'est la première fois qu'il se trouve un voleur dans notre métier.

— Et je suis bien sûr que ce sera la dernière. Les coquins n'aiment pas à travailler avec cent pieds d'eau sur la tête.

Hé ! vous autres, cria Courtaumer aux matelots, attrape à haler et *souquez* dur... pour que ça soit vite fait.

Quatre hommes solides se mirent à tirer sur la corde dont ils avaient ramené à bord le bout flottant.

Courtaumer et Doutrelaise suivaient l'opération avec intérêt, car il leur tardait de savoir ce que c'était que ce plongeur clandestin qui avait payé de sa vie un commencement de soustraction sous-marine.

— Mon commandant, dit un vieux matelot qui se tenait derrière eux, voilà le père Guinic qui sort de l'anse de Porsal et qui gouverne son bateau de manière à passer au nord de l'île Verte. C'est lui qui promène les baigneurs, quand il y en a à Porsal. J'ai idée qu'il conduit des étrangers à bord du yacht.

— Je n'attends personne, répondit distraitement Courtaumer.

— C'est singulier! murmura Doutrelaise.

— Il y a quelque chose de plus drôle, reprit Jacques. C'est la manœuvre de ce canot à voiles qui vient sur nous là-bas. Il navigue en zig-zag.

— Il est monté par un seul homme, si je ne me trompe.

— Et cet homme-là n'est pas un marin, je t'en réponds. Il tient d'une main la barre et de l'autre l'écoute, mais les deux mains n'agissent pas d'accord, et, pour peu que le vent fraîchisse, il va chavirer. C'est un canotier de la Seine qui aura voulu faire le malin. Tant pis pour lui, s'il tombe à l'eau.

— Il serait charitable d'envoyer deux de tes marins avec une embarcation pour lui donner un coup de main.

— Nous verrons ça tout à l'heure. Procédons d'abord à la levée du corps. Ça vient-il, garçons?

— Ça vient, mon commandant, répondirent en chœur les matelots qui halaient.

Une minute après, les deux amis virent émerger le noyé, qui se dressa tout droit sur l'eau, comme un dieu marin sortant de son royaume hu-

mide. On le hissa dans la chaloupe et on l'y coucha
sur le dos.

La glace de son casque réfléchissait les rayons
du soleil, et Courtaumer, qui s'était penché sur
lui, ne put pas voir sa figure.

— Désarmez-le, dit-il.

— Mon commandant, murmura un des hommes,
qui suivait des yeux les évolutions du canot, le
Parisien qui court des bordées là-bas s'en va droit
sur les cailloux... dans le sud de l'île Verte.

— Laisse-le faire. S'il vient ici pour prendre des
bains de mer, il va avoir de l'agrément.

— Voilà le voleur, mon commandant, s'écria
le chef d'équipe en achevant de mettre à découvert
la tête du cadavre. Ce n'est pas un homme d'ici,
heureusement ! Je vous le disais bien que les Bre-
tons ne plongent pas pour prendre l'argent des
autres.

— Dieu me pardonne ! murmura Courtaumer,
je crois que c'est ce gredin de Matapan.

— Matapan ! répéta Doutrelaise. C'est impossible !

— C'est lui, j'en suis sûr, dit Courtaumer. La
mort ne l'a pas tellement changé qu'il soit mécon-
naissable. Regarde ce masque de satyre... cette
barbe noire comme de l'encre...

— Oui, je le reconnais maintenant. Quelle
étrange aventure ! Je n'y comprends rien.

                                        18.

— Moi, je comprends parfaitement. L'infortuné baron avait découvert le secret de M. de la Calprenède, et il s'était promis d'arriver bon premier dans la course aux millions. Il a organisé, sans bruit, une petite expédition à Porsal, et il a profité de son départ clandestin pour te jouer un mauvais tour en inventant cette jolie histoire de duel qu'il a signalée au parquet. C'était assez bien combiné. Seulement, il a mal choisi son associé.

— Ce drôle que j'ai rencontré hier...

— Dis donc, Albert ! ton Anglais du donjon avait-il les oreilles percées ?

— Oui, j'avais oublié de te le dire, mais je m'en souviens maintenant.

— Alors, je le connais. C'est ce chenapan que tu as vu un jour assis à côté de moi aux Champs-Elysées, qui m'a demandé des nouvelles de Matapan, et que j'ai rencontré une autre fois causant avec ton portier.

— Tu as raison... la mémoire me revient... je ne m'explique pas comment j'ai pu oublier cette figure de négrier en retraite.

— Ce n'est pas très étonnant. Le jour où tu l'as rencontré, tu n'as guère eu le temps d'étudier sa physionomie. Sa conversation m'ennuyait et j'ai quitté la place aussitôt que tu es arrivé. Et si, comme je n'en doute pas, c'est lui que tu as revu à

Porsal, tu peux être certain qu'il est retourné à
Paris.

— Pour voler les joyaux de Matapan. Il s'enten-
dra avec le valet de chambre Malais et...

— Qu'il aille se faire pendre où il voudra. Occupons-nous des restes mortels du baron. Tu conçois que je n'ai pas envie de les conserver comme
une relique. Je vais envoyer ce corps à Porsal
dans l'état où nous l'avons trouvé. On le consi-
gnera à la douane et le maire dressera procès-
verbal. Diable ! il faut se mettre en règle avec la
justice. Ce crime sous-marin prendra peut-être
place dans les causes célèbres.

— Mon commandant, dit un des matelots en
montrant le canot qui continuait ses évolutions
insensées entre l'île Verte et la côte, cette barque-
là va *capoter* d'ici à dix minutes. Le monsieur qui
est dedans s'entend à la conduire comme moi à
planter des choux.

— Évitons-lui le désagrément de boire à la grande
tasse, dit l'ex-lieutenant de vaisseau. Parez le canot, garçons, et allez lui jeter une amarre pour le
remorquer jusqu'au yacht.

— Je vais avec eux, ajouta Doutrelaise.

— Très bien ! Moi, je rentre à bord. S'il nous
vient des visites, il faut que je sois là pour les recevoir.

— Et Matapan ?

— Il peut bien rester provisoirement sur Bosseven. La chaloupe va me ramener au yacht et reviendra le chercher pour le porter à terre. Dé-
pêche-toi de partir pour tendre la perche à cet
imbécile qui manœuvre là-bas. Quelle baderne ! Si
nous le laissions se tirer d'affaire tout seul, nous
aurions bientôt deux noyés au lieu d'un.

Doutrelaise sauta dans le canot, où quatre rameurs vigoureux l'attendaient, l'aviron en main.
Il n'était pas fâché de laisser à Courtaumer le soin
de faire transborder, de la chaloupe sur le rocher,
le cadavre de Matapan.

L'embarcation fila comme un goéland. Doutrelaise assis à l'arrière n'avait qu'à tenir la barre
droite et à suivre des yeux les périlleuses ma-
nœuvres du navigateur inexpérimenté qu'il allait
secourir.

Cet imprudent personnage courait visiblement à
sa perte. Le vent le chassait sur les rochers poin-
tus qui entourent l'île Verte. Deux ou trois fois,
déjà, il avait essayé de virer de bord, mais il s'y
prenait si mal que sa voile unique *masquait* à
chaque tentative. Il paraissait, du reste, avoir renoncé à changer de direction, et il naviguait à la
grâce de Dieu.

Ce qui devait arriver arriva. Son canot donna
en plein sur une grosse pierre à fleur d'eau qui le
creva net, et il s'abattit sur le côté.

— Ah ! mon Dieu ! cria Doutrelaise, le malheu-
heux est à la mer... Poussez ferme, mes amis ; nous
le sauverons peut-être.

— S'il est bon nageur, il y a encore une chance,
murmura un des matelots, quoique le courant soit
dur.

— Je ne le vois plus... il a coulé...

— Alors, il n'en reviendra pas... et il doit être
déjà loin.

— Ramez toujours !

Ils n'étaient plus qu'à une dizaine de mètres du
bateau qui s'en allait à la dérive, la quille en
l'air.

— Le voilà ! il vient de reparaître... encore un
effort, et nous le tenons.

Ce moment d'espoir fut court. Une vague qui
venait de se briser sur l'écueil, rejetée par le choc,
engloutit le naufragé.

— Nous ne pouvons pas le laisser périr, dit
Doutrelaise très ému.

Personne ne répondit. Les matelots ne se sou-
ciaient pas de risquer leur vie pour essayer de sauver un Parisien qui n'avait que ce qu'il méritait.
C'était sa faute, après tout. Que ne restait-il à terre,
ou, s'il tenait à se promener sur l'eau, que ne
s'embarquait-il avec le père Guinic, qui était un
marin fini et qui venait de doubler l'île sans accident.

— Puisque le cœur vous manque, j'y vais, reprit Doutrelaise. Je le tirerai de là, où j'y resterai.

Et il se jeta bravement à la mer.

Doutrelaise nageait à merveille, mais ses vêtements le gênaient beaucoup, et il reconnut bientôt qu'il n'était pas de force à remonter un courant qui était presque aussi violent que celui d'une écluse de moulin et qui l'emportait vers Bosseven.

Ses matelots consternés avaient aussitôt viré de bord et ramaient vigoureusement pour le rattraper, mais il était déjà loin.

Il se sentait capable d'aborder la roche où Matapan gisait dans son linceul de cuir, mais il commençait à désespérer du sauvetage qu'il avait si généreusement tenté, lorsqu'une main crispée s'accrocha au collet de son veston.

A ce moment-là, il eut peur. Il savait que les gens qui se noient ne lâchent jamais prise, et il craignait que le naufragé ne le saisît de l'autre main par un bras ou par une jambe. Une étreinte mal placée aurait paralysé ses mouvements. C'était pour tous les deux la mort certaine.

Heureusement, le pauvre diable avait à peu près perdu connaissance, et il venait d'user dans ce dernier effort tout ce qui lui restait d'énergie. Il resta cramponné au collet de Doutrelaise, mais il ne bougea plus.

Dès lors, Doutrelaise n'avait qu'à se soutenir sur

l'eau et à tâcher de ne pas trop dériver jusqu'à ce que le canot l'eût rejoint.

— Tenez bon ! lui criaient en chœur les matelots.

Il tint bon, et, après deux ou trois minutes, qui lui parurent très longues, il put empoigner un aviron qu'on lui tendait.

Le reste alla tout seul. Un des marins saisit par la ceinture de son pantalon le canotier maladroit : un second attrappa le sauveteur par un pan de sa jacquette, et avec l'aide des deux derniers, on les hissa à bord, l'un portant l'autre.

On étendit au fond du bateau le noyé, qui ne l'était qu'à moitié, et quand Doutrelaise, que cette pleine eau accidentée avait un peu bouleversé, eut tout à fait repris ses sens, il vit la figure de l'homme qu'il venait de sauver. Il la vit, et peu s'en fallut que, lui aussi, il ne tombât en syncope.

Il avait reconnu Julien de la Calprenède.

— Est-ce qu'il est mort ? demanda-t-il avec angoisse.

— Vous allez voir que non, dit un des canotiers, qui s'était agenouillé près de l'homme repêché.

Et, après avoir tiré de la soute d'arrière un bidon plein d'eau-de-vie, il appliqua le goulot sur les lèvres entr'ouvertes du naufragé, en disant :

— C'est le meilleur remède pour guérir les messieurs qui ont bu trop d'eau salée. Dans ces cas-là, les frictions ne valent pas un bon coup de *tafia*.

Il n'avait pas tort. Au contact des premières gouttes, Julien fit un soubresaut, et le docteur improvisé ayant doublé la dose, Julien ouvrit les yeux.

— Où suis-je ? murmura-t-il.

— A bord d'un canot dont le patron vous a tiré d'une fichue position, mon bourgeois, répondit le marin.

A ce moment, le jeune la Calprenède aperçut Doutrelaise, pâle et tout ruisselant d'eau.

— Vous, dit-il, c'est vous qui...

Et il s'évanouit de nouveau.

— Ce n'est rien ; ça va revenir, reprit le canotier médecin. Je vas le couvrir avec mon caban pour le réchauffer. Quand nous aurons abordé le yacht, on le couchera et on lui fera avaler un grog bouillant. Dans une heure, il sera sur ses pieds.

Doutrelaise ne disait rien. L'émotion l'étouffait.

— La chaloupe est déjà rentrée avec le commandant. Nous allons en faire autant, pas vrai, monsieur ? reprit le matelot.

— Oui, oui, ramenez-nous au yacht, balbutia l'ami de Jacques.

Il lui tardait d'y être pour mettre Courtaumer en tiers dans cette étrange aventure, et il se demandait avec anxiété ce que Julien venait faire à Bosseven.

Il se demandait surtout si Julien avait entrepris seul le voyage de Bretagne.

Il était hors d'état d'articuler une parole, ce malheureux Julien, qui semblait prédestiné à ne commettre que des sottises. La dernière avait failli lui coûter la vie; les autres avaient failli lui coûter l'honneur. Et si Albert Doutrelaise pouvait se reprocher de l'avoir desservi — bien involontairement — dans l'affaire du collier d'opales, il pouvait aussi se vanter de l'avoir arraché à une mort certaine.

Etait-ce assez pour que Julien lui pardonnât ses premiers torts? C'est ce que le pauvre amoureux se demandait avec anxiété. L'accueil que venait de lui faire le naufragé au moment où, en ouvrant les yeux, il avait reconnu son sauveur, cet accueil le rassurait médiocrement sur les dispositions de cet intraitable garçon.

Doutrelaise était si troublé qu'il n'osait pas lui donner des soins, dont il pouvait du reste se passer, car le cordial administré par le marin expert en noyades avait produit un merveilleux effet. Julien revenait à lui peu à peu et le docteur improvisé, qui s'était mis à le frictionner vigoureusement, répondait de plus en plus de le remettre sur pied.

Les autres canotiers faisaient force de rames pour accoster le yacht mouillé en dedans de l'île

Verte. Ils étaient du métier et ils savaient couper un courant. Aussi mirent-ils beaucoup moins de temps à faire le trajet que Julien de la Calprenède n'en avait mis à louvoyer au hasard pour aboutir à une catastrophe.

Doutrelaise regardait de tous ses yeux le yacht qui se balançait sur ses ancres, près de la chaloupe du patron Guinic, laquelle venait de s'amarrer sur l'arrière du navire; mais il n'y vit que le maître d'équipage penché sur la passerelle.

Pas d'étrangers à bord. Jacques lui-même n'y était pas. Et Doutrelaise sut bientôt pourquoi, car le dialogue suivant s'engagea entre ses canotiers et un matelot qui les attendait à la *coupée* de bâbord.

— Où est donc le commandant?

— A terre... sur l'île... il lui est arrivé du monde de Paris... ils sont allés chercher un de leurs amis, qui a voulu naviguer tout seul et qui a manqué la passe.

— Nous le ramenons. Il était tombé à la mer. On l'a repêché. Descends pour nous aider à le monter. Il y a donc des dames, qu'on a mis l'escalier?

— Il y en a deux.

Cette réponse fit battre le cœur de Doutrelaise, qui ne savait trop quel parti prendre. Il mourait d'envie d'aller rejoindre Jacques, mais il ne voulait pas abandonner Julien.

Heureusement, Julien avait repris quelque force. Il put se mettre sur son séant et dire d'une voix étouffée :

— Soutenez-moi seulement. Je monterai sans qu'on me porte.

Les marins ne prirent pas la recommandation au pied de la lettre. Ils l'empoignèrent sous les bras et, en s'appuyant sur eux, il put se hisser sur le yacht.

Doutrelaise monta aussi, mais il était consterné. Le frère d'Arlette s'était dispensé de le remercier et même de lui parler. Peut-être ignorait-il qu'il lui devait la vie. Peut-être même ne l'avait-il pas vu. Julien s'évanouit du reste encore une fois en mettant le pied sur le pont. L'effort qu'il venait de faire l'avait épuisé. On le porta dans la cabine de Courtaumer, on l'y coucha sur un divan, et Doutrelaise allait se décider à l'appeler par son nom, lorsque le maître d'équipage qui l'avait suivi, lui dit à voix basse :

— Le commandant vous attend à terre.

— J'y vais, répondit Doutrelaise, qui ne savait plus à quel saint se vouer. A-t-il vu l'accident ?

— Non. Le canot a dû toucher sur un des cailloux qui sont de l'autre côté de l'île et qu'on ne découvre pas d'ici. Mais le commandant se doute de ce qui est arrivé, et il est très inquiet. Il vous fait dire d'aller le retrouver tout de suite pour lui donner des nouvelles. Mais, monsieur, vous êtes donc tombé à l'eau aussi ? Si vous vous changiez d'abord, ça vaudrait peut-être mieux.

— C'est inutile, murmura Doutrelaise, qui grelottait. Veillez à ce qu'on soigne ce jeune homme. Je vous le confie. Un de vos marins suffira pour me mettre à terre.

— Oh ! en trois coups d'aviron, et vous pouvez être tranquille... dans dix minutes, le Parisien sera réchauffé, et dans une heure, il ne pensera plus au bain qu'il a pris.

Doutrelaise remonta vivement sur le pont et sauta dans le canot, où un des rameurs était resté. Il débarqua un instant après, et il se mit à grimper vivement la pente rocailleuse de l'îlot.

Elle est plate d'un côté, celui qui fait face au continent, et escarpée de l'autre, cette île Verte où venaient de descendre Jacques et les étrangers arrivés sur la chaloupe du père Guinic. Le yacht était mouillé au pied de l'escarpement, hors de vue, par conséquent, de la côte opposée.

Quand Doutrelaise eut atteint le sommet de la hauteur, il aperçut à deux cents mètres de là plusieurs personnes groupées au bord de la mer, et il lui sembla que parmi elles il y avait des femmes.

Alors, il se mit à courir pour les rejoindre, et il vit bientôt se détacher un homme qui venait à sa rencontre en courant plus vite que lui.

Cet homme, il le reconnut de loin : c'était Jacques. Et dès qu'ils furent assez près l'un de l'autre pour que la voix pût porter, Jacques lui cria :

— Où est Julien ?

— Sauvé, répondit Doutrelaise, haletant de fatigue et d'émotion.

— Par toi, hein ?

— Je me suis jeté à la nage et j'ai eu le bonheur de le retirer ; mais j'ai bien cru que nous allions nous noyer tous les deux.

— Tu l'as ramené à bord ?

— Oui. Il est hors de danger... mais il ne m'a pas pardonné.

— Il faudra bien qu'il te pardonne, et, en chavirant, il t'a rendu service sans le vouloir. Croirais-tu que ce fou avait imaginé de venir tout seul à Bosseven, lui qui n'a de sa vie manié une embarcation ! Ah ! tu vas être bien reçu, je t'en réponds ? Son père et sa sœur le croient mort. Ils ont vu le canot qui flotte là-bas, la quille en l'air...

— Son père et sa sœur... quoi ! ils sont ici !

— Parbleu ! Et ma tante a eu l'heureuse idée de les accompagner. Je vais te présenter. Ils t'attendent... mieux que cela, ils accourent... ma tante en t'apercevant a retrouvé ses jambes de vingt ans.

Doutrelaise faillit s'évanouir, mais Jacques le prit par la main et l'entraîna.

— Mon fils !... avez-vous vu mon fils ? cria M. de la Calprenède.

— Il dînera avec nous ce soir, répondit joyeusement Courtaumer. Mais si ce cher Albert ne s'était pas jeté à l'eau pour l'en retirer, nous ne l'aurions jamais revu.

— Quoi ! monsieur, balbutia le père qui tremblait d'émotion, c'est à vous que je dois de...

— Si vous en doutez, vous n'avez qu'à le regarder. Il ruiselle de la tête aux pieds. Il a l'air d'un triton, dit en riant Courtaumer.

Doutrelaise se taisait. Arlette était là. Il osait à peine la regarder.

— Je savais bien que vous le sauveriez, murmura-t-elle.

— Ah ! ah ! dit madame de Vervins, qui arrivait la dernière, mais qui avait tout entendu, vous voilà donc, monsieur, vous qui plantez-là vos partners au whist ! Je vous excuse puisque vous avez empêché Julien de se noyer; seulement, donnez-moi le bras, car je n'en puis plus.

Et elle s'accrocha au sauveteur, qui avait absolument perdu la tête.

Monsieur et mademoiselle de la Calprenède étaient déjà loin. Il leur tardait d'arriver au yacht où ils savaient qu'ils allaient retrouver Julien. A vrai dire, ce n'était pas le moment de rendre grâces au brave garçon qui venait de leur rendre un fils

et un frère. Mais Arlette avait eu le temps de remercier Albert par un regard où elle avait mis
toute son âme.

— Laissez-les courir, dit la marquise. Je ne
saurais en faire autant, et j'ai à vous parler. Vous
ne vous attendiez guère à me rencontrer ici, n'est-
ce pas ? J'y suis venue pour vous donner un coup
d'épaule. A mon âge, on ne se déplace que pour
servir ses amis. Oh ! pas de compliments ! Vous
êtes l'ami de mon neveu. Donc vous êtes le mien.
Et à nous deux nous allons vous marier. Vous
tressaillez... vous ne pouvez pas croire à tant de
bonheur. C'est pourtant chose faite.

Oui, monsieur. Vous épouserez Arlette, ou j'y
perdrai mon nom. La Calprenède vous accordera
la main de sa fille dès ce soir. Qui la demandera
pour vous ? Vous vous imaginez que ce sera moi.
Eh ! bien, pas du tout ; ce sera ce cher Jacques.
Et savez-vous comment il s'y prendra ?

— Non, madame, balbutia Doutrelaise. J'avoue
même que je doute....

— Qu'il réussisse ? Vous avez tort. Écoutez-moi.
Les millions sont retrouvés, n'est-il pas vrai, et la
Calprenède devra son immense fortune à mon
neveu qui est son associé de fait et même de droit,
à mon neveu qui pourrait en réclamer la moitié.
Mais Jacques s'en gardera bien. Il a pris ses précautions. Il a parole du comte de lui donner la

récompense qu'il exigera. Et il n'a pas spécifié de quelle nature serait cette récompense. Donc, aujourd'hui même, il abordera la Calprenède et lui tiendra à peu près ce langage : Moi qui vous enrichis, je vous prie, et au besoin je vous requiers d'unir mademoiselle de la Calprenède à mon plus intime ami, Albert Doutrelaise, qui l'aime éperdûment et qu'elle aime de tout son cœur.

Vous doutez encore du succès ? Mais nigaud d'amoureux que vous êtes, vous venez de sauver la vie à Julien. Pour que le père vous refusât, il faudrait qu'il n'eût pas de cœur.

Vous serez marié dans deux mois, mon garçon, c'est moi qui vous le dis. Et l'histoire finira comme dans les contes de fée. Vous serez très heureux et vous aurez beaucoup d'enfants.

Sans me vanter, je n'y aurai pas nui. Vous verrez tantôt comme je vous soutiendrai... à une condition pourtant... c'est que vous m'aiderez à trouver pour ce pauvre Jacques une femme aussi parfaite que madame Arlette Doutrelaise.

ÉPILOGUE.

Six semaines se sont écoulées depuis le mémorable jour où Matapan fut repêché mort et où Julien fut repêché vivant. Les millions ne le sont pas encore tous, mais il y en a déjà neuf à bord du yacht, et les deux autres ne tarderont guère à prendre le même chemin, car ce brave Jacques de Courtaumer pousse les travaux avec ardeur. Il veut être rentré à Paris avant la fin de février, pour assister au mariage d'Albert Doutrelaise, qui sera peut-être célébré avant le carême.

Peut-être sera-t-on obligé d'attendre à Pâques, car mademoiselle de la Calprenède est à peine remise des émotions qu'elle a éprouvées sur l'île Verte. Des émotions cruelles et des émotions douces. Entre le lever et le coucher d'un soleil de janvier, Arlette a passé de la tristesse amère à la joie la plus vive. Le matin, elle croyait que son frère était mort, et, le soir, ce frère sauvé des eaux s'était joint à Jacques de Courtaumer et à madame de Vervins pour vaincre la résistance du comte de la Calprenède, qui se défendait encore d'accorder la main de sa fille à un charmant garçon, dont le seul tort était de n'être pas né gentilhomme.

Julien était déjà revenu à de meilleurs sentiments à l'endroit de son sauveur. Ce commencement de noyade avait détendu son caractère, et en revoyant la lumière, ses yeux s'étaient ouverts aussi à la raison. Les naufrages forment la jeunesse.

Cet intraitable garçon va donner une incontestable preuve de sagesse, car il n'attend que le mariage de sa sœur pour s'engager dans un régiment de cavalerie d'Afrique. Et il a quelque mérite à payer ainsi de sa personne, car il héritera un jour de deux ou trois cent mille francs de rente.

Matapan est enterré dans le cimetière de Porsal et on peut croire que sa mort a fait quelque bruit en Bretagne et à Paris. Cet assassinat par l'asphyxie sous-marine ajoute un nouvel article à la liste déjà très longue des diverses façons de supprimer un homme. Mais le procédé ne fera certainement pas école. Il est sûr, mais il n'est pas à la portée de tout le monde.

Le parquet de Brest a ouvert une enquête, qui
s'est continuée à Paris et qui a conduit à de cu-
rieuses découvertes, mais qui n'a pas eu pour résultat final l'arrestation du meurtrier. Un mandat
d'amener a été lancé contre l'Anglais de la maison
aux volets verts. Comme le prévoyait Courtaumer, le scélérat avait décampé la nuit même du
crime, emportant avec lui une caisse pleine
d'or.

On a retrouvé dans les souterrains du donjon
de Trémazan la pompe à air et d'autres ustensiles
dont lui et son ami se servaient pour plonger à
tour de rôle. On a pu suivre sa trace de Porsal
à Brest et de Brest à Paris. Mais on l'a perdue à
son arrivée à Paris et il était resté introuvable
lorsque, la semaine dernière, le bon commissaire
de police qui avait rendu de sérieux services à
Doutrelaise injustement accusé, a reçu de ses
chefs l'ordre de visiter de fond en comble la maison du boulevard Haussmann.

La cachette pratiquée dans la muraille était
vide. Le baron avant de partir avait évidemment
mis son or et ses pierreries en lieu plus sûr. On a
fouillé les caves, et dans la plus profonde, derrière une porte de fer qu'on a eu beaucoup de
peine à enfoncer, gisait, sur un entassement d'objets précieux et de monnaies de tous les pays, le
cadavre, rongé par les rats, d'un homme que Dou-

trelaise a reconnu, le cadavre du faux Anglais, de l'ex-forban Giromon.

On s'est expliqué alors comment et pourquoi il avait disparu si vite. Le coquin avait volé la clef du trésor de Matapan ; il y était allé tout droit en arrivant à Paris, et il avait pu y pénétrer, mais il n'avait jamais pu en sortir. La porte était munie d'un mécanisme qui faisait qu'elle se refermait d'elle-même, et pour la rouvrir, il fallait connaître le secret de la serrure intérieure. Giromon l'ignorait sans doute, et il avait dû mourir de faim.

Qu'avait-il fait des lingots tirés du fond de la mer, au préjudice de M. de la Calprenède ? On n'en sait rien encore. Peut-être les retrouvera-t-on quelque jour dans une caisse restée en gare ou chez un logeur qui ne se doute pas de ce qu'elle contient.

Avait-il pu s'introduire dans l'immeuble du baron sans la complicité du portier et du valet de chambre ? Il est difficile de le croire, mais il est encore plus difficile de le prouver. Du reste, à la première nouvelle de la mort de leur maître, ces deux subalternes se sont empressés de déguerpir.

Marchefroid a quitté sa loge pour un joli appartement aux Batignolles. Il vit de ses rentes, et de radical qu'il était, il est devenu opportuniste. On assure que les francs-maçons du quartier viennent de l'élire Vénérable. C'est un acheminement aux dignités politiques.

Sa fille, la belle Lélia, lui a fait ces loisirs. Elle est engagée pour chanter l'opérette, elle entre au théâtre, et, en attendant qu'elle débute, elle pratique avec fruit l'union libre.

M. Bourleroy père continue à la protéger, mais il lui en coûte cher, d'abord parce qu'elle est exigeante, et aussi parce que son fils Anatole, qui connaît sa conduite, exploite sans vergogne la situation. Anatole lui soutire tout l'argent qu'il veut en le menaçant de le dénoncer à madame Bourleroy, qui n'entend pas raillerie sur le chapitre de la fidélité conjugale.

Ce jeune drôle, depuis qu'il est en fonds, ne doute plus de rien. Il se grise tous les soirs. Il se fait mettre à la porte à peu près toutes les fois qu'il va au spectacle, et il est le fléau du cercle.

Mais ses effervescences ne lui réussissent guère: ce mois-ci, il en est déjà à son troisième soufflet. Il s'amendera peut-être quand il aura reçu la douzaine.

Herminie Bourleroy va épouser un droguiste retiré des affaires avec une jolie fortune, et ce mariage vient à point, car elle sèche sur pied depuis qu'elle sait qu'Arlette de la Calprenède aura

19.

deux millions de dot. On a craint un moment la jaunisse.

Ali, le Malais civilisé, a trouvé une situation digne de ses mérites. Il est entré au service d'un dentiste qui ne dédaigne pas, pendant l'été, d'exercer son art dans les foires de province, et il se prépare en étudiant le trombone à l'accompagner sur les places publiques.

Il n'a pas pleuré son premier maître, mais il regrette amèrement de n'avoir pas pu le voler.

La marquise de Vervins est aux anges. Elle a marié sa chère Arlette, et elle ne désespère pas de marier Jacques. Elle compte sur la contagion du bon exemple.

En attendant, elle prétend que ce voyage à la mer l'a rajeunie de vingt ans; elle a repris ses soirées, et elle donne des dîners superbes à tous ses vieux amis. Elle annonce même un grand bal après le carême et elle jure qu'elle y dansera.

L'ex-garde du corps et le ci-devant capitaine de vaisseau lui font tous les deux la cour, pour le cas où il lui prendrait fantaisie de donner un successeur au défunt marquis, et elle se moque d'eux.

A l'âge qu'elle a, on ne fait plus de folies. Mais, comme elle a toujours aimé les paradoxes, elle s'est coiffé la cervelle d'une idée bizarre.

Elle prétend que c'est le somnambulisme qui a

tué Matapan; qu'il a dû s'endormir au fond de la mer et se réveiller dans l'autre monde.

Le grand point, c'est qu'il est mort et qu'il ne reviendra plus troubler le repos de ses locataires.

Adrien de Courtaumer ne lui a pas pardonné de l'avoir presque forcé à quitter la magistrature, et madame Adrien en veut toujours un peu aux la Calprenède, qui sont la cause indirecte de la démission de son mari.

La marquise, pour la consoler, la comble de présents et tient des conférences avec son notaire, pour ajouter à son testament un codicile réparateur.

Elle médite aussi d'acheter plus tard la maison du baron décédé sous l'eau et de la donner à son neveu Jacques, en souvenir de la campagne dont elle a été le théâtre et qu'il a si bien menée.

Et, en vérité, Jacques a bien mérité cette récompense, car il s'est sacrifié. Il a donné des millions au comte de la Calprenède, une femme charmante à Doutrelaise, et il n'a rien gardé pour lui.

Mais, Jacques a l'indépendance et elle lui suffit. Jacques est un philosophe; il n'est pas encore fait à l'idée de passer propriétaire foncier, et surtout propriétaire de l'immeuble dont Matapan a été seigneur et maître.

— Je serais capable d'y devenir somnambule,

écrivait-il l'autre jour à sa tante, qui venait de lui notifier par la poste ce triomphant projet.

On la vendra, cette maison où il s'est joué des drames intimes ; on vendra tout ce que possédait l'infortuné baron, car ce pirate retraité n'a pas laissé d'héritiers connus. On ignore même et on ignorera probablement toujours s'il s'appelait réellement Matapan, ou si ce nom de promontoire n'était qu'un nom de guerre.

Ali, lui-même, ne pourrait pas le dire, car son maître ne lui confiait pas ses secrets.

La succession reste en déshérence ; elle finira par revenir à l'État, quand les délais que la loi accorde aux réclamants seront expirés, et il est probable que le curateur nommé, après la constatation de la vacance, enverra à l'hôtel des ventes, par mesure de précaution, tous les objets mobiliers qui sont sujets à se détériorer ou à perdre de leur valeur marchande.

Madame de Vervins guette le collier d'opales, en mémoire de son grand-oncle, le commandeur de Malte, et souhaite de vivre assez pour se le faire adjuger coûte que coûte, quand viendra le jour des enchères.

Elle avait rêvé de l'offrir comme cadeau de noces à mademoiselle de la Calprenède, mais on n'en est pas encore à liquider l'héritage du baron, et le mariage ne tardera guère.

Et d'ailleurs, Albert Doutrelaise, qu'elle a consulté, s'y oppose.

Il assure que les opales portent malheur.

La marquise soutient que celles-là n'ont porté malheur, en définitive, qu'au bandit qui les avait volées jadis à un rajah.

Mais Doutrelaise leur garde rancune parce qu'elles lui rappellent l'affaire Matapan, et madame de Vervins tient à ne pas le contrarier.

Arlette aura des perles.

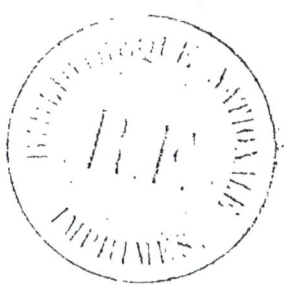

FIN.

TOURS. — IMP. MAZEREAU.

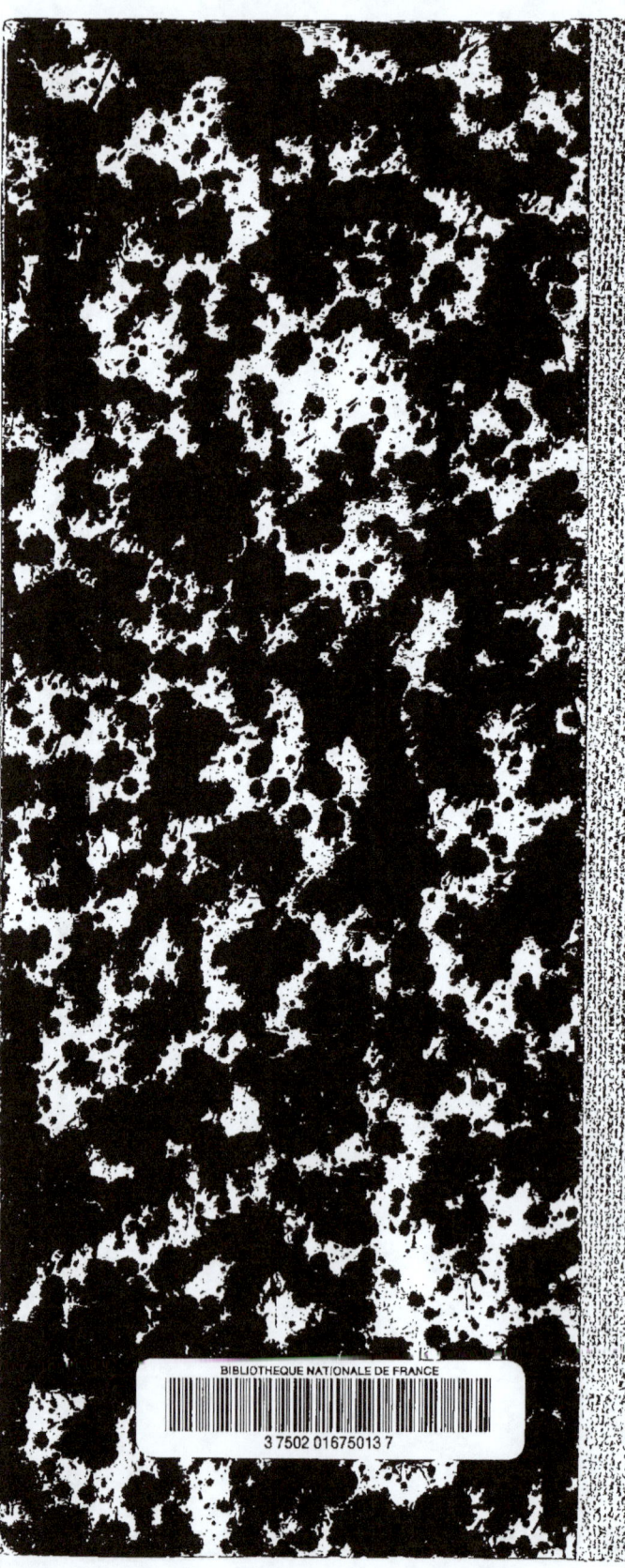

www.ingramcontent.com/pod-product-compliance
Lightning Source LLC
Chambersburg PA
CBHW070304030726
47505CB00004B/897